Hollywood BadBoys – Autogramm inklusive

Band 1 – Dylan Jones

Allie Kinsley

SW Korrekturen e.U., www.swkorrekturen.eu

Cover: Copyright by D-Design Cover Art

1 UNDERGROUND

DYLAN

Das Basecap mit dem Hollywood-Badboys-Logo tief ins Gesicht gezogen, ging er mit gesenktem Kopf die Straße entlang. Er war wie immer darauf bedacht, dass ihn auf seinem Weg zum *Underground* niemand erkannte.

Der exklusive Club lag im Keller der beliebten Diskothek *Until13* und war ausschließlich VIP-Gästen vorbehalten. Gästen wie ihm selbst: Dylan Jones, ein beliebter Jungschauspieler aus Hollywood, 26 Jahre alt und auf dem Höhepunkt seiner Karriere. Unmengen an Filmangeboten, Werbeverträge, beste Gagen, haufenweise Groupies. Was wollte *Mann* mehr, außer zwischendurch einmal seine Ruhe von dem ganzen Stress in der Öffentlichkeit?

Genau deshalb ging er an diesem Abend ins *Underground.* Immer, wenn es sein ziemlich voller Terminkalender zuließ, traf er sich dort mit seinen

Freunden. Sie alle waren ein Teil der Hollywood-Maschinerie. Manche erfolgreicher, manche gerade im Kommen, andere schon alte Hasen.

Was sie alle gemeinsam hatten, war der Drang, unter sich zu sein, ohne auf nervige Kameras Rücksicht nehmen zu müssen. Einfach mal sein zu können, wer man war, und nicht, wer man in der Öffentlichkeit sein sollte. Denn die meisten von ihnen mussten ihr halbes Leben mit diesem perfekt durchgeplanten Image auftreten, das PR- und Marketingagenten für sie erfunden hatten.

Deshalb hatte Ben, der Besitzer es *Until13*, das *Underground* in den Kellergewölben des Gebäudes errichtet. Eingelassen wurde man nur mit einer Goldcard oder auf explizite Einladung eines der Mitglieder. Auch das passierte nicht selten. Zu einer richtigen Partynacht gehörten die passenden Frauen. Willige, schöne Mädchen, die alles für die Stars des Abends tun würden und mit Betreten des *Underground* alle Kameras abgeben oder diese am Handy abkleben mussten.

Dylan klopfte an die graue Stahltür des alten Fabrikgebäudes. Beinahe augenblicklich wurde sie von innen geöffnet.

Mason, der Securitymann, warf nur einen Blick auf Dylans Gesicht und ließ ihn hinein. Er hatte ihn sofort erkannt, auch ohne dass Dylan seine Goldcard zeigen musste.

Verwundert war Dylan darüber nicht. Jeder in Hollywood kannte seinen Namen und sein Gesicht. Er war auch nicht gerade der Durchschnittstyp. Zu seinen schwarzen, kurzen Haaren hatte er eisblaue Augen, die jedem im Gedächtnis blieben. Sie waren leicht schräg stehend und umrahmt von dichten Wimpern.

Auch sein Körper war alles andere als durchschnittlich. Er war 1,92 Meter groß, breit und sehr durchtrainiert. Die Frauen liebten sein schwarzes, kurzes Haar und mit einem Blick aus seinen eisblauen Augen hatte er bisher jede rumgekriegt. Und für seinen stahlharten Body musste er auch einiges tun. Beinahe täglich rackerte er sich im Fitnessstudio ab. Sein Körper war sein Kapital. Ohne Sixpack gab es keine Rollen in den Filmen, die die Damenwelt liebten.

"Hey, D", grüßte Mason ihn und winkte ihn durch.

"Hey, Mason. Ist Sean schon da?"

Sean war sein bester Freund. Zusammen hatten sie einige Filme gedreht und verbrachten ihre Freizeit, wann immer es möglich war, zusammen. Die gesamte Clique war eine zusammengeschweißte Gemeinschaft mit einer ganz eigenen Dynamik. Natürlich verstand man sich nicht mit jedem gleich gut, dennoch gehörten sie alle irgendwie zusammen.

"Ja, er ist vor einer halben Stunde zusammen mit Conner, Lennox, Josh und Nate gekommen", antwortete Mason und schloss die Tür hinter ihnen.

Dylan nickte ihm dankbar zu und ging dann die schmale Treppe ins *Underground* hinunter.

Am ersten Treppenabsatz sah er Davy, der mit einer zierlichen Blondine herumknutschte.

Nichts Neues, Davy hatte immer sofort ein Mädchen bei sich, auch wenn es noch nicht einmal Mitternacht war.

Dylan klopfte ihm auf die Schulter, und Davy hob grüßend die Hand, ohne seinen Kuss zu unterbrechen.

Das Licht war schummrig und die Musik extrem laut. Der Bass vibrierte unter seinen Füßen, während er sich durch die tanzende Menge schob.

Zwischen all den Groupies erkannte er einige bekannte Gesichter. Er begrüßte Jamie und Aaron nickend, die eine Frau zwischen sich hatten. Die beiden Männer kannte Dylan schon seit der Schauspielschule.

Sie gehörten ebenfalls zu seiner Clique. Die Szene nannte sich Hollywood BadBoys. Es machte ihm nichts aus. Warum auch, er mochte die Jungs alle gern und freute sich über jeden, der gerade in Hollywood war und mit ihnen feiern konnte.

Lucas, Gianluca und Tyron waren im Moment nicht in der Stadt, ansonsten waren sie vollzählig.

Durch den künstlichen Nebel erspähte er den Tisch, an dem er und seine Freunde immer saßen. Sie waren nicht allein. Eine ganze Horde Groupies hatte sich bereits um den Tisch versammelt und sie feierten ausgelassen mit ihnen.

Er nahm die Cap ab und warf sie zusammen mit seiner Lederjacke auf das schwarze Sofa. Anschließend begrüßte er Conner, Josh, Nate und schließlich auch Sean per Handschlag.

Letzterer hatte bereits ein Mädchen auf dem Schoß und grinste ihn breit an.

"Du bist spät dran", sagte Sean.

"Nicht rechtzeitig vom Set weggekommen." Der Liebesfilm, den er gerade drehen musste, ging ihm ziemlich auf die Nerven. Die Handlung war mehr als nur langweilig.

Doch schlimmer als die Handlung war eindeutig seine Partnerin. Sharon Westham.

Gab es wirklich eine zickigere Person als sie? Bis zu diesem Dreh musste er Gott sei Dank noch keine kennenlernen. Entspannt lehnte er sich zurück und sah dabei zu, wie das Mädchen mit dem ultrakurzen Kleid an Conners Seite sich eine Line Koks auf dem Glastisch zurecht schob.

Er selbst konnte damit wenig anfangen, aber im *Underground* war es fast schon gang und gäbe. Auch seine Freunde blieben lieber beim Alkohol, ließen es die Mädchen aber machen, wenn sie es wollten.

Dann sah er sich im Club um. Viel erkennen konnte er in dem ungefähr 80 Quadratmeter großen Raum nicht. Dafür war es zu dunkel und zu neblig.

Früher oder später würden sie aber alle an ihrem Tisch vorbeikommen und er würde das passende Mädchen für diesen Abend finden. Das war ein eindeutiger Vorteil des VIP-Status.

Er musste sich niemals Gedanken darum machen, wie er eine Frau am besten abschleppen konnte, sie warfen sich ihm so oder so an den Hals. Selbst wenn er es nicht wollte, wie bei der Frau, die sich gerade neben ihn gesetzt hatte und ungeniert die Hand auf seinen Oberschenkel legte.

Dylan ließ seinen Blick langsam über sie schweifen.

Sie war schön, aber ihre Augen waren zu glasig und ihre Art zu aufgedreht. Ihr Lächeln wirkte genauso künstlich wie ihre Brüste. Nichts an ihr reizte ihn wirklich.

Sogar ihr Parfüm war zu aufdringlich und kitzelte unangenehm in der Nase.

Eindeutiger Nachteil in dieser Szene. Die Frauen trugen immer dick auf, dabei war weniger oft viel mehr.

All das kannte er schon zur Genüge. Obwohl er gerade erst Mitte zwanzig war, fühlte er sich meist übersättigt. Er hatte so viel gesehen, so viel ausprobiert und aufgedrängt bekommen, dass er sich nur noch selten für etwas wirklich begeistern konnte. Sei es nun Mode, Autos oder Frauen. Nichts an dieser schillernden Glamourwelt reizte ihn wirklich.

LUNA

"Das ist nicht euer Ernst!", sagte Luna gequält, als ihr Taxi vor dem *Until13* hielt.

"Komm schon, das wird lustig!", sagte Amira begeistert.

"Das wird nicht lustig." Luna verzog geplagt das Gesicht. Sie mochte das *Until13* nicht sonderlich. Es war immer absolut überfüllt von Möchtegern-Szenemenschen, die sich für etwas Besseres hielten.

Ganz und gar nicht ihre Welt. Bei über der Hälfte der Themen des Klientels konnte sie nicht einmal mitreden, weil sie sich weder für die High Society interessierte noch in Trenddingen auf dem Laufenden war.

Chiara, ihre beste Freundin von klein auf, verzog schmollend das Gesicht.

"Bitte, Luna. Amira hat eine Einladung in diesen Backstagebereich bekommen. Ich habe gehört, Sean Warren ist oft dort!" Sie quietschte wie ein typisches Groupie. Furchtbar!

Luna war sich noch nicht einmal sicher, wer genau Sean Warren überhaupt war. Nun ja, mit ziemlicher Sicherheit einer dieser Schauspieler, die Chiara immer so anhimmelte. Mehr wusste sie allerdings nicht. Woher auch, wenn sie sich doch so gut wie keine Filme ansah. Wenn überhaupt, ließ sie sich aus gesellschaftlichen Gründen zu einem Besuch im Kino überreden … aber auch das war schon eine Zeit lang her.

Auch zu diesem Mädelsabend hatte sie sich überhaupt nur überreden lassen, weil sie diesen Tag im Jahr ganz bestimmt nicht allein zu Hause verbringen wollte. Sie würde sich ansonsten in ihren Gedanken verlieren, stundenlang grübeln und Antworten suchen, die sie sowieso nicht finden würde.

Oft lernte sie einfach, wenn Chiara und Amira ausgingen. Sie brauchte die guten Noten, um ihr Stipendium zu erfüllen. Aber an diesem Abend war an Lernen nicht zu denken.

Sie hatte keine Ahnung, wie Chiara und Amira ihr Studium überhaupt schafften. Luna musste sich Tag für Tag den Arsch aufreißen, um mit dem Stoff hinterherzukommen, während ihre beiden Freundinnen scheinbar alles mit Leichtigkeit bewältigten.

"Ihr hättet mir auch früher sagen können, was ihr vorhabt, dann hätte ich etwas Passendes angezogen", murrte Luna, stieg aber mit den anderen aus dem Auto.

"Das ist schon gut so", sagte Chiara und nahm ihre Hand, um sie zum Club zu ziehen.

Zwar hatte Luna absolut keine Ahnung, was genau man in so einem Backstageclub anzog, aber sie war sich ziemlich sicher, dass Jeanshotpants, ein schwarzes Tanktop und ebenfalls schwarze High Heels absolut nicht passend waren. Ihr taillenlanges, blondes Haar hatte sie zu einem Knoten nach oben gebunden, den sie auf dem Weg zur Tür schnell löste.

Auch ihr Make-up war für einen Clubbesuch viel zu dezent. Immerhin hatte sie High Heels an. Das hatte sie zum Glück immer – hätte sie eine Vorliebe für Chucks, hätte sie jetzt ein echtes Problem.

Auch mit 22 Jahren musste sie noch immer ihren Ausweis vorzeigen, um in einen Club zu kommen, aber es störte sie nicht wirklich. Irgendwann würde sie froh darüber sein, immer jünger geschätzt zu werden.

Chiara hielt sie an der einen Hand und Amira an der anderen, während sie sich durch den Club schlängelten.

Das *Until13* war riesig, aber Amira schien genau zu wissen, wohin sie mussten. Auf sie war in solchen Dingen immer Verlass, und ihre Quellen hütete sie so penibel genau, als wären sie Staatsgeheimnisse.

Sie gingen an dem ersten Tanzfloor vorbei, bis hinter die dritte Bar und von dort aus in einen kleinen, dunklen Gang, an dessen Ende ein unheimlich wirkender Türsteher stand.

"Hier geht's nicht weiter, Mädels", sagte er ruhig.

Amira zog aus ihrer Tasche eine Kette mit drei goldenen Schlüsseln und reichte sie dem Türsteher.

"Von wem hast du sie?", fragte er und nahm sie entgegen.

"Davy."

Er nickte. "Handys oder Kameras?" Luna tat es ihren Freundinnen gleich und reichte dem Mann ihr Handy. Mit einem fluoreszierend leuchtenden Aufkleber versiegelte er die Linse und stellte damit sicher, dass keine Aufnahmen gemacht wurden. Das erklärte ihr Chiara leise, während Amira auf ihr Handy wartete. Dann öffnete der bullige Typ die Tür. "Viel Spaß euch!"

Sofort dröhnte ihnen laute Musik entgegen. Luna folgte den Mädels eine schlecht beleuchtete Treppe hinunter, hielt sich dabei vorsichtshalber am Treppengeländer fest; der Boden kam ihr sehr rutschig vor.

Sie hasste neue Umgebungen. Nichts war schlimmer, als in einem Club unterwegs zu sein, in dem man nicht einmal wusste, wo die Toiletten waren. Es war ihr immer unangenehm, sich so planlos bewegen zu müssen.

Aber sie sagte nichts. Chiara hatte die Chance, ihren großen Schwarm kennenzulernen, also wollte sie ihr den Abend nicht verderben.

Zumindest die Musik hörte sich wirklich gut an, also konnte sie tanzen, während Amira und Chiara auf Männerfang gingen.

Hip-Hop dröhnte aus den kräftigen Boxen, und Luna hoffte, dass es dabei bleiben würde und nicht irgendwann in diesen Elektrokram wechselte.

Die Treppe endete zwischen einer Bar und einer Sitzgruppe.

Sie ließ den Blick durch den überfüllten Raum schweifen und wusste schon jetzt, dass sie spätestens in einer Stunde die Schnauze von dem Gedränge voll haben würde.

Als ihr Blick zu einer Sitzgruppe ging, schaute sie direkt in zwei hellblaue Augen.

Sie waren von so einem ungewöhnlichen Blau, dass sie sogar in dem schummrigen Licht zu leuchten schienen. Die vollen Lippen des Mannes verzogen sich zu einem wohlwollenden Lächeln, während er seinen Kopf zur Seite neigte und sie musterte.

Heiß ... aber unheimlich!

Dass er verdammt gut aussah, schien er auch genau zu wissen. Er sah sie an, als wäre sie ein saftiges Steak in einer Fleischtheke, und er müsste nur darauf zeigen, um es zu bekommen.

Schnell konzentrierte Luna sich auf ihre Freundinnen, die die Bar ansteuerten.

Amira bestellte eine Runde Wodka-Bull für alle drei. Als Luna den Preis hörte, hätte sie sich am liebsten gesetzt. Ein Drink kostete mehr als drei volle Mahlzeiten in der Mensa.

Amira bezahlte, ohne mit der Wimper zu zucken, dann stießen sie auf einen hoffentlich guten Abend an.

"Habt ihr Davy irgendwo gesehen?", fragte Amira, während ihre Augen über die Menschenmenge glitten.

Luna hatte nicht einmal eine Ahnung davon, von wem zum Teufel Amira eigentlich sprach, also schüttelte sie nur den Kopf. Chiara schien zu wissen, wen ihre Freundin meinte, denn sie fingen sofort an, über seinen letzten Film zu reden.

Langsam wanderte Lunas Blick wieder über die Menge, bis er abermals in zwei ungewöhnlich blaue Augen sah. Fast so, als wäre ihr Blick magisch von seinen angezogen worden.

Noch immer umspielte ein kleines Lächeln seine Lippen, und doch war es jetzt anders. Neugieriger irgendwie.

Unwillkürlich erwiderte Luna das Lächeln und seine weißen Zähne blitzten unter den vollen Lippen auf. Die breiten, tätowierten Schultern kamen in seinem weißen Muscle-Shirt sehr gut zur Geltung, ebenso wie die muskulöse Brust und die durchtrainierten Arme.

Wirklich heiß ... zu heiß!

Sie sah diesen erstklassigen Körper leider nur bis zu seiner schmalen Taille, von dort aus verschwand er hinter dem vollgestellten Tisch.

Als ihr Blick wieder zurück zu seinem fand, grinste der Typ verschmitzt. Mit einem Nicken bedeutete er ihr, zu ihr zu kommen.

Luna verdrehte die Augen. Was dachte dieser Typ sich? Dass er an einem Buffet saß und sich nur nehmen musste, was er wollte? Nicht mit ihr, da konnte er noch so heiß sein.

An Männern mit zu großem Ego hatte sie sich einmal zu oft die Finger verbrannt und ihre Lektion endgültig gelernt. Dieses blauäugige Möchtegern-Sternchen war genau der Typ Mann, der nicht mehr auf ihrer Speiseliste stand.

Sie wandte sich ab und versuchte dem wirren Gespräch ihrer Freundinnen zu folgen. Gar nicht so leicht, wenn man überhaupt keine Ahnung hatte, von was oder wem genau sie eigentlich sprachen.

DYLAN

Diese Frau war mit Abstand das Heißeste, was er an diesem Abend gesehen hatte. Ihre großen, blauen Augen hatten ihn sofort gefesselt. Ihr Gesicht war schön, herzförmig mit hohen Wangenknochen und einer kleinen Stupsnase.

Ihre vollen, rosa Lippen glänzten feucht. Sie schrien danach, dass er sie küsste und dann seinen Schwanz zwischen sie schob. Auch ihre Figur war erstklassig. Volle Brüste, schmale Taille und ein runder Hintern.

Sie war genau richtig, nicht zu viele und nicht zu wenige Kurven.

Ihr Lächeln war genauso heiß wie die Tätowierung, die ein kleines bisschen an ihrem Oberschenkel unter ihren sehr kurzen Shorts hervorblitzte. Diese würde er nur allzu gerne näher erkunden.

Leider schien sie keine Anstalten zu machen, zu ihm herüberzukommen.

Für sie würde es sich fast lohnen, aufzustehen und sie zu sich zu bitten.

"Sieh sich einer diesen Arsch an", sagte Sean und lenkte ihn von seiner Betrachtung ab.

Dylan wandte ihm den Blick zu und sah das Mädchen, das sich zuvor an Seans Seite geschmiegt hatte, direkt vor ihm tanzen.

Der Rock, der in Wirklichkeit wohl eher als Gürtel gedacht war, ließ die Hälfte von ihrem wirklich tollen Hintern sehen.

Dennoch konnte sie seine Aufmerksamkeit nicht fesseln. Der Arsch von Blondie in den Jeanshotpants war um einiges besser.

Als er wieder zur Bar schaute, war sie weg. Einfach verschwunden.

"Verdammt", brummte er und reckte den Kopf, um ihre blonde Mähne in der tanzenden Menge zu erspähen.

Leider sah er wegen der Nebelmaschine nur rund um den Eingang wirklich gut und dann nicht viel weiter als bis zur Bar.

"Allerdings", sagte Sean, beugte sich nach vorn und legte seine Hände auf den Po der Hupfdole. Dylan hätte auch sagen können, dass der Club einstürzte, und Sean hätte es in diesem Moment nicht wirklich mitbekommen.

Er richtete sich auf und suchte den Raum erneut mit seinen Blicken ab. Sie musste hier irgendwo sein, sie war ja schließlich gerade erst gekommen.

"Suchst du jemanden?", fragte Conner, der ihm gegenübersaß.

"Ja, eine Blondine mit so einem Arsch." Er formte den Hintern mit seinen Händen nach.

Conner lachte und deutete in die Runde. "Welche von ihnen?"

Tja, seine Beschreibung war nicht sonderlich gut, ihm blieb wohl nichts anderes übrig, als mit den Mädchen hier am Tisch vorliebzunehmen.

Oder du bewegst deinen Arsch und suchst sie!, forderte seine innere Stimme.

Er sah sich um. Nein, keine der Anwesenden würde sie aus seinen Gedanken vertreiben, also stand er seufzend auf.

"Wo willst du hin?", fragte Sean, der seinen Lapdance wirklich zu genießen schien.

"Jemand suchen."

"Du?"

Da Seans Aufmerksamkeit aber schon wieder zu der Frau wanderte, sparte er sich eine Antwort und machte sich auf die Suche nach Blondie.

Er ging an der komplett verspiegelten Bar entlang, bis zum anderen Ende des Raumes.

Kurz meinte er, ihre blonde Mähne am Treppenaufgang zur Hintertür aufblitzen zu sehen, deshalb versuchte er, dorthin zu gelangen.

Gar nicht so leicht.

Er wurde immer wieder angesprochen und festgehalten, aber er blieb nicht stehen.

Bei der Treppe angekommen, war weit und breit keine Spur von ihr. Nur das Mädchen, mit dem Davy eben noch rumgemacht hatte, saß auf einer der Stufen und sah verdammt high aus.

"Alles klar bei dir?", fragte er vorsichtshalber.

Sie grinste ihn nur dümmlich an. "Mhm … ja."

Kopfschüttelnd ging er weiter und ließ sie allein in ihrem Land der Glückseligkeit. Er musste dieses Mädchen finden.

Immer wenn er dachte, sie gesehen zu haben, und zu ihr eilte, stellte sich heraus, dass es eine andere Blondine war, die er im Schummerlicht des hinteren Clubbereichs verwechselt hatte.

Frustriert kämpfte er sich zwanzig Minuten später zurück zu seinem Platz durch.

"Was ist dir denn für eine Laus über die Leber gelaufen?", fragte Josh, als er sich auf einen freien Platz fallen ließ. Ehe Dylan antworten konnte, wanderte Joshs Blick auf etwas hinter Dylan.

Er wandte sich ebenfalls um und sah Davy mit einer atemberaubenden Brünetten am Arm zu ihnen kommen.

Dylan verdrehte die Augen. Er hatte seine letzte doch gerade erst auf der Treppe zurückgelassen. Wo zum Teufel hatte er diese dann wieder aufgegabelt?

Sie kam ihm ein wenig bekannt vor, aber er konnte den Finger nicht darauf legen. Die Art, wie sie sich an Davy schmiegte und ihn anhimmelte, wirkte sehr vertraut. Na ja, die Groupies meinten schließlich immer, dass sie einen schon seit Ewigkeiten kannten, daher hatte das nichts zu sagen.

"So, die Damen, das sind meine Freunde. Jungs, meine Begleiterinnen. Rutscht mal ein bisschen zusammen, damit wir Platz haben."

Dylan schüttelte lächelnd den Kopf. Davy hatte sich mal wieder geschickt aus der Affäre gezogen. Er wusste die Namen seiner Begleitungen ganz eindeutig nicht.

Aus seiner Hosentasche zog Dylan sein vibrierendes Handy. Er bekam nur am Rande mit, wie Davy und die Frau sich neben Conner niederließen. Ein weiteres Paar unglaublich langer Beine stieg über ihn hinweg und ihre brünette Besitzerin setzte sich zwischen ihn und Sean. Die Nachricht war von Tarik, seinem Manager. Der Dreh für den nächsten Tag wurde abgesagt, weil Sharon sich nicht gut fühlte.

Sharon war nicht nur eine Zicke, sondern auch noch ein Sensibelchen, das wurde ja immer besser.

Genervt steckte er das Handy in seine Hosentasche zurück. Da erst fielen ihm die glatten, gebräunten und vor allem nackten Beine auf seiner anderen Seite auf. Er hatte nicht mitbekommen, dass Davy neben den beiden Brünetten noch eine dritte Frau im Schlepptau gehabt hatte. Langsam ließ er seinen Blick von ihren Knien höher wandern – das waren wirklich verdammt heiße nackte Beine –, bis er schließlich an ultrakurzen Jeansshorts hängen blieb, unter denen ein Tattoo hervorblitzte. Dann hob er ruckartig den Kopf. Da war sie, einfach aus dem Nichts neben ihm aufgetaucht.

Dylan lächelte träge. "Wo kommst du denn auf einmal her?", fragte er und konnte seine Freude darüber nicht verbergen.

Sie hob eine Augenbraue, als hielte sie ihn für nicht ganz dicht. "Davy hat uns hierhergebracht."

Woher zum Teufel kennst du ihn?, das hätte er gern gefragt, aber er wusste die Antwort auch so.

Aus einem seiner unzähligen Filme natürlich. Sie war eben ein typisches Groupie, sonst wäre sie auch nicht im *Underground.*

Ungeniert musterte er ihren Körper. Von Nahem war sie noch verdammt viel heißer als aus der Ferne.

Jetzt erkannte er auch, dass das Ende ihres Tattoos zu einem Tribal gehörte.

Wie weit es wohl über ihren Körper ging? Er würde es heute Nacht noch erforschen. Er kannte mehr als genug Möglichkeiten, mit denen er sie die ganze Nacht beschäftigt halten konnte.

Sie begann unruhig auf ihrem Platz herumzurutschen, als würde allein seine Gegenwart sie heiß machen. Groupie eben. Die würden so ziemlich alles tun, um mit einem bekannten Schauspieler im Bett zu landen.

Dylan legte seine Arme auf die Rückenlehne und Blondie rutschte fast augenblicklich ein bisschen näher.

Er lachte leise auf und sagte: "So ungeduldig, Süße?"

Sie sah sich um, als wüsste sie nicht, ob er mit ihr sprach.

Dylan lächelte träge und deutete auf den winzigen Abstand, den sie zwischen ihnen gelassen hatte.

"Sorry, aber ich habe nur mit der Hälfte meines Hinterns noch Platz auf dieser Couch, da bin ich um jeden Millimeter froh."

Ihre Stimme klang verdammt sexy. Rau und dunkel, wie die eines Pornostars. Er freute sich schon darauf, wenn sie später seinen Namen stöhnte.

Ein wenig nach vorn gebeugt, spähte er über sie hinweg. Sie hing tatsächlich halb in der Luft. Na, dem konnte er Abhilfe schaffen.

Er packte sie um die Taille und zog sie kurzerhand auf seinen Schoß. Dann ließ er seine Hände auf ihren Oberschenkeln liegen. Ihre Haut war heiß und weich wie Samt. Unwillkürlich strichen seine Hände darüber.

Sie war einen Moment lang wie erstarrt, dann sprang sie von seinem Schoß und wischte über ihre Oberschenkel, als hätte er dort Spuren hinterlassen.

Was soll das denn bitte?

Die meisten Frauen, die er kannte, würden ein Familienmitglied verkaufen, um an ihrer Stelle sein zu können. Was sollte das also?

LUNA

"Okay. Mir reicht's. Viel Spaß euch, Mädels, ich nehm mir ein Taxi!", rief Luna über den Lärm hinweg, wobei ihre Freundinnen wohl eher von ihren Lippen lasen, als sie wirklich zu verstehen.

Sie winkte kurz in die Runde und lief dann schnellstmöglich zum Ausgang, bevor Amira oder Chiara sie aufhalten konnten.

Was zum Teufel war eigentlich los mit diesen Kerlen hier? Ständig wurde man von irgendjemandem angefasst wie Freiwild oder schon seit Jahren mit ihnen liiert. Und was stimmte mit den Frauen nicht? Ihnen allen schien das überhaupt nichts auszumachen. Luna kam sich vor, als wäre sie im falschen Film.

Sogar ihre Freundinnen fanden es völlig normal, sich kichernd an wildfremde Männer zu heften?

Ganz egal, wie sexy und verführerisch ein Mann war, ein bisschen Respekt erwartete sie einfach.

Wütend machte sie sich auf den Weg zum Ausgang.

Plötzlich hielt sie jemand am Ellenbogen fest. Luna drehte sich blitzschnell um.

"Hey, warte doch, wo willst du hin?", fragte ihr arroganter Sitznachbar. Seine Hände brachten ihre Haut zum Kribbeln.

Sie hatte absolut nicht damit gerechnet, dass er ihr folgen würde. Es waren genug andere schöne Frauen am Tisch gewesen.

Er kam ihr eher wie der Typ überfressener Löwe vor, der sich schnappte, was vor seiner Nase vorbeispazierte, als irgendjemandem nachzulaufen.

Sie ließ ihren Blick über sein Gesicht wandern. Diese faszinierenden Augen wurden von dichten dunklen Wimpern umrahmt. Es sah beinahe so aus, als hätte er einen Lidstrich. Die Nase war ein klein wenig zu breit, um makellos zu sein, passte aber perfekt zu seinen vollen Lippen.

Volle Lippen, die sich bei ihrer Musterung zu einem überheblichen Grinsen verzogen. "Nach Hause", sagte sie extrabissig. Sie würde sich von ihm ganz bestimmt nicht einwickeln lassen.

Dieses unverschämt sexy Lächeln, zu dem sich seine Lippen schon wieder formten, sollte gesetzlich verboten sein.

"Kann ich mitkommen?", fragte er dreist.

Verwirrt schüttelte Luna den Kopf. War das sein Ernst? "Wie bitte?"

Er kam einen Schritt näher, drückte sie an sich und legte dabei seine Hände auf ihren Po.

Sie würde ihn sofort von sich stoßen … sofort, wenn sie dieses atemberaubende Gefühl dieses harten Körpers an ihrem für einen Moment genossen hatte.

Sie spürte seinen heißen Atem an ihrem Ohr. "Wir könnten uns die Nacht ein wenig versüßen …", raunte er. Und er konnte wirklich verdammt gut raunen. Er hatte diese Stimme, die alles nach dreckigem Sex klingen ließ. Rau und ein klein wenig heiser. Diese Stimme allein würde sie im richtigen Moment feucht werden lassen.

Aber eben nur im richtigen Moment. Weder der Moment noch der Mann waren die richtigen dafür.

Mit leicht kratziger Stimme antwortete sie: "Nicht in diesem Leben."

Erst presste er sie fester an sich, dann erst schienen die Worte doch bis in sein Gehirn vorzudringen.

Ruckartig nahm er den Kopf zurück und sah sie verwirrt an. "Was?"

"Nicht in diesem Leben", wiederholte sie trocken.

Er schüttelte leicht den Kopf, als könnte er ihr nicht folgen.

Er schien wahrlich nicht oft einen Korb zu bekommen. Verständlich. Hätte er sich nicht ganz so dämlich angestellt, hätte sie sich zumindest auf ein längeres Gespräch mit ihm einlassen können.

Luna nutzte seine Verwirrtheit und machte sich schnell von ihm los. Sie drehte sich um und ging die Stufen der Treppe hinauf.

Als sie gerade bei der Hälfte angekommen war, da packte er sie erneut am Ellenbogen.

"Warte, was ist los? Warum läufst du vor mir weg?", fragte er.

Genau genommen lief sie nicht vor ihm, sondern vor diesen ganzen seltsamen Menschen hier weg.

"Die Frage ist eher: Warum läufst du mir nach?"

Anzüglich ließ er seinen Blick über sie wandern. Luna verdrehte die Augen und schob ihn von sich weg. Wann zum Teufel war er ihr schon wieder so nahe gekommen?

"Hör mal, Babe, lass uns einfach was trinken gehen."

Genervt zog sie eine Augenbraue nach oben. "Ich heiße nicht Babe." Dieser Typ hatte ein erhebliches Problem mit seinem aufgeblasenen Ego.

"Und wie heißt du dann?"

Wenn sie nicht alles täuschte, klang er jetzt sogar ein klein wenig ungeduldig. Das wurde ja immer besser. "Luna."

"Schöner Name", gab er grinsend zurück.

"Und, willst du dich nicht vorstellen?"

Er legte den Kopf schief und musterte sie, als wäre sie ein äußerst seltenes Wesen.

Am Ende mit ihrer Geduld machte sie sich von ihm los und wandte sich ab. Sie war bereits einige Stufen nach oben gestiegen, ohne dass er ihr weiter gefolgt war, da rief er: "Dylan."

Luna lächelte ihn über ihre Schulter hinweg an. "Schöner Name." Dann verließ sie so schnell wie möglich diesen seltsamen Ort.

Sein raues Lachen folgte ihr und jagte ihr Schauer über den Rücken. Er war verdammt arrogant, aber auch wirklich verdammt sexy.

Luna befürchtete, dass diese blauen Augen sie heute Nacht in ihren Träumen verfolgen würden.

Diese Augen, dieser Körper, dieses Lachen … sie musste diesen Typen schnellstmöglich aus ihrem Kopf bekommen.

Männer wie Dylan brachten nichts als Ärger und waren absolut nicht die Sorte Mann, mit der sie sich einlassen sollte.

Sie kämpfte sich durch das *Until13* zurück zum Ausgang.

Wenn sie erst einmal in ihrem Bett lag, würde sie diesen Kerl schon irgendwie wieder vergessen können.

Hoffte sie zumindest, denn irgendetwas an ihm hatte sich tief in ihre Gedanken gebrannt. Er sollte dort nicht sein!

2 WER IST SIE?

DYLAN

Gelangweilt beobachtete er das Mädchen, das sich gerade ihre Klamotten anzog.

Er kannte ihren Namen nicht, wollte ihn auch nicht kennen. Er hatte sie lediglich zur Ablenkung mitgenommen, weil Luna in seinem Kopf herumgeisterte.

Warum er ihr nachgelaufen war, warum er nach ihrem Namen gefragt hatte oder warum es ihn interessierte, wer sie war, wusste er nicht.

Aber er war sich sicher, dass er nichts davon wissen wollte! Luna sollte sich heute Morgen überhaupt nicht mehr in seinem Kopf befinden! Genau deshalb hatte er Seans Gürtel-Mädchen mit in eines der naheliegenden Hotels genommen. Ihr Kichern war ihm schon am Abend zuvor auf die Nerven gegangen. Am nächsten Morgen, an dem er zu all dem auch noch einen Kater hatte, hörte es sich noch weitaus schlimmer an.

Er fragte sich, ob Luna wohl kicherte. Dann schüttelte er schnell den Kopf. Was war nur los mit seinen Gedanken?

Und was war los mit Luna? Konnte es wirklich sein, dass sie ihn nicht kannte? Jedes verdammte weibliche Wesen kannte ihn – oder meinte zumindest, ihn zu kennen, weil sie ihn in unzähligen Filmen gesehen hatte.

Frustriert stöhnend stand er auf. Es würde bestimmt nicht besser werden, wenn er noch länger hier herumlag.

Er verabschiedete Gürtel-Barbie und zog sich nach einer kurzen Dusche an. Dann ging er auf direktem Weg ins Fitnessstudio. Wenn Sex ihm nicht half, Luna aus seinem Kopf zu bekommen, war Auspowern beim Sport vielleicht genau das Richtige.

Conner und Sean waren bereits auf den Laufbändern, Lennox und Davy bei den Gewichten. Dylan entschied sich zum Warmwerden ebenfalls für die Laufbänder und ging auf das neben Sean zu.

"Müsstest du nicht beim Dreh sein?", fragte Conner, während er die Steigung des Laufbandes erhöhte.

"Sharon fühlt sich nicht gut. Unsere Szenen sind abgesagt, sie drehen die Nebenrollen ohne uns." Ausnahmsweise war Dylan froh darüber, seine Konzentration lag an diesem Tag bei null.

Eine Zeit lang unterhielten sie sich über den vergangenen Abend, dann schwiegen sie, als der Lauf anstrengender wurde. Gut so, denn Dylan brauchte beim besten Willen nicht noch mehr Erinnerungen an Luna. Er bekam das Bild ihres perfekten runden

Hinterns nicht aus dem Kopf, der so verführerisch über ihm die Stufen nach oben wackelte. Er hatte seine Hände kaum bei sich behalten können. Ungefähr genauso schwer war es, ihr nicht einfach hinterherzulaufen wie ein Esel einer Karotte.

Was hatte dieses Weib nur mit ihm gemacht?

Einige Zeit später stieg Davy auf das Laufband neben ihm. Dylan hielt es geschlagene zwei Minuten aus, dann sagte er: "Wo kamen die drei Mädels von gestern eigentlich her?"

Er beschäftigte sich eingehend mit seinem Laufbanddisplay, damit Davy die Neugier in seinem Blick nicht sehen konnte.

"Welche Mädels?"

Innerlich stöhnte Dylan auf. "Die, die du mit an den Tisch geschleppt hast."

Conner lachte laut auf. "Er meint die Blondine, der er hinterhergelaufen ist. Warum bist du eigentlich zurückgekommen?", fragte Conner an Dylan gewandt.

Dylan antwortete nicht, sondern konzentrierte sich lieber auf Davy.

"Genau die. Wo hattest du sie her?"

"Hm … eine von ihnen war Statistin am Set zu *Dance Company*. Als ich sie gefragt habe, ob sie Lust hätte, ins *Underground* zu kommen, hat sie mich um zwei weitere Schlüssel gebeten. Hat sich gelohnt, würde ich sagen." Davy grinste breit.

"Chiara ist heiß!", sagte Sean.

"War das die zwischen uns?", fragte Dylan.

Sean nickte. "Aber sie war weg, als ich zurück zum Tisch kam."

"Sie ist mit uns gegangen und dann nach Hause gefahren", half Davy aus.

"Gib ihr noch mal drei Schlüssel", sagte Dylan und versuchte dabei so unbeteiligt wie möglich zu klingen.

Conner lachte wieder, aber Dylan ignorierte ihn. Er brauchte sich nicht mit ihm zu befassen, solange er selbst nicht wusste, was genau ihn an Luna so faszinierte.

"Ich glaube, sie ist am Donnerstag wieder da, dann kann ich ihr welche geben. Soll ich ihr sagen, dass sie die Blonde wieder mitbringen soll?"

"Beide!", warf Sean dazwischen.

Davy nickte, und Dylan war froh, um diese Antwort herumzukommen.

Dann ging er schnell zu den Gewichten, um einer weiteren Fragestunde mit Dr. Conner zu entgehen. Dafür hatte er jetzt beim besten Willen keinen Nerv!

LUNA

Die halbe Nacht hatte sie sich schlaflos herumgewälzt und war schließlich in den frühen Morgenstunden zum Strand gefahren, um an ihren Aufzeichnungen für die Uni zu arbeiten.

Chiara hatte sie einige Stunden später angerufen und sie zum Essen eingeladen.

Wie verabredet traf sie sich mit Chiara und Amira zum Mittagessen im *Jessy's,* einer kleinen Sandwich-Bar an der Tyler Street.

Alles war modern eingerichtet. Glatte Oberflächen, weiße Tische und rote Stühle. Gemütlich war es nicht unbedingt, aber die Sandwiches waren einmalig.

"Erzähl mir sofort, was mit diesem blauäugigen Sexgott gelaufen ist!", forderte Chiara.

Augenblicklich zuckte Luna zusammen, und es dauerte einen Moment, bis sie verstand, dass Chiara mit Amira und nicht mit ihr gesprochen hatte. Warum hätte Chiara auch sie meinen sollen? Es war nichts, und auch diese Anziehung, die er auf sie ausübte, war absolut unerklärlich.

"Mein Gott. Davy ist so verdammt heiß! Es passt perfekt. Ich bin bis über beide Ohren in ihn verknallt. Wir werden einen ganzen Haufen Kinder bekommen und ein Haus kaufen", schwärmte Amira und lachte dann bei ihrer eigenen Übertreibung.

Luna atmete noch einmal tief durch, versuchte ihre Gedanken zu sortieren. Natürlich war mit Dylan nichts gelaufen … was ihr Unterbewusstsein aber nicht davon abgehalten hatte, eine Millionen Fantasien darüber zu spinnen, was sie mit ihm gemacht hätte, wenn sie ihn wirklich mit nach Hause genommen hätte.

"Also ist es was Ernstes?", fragte Chiara.

"Hm … ich glaube schon. Ich meine, er sagt dauernd so Dinge, ich sei die schönste Frau, die er jemals gesehen habe, und wo ich mich so lange vor ihm versteckt habe."

Lunas Magen zog sich zusammen. Amira steigerte sich nur allzu gern in solche Geschichten hinein.

Sie verliebte sich einfach zu schnell in die falschen Typen und war dann immer am Boden zerstört, wenn es doch nicht so lief, wie sie es geplant hatte.

Luna selbst war da vorsichtiger. Sie hatte sich nur ein einziges Mal verliebt und war dann richtig auf die Schnauze gefallen.

Noch heute krampfte sich ihr Magen zusammen, wenn sie sich an die Folgen ihrer Entscheidungen erinnerte. Unwillkürlich schob sich das Bild von diesem blauäugigen Dämon vor ihr inneres Auge. Sie wollte nicht an ihn denken, konnte es aber auch nicht verhindern. Dylan verkörperte alles, was sie verabscheute. Arrogante, selbstverliebte Typen waren von ihrer persönlichen Tanzkarte gestrichen!

Chiara freute sich mit Amira, wie es sich für eine richtige Freundin gehörte. Die beiden quietschten, und Luna fiel es schwer, mit ihrer Euphorie mitzuhalten.

Sie sprachen eine Weile über Davy und die Filme, die er im Moment drehte … oder besser, ihre Freundinnen taten es. Luna selbst hatte keine Ahnung von dem Thema, warf aber an den passenden Stellen Ahs und Ohs ein. Amira und Chiara schienen damit zufrieden zu sein.

"Du und Sean?", fragte Amira dann, und Luna überlegte ernsthaft, welcher dieser umwerfend aussehenden Typen noch mal Sean gewesen sein könnte.

Chiaras Miene verfinsterte sich schlagartig. "Er hat mich den halben Abend nicht beachtet, deshalb bin ich ja mit euch gegangen."

Dann drehte sie sich ruckartig zu Luna um. "Und was war das mit dir und Dylan?"

Woher kannte sie seinen Namen? Na ja, okay, er saß ja schließlich auch neben Chiara … "Nichts Besonderes. Er hat mich gefragt, wohin ich gehe und wie ich heiße. Ende der Geschichte."

Einen Moment herrschte völliges Schweigen, dann quietschten die beiden los.

"Was?", fragte Luna verwirrt.

"Dylan Jones! Luna, das war Dylan Jones!"

Seinen Nachnamen hatte sie nicht gewusst, aber sie hatte immer noch keine Ahnung, warum die beiden so aus dem Häuschen waren.

"Ähm … ja?"

Amira ließ enttäuscht die Schultern sinken. "Du weißt nicht, wer er ist, oder?"

Vorsichtig, beinahe ängstlich schüttelte Luna den Kopf.

"O mein Gott! Luna! Das ist definitiv eine Bildungslücke!", beschwerte sich Amira und Chiara nickte bekräftigend.

Dann rasselten die beiden sämtliche Filmtitel herunter, bei denen Dylan mitgespielt haben sollte. Je länger die Litanei dauerte, desto blasser wurde Luna. Ein Schauspiel-Superstar war noch einmal wesentlich schlimmer als der Captain der Footballmannschaft und der hatte ihr schon den Boden unter den Füßen weggezogen.

Irgendwann unterbrach sie ihre Freundinnen. "Es ist okay, ich habe es verstanden." Dass sie damit meinte, dass sie Dylan unter allen Umständen aus dem Weg gehen würde, unterschlug sie sicherheitshalber.

Dann verstrickten sich die beiden in die wildesten Theorien. Luna schüttelte innerlich nur den Kopf. Dylan war höllisch sexy, aber noch viel gefährlicher, als sie es sich jemals hätte vorstellen können. Ab sofort musste sie nicht nur aufpassen, dass ihr eigener Verstand ihr keinen Strick aus all dem drehte, sondern auch, dass ihre Freundinnen ihr keinen Wurm ins Ohr setzten.

Das einzig Positive an der Sache war, dass sie ihn nie wiedersehen würde und sich deshalb darüber auch keine Sorgen machen musste.

Bis dahin musste sie einfach diese hartnäckigen Gedanken an hellblaue Augen und ein sexy Lächeln loswerden. Ganz egal, wie gut er aussah oder wie neugierig seine absolut widersprüchliche Art sie gemacht hatte. Dylan Jones stand nicht zur Debatte! Außerdem kannte sie Dylan nicht, also sollte das Vergessen doch wirklich kein Problem sein. In wenigen Tagen würde sie ihn aus ihrem Kopf verdrängt haben.

Ganz sicher!

DYLAN

"Und, kommen sie heute Abend?", fragte Dylan und wollte sich gleichzeitig selbst für seine Ungeduld ohrfeigen. Die ganze Woche über war ihm diese höllisch heiße Frau nicht aus dem Kopf gegangen.

Davy sah von seinem Drink auf. "Ich glaube schon. Ich habe ihr die Schlüssel gegeben. Was ist los mit dir?", fragte Davy und musterte ihn neugierig, als würde er den Braten riechen.

Das würde Dylan selbst auch gerne wissen. Aber er zuckte nur mit den Schultern und sah sich im Raum um. Das *Underground* war wie an jedem anderen Tag gut besucht und seine Freunde waren schon eine ganze Zeit lang am Feiern. Genau das, was auch er tun sollte. Stattdessen saß er hier und wartete ungeduldig auf Luna. Er musste sich zusammenreißen, um nicht aufzuspringen, als er sie die Treppe herunterkommen sah.

Sie trug ein schwarzes Minikleid, das fast noch heißer war als die Shorts von letzter Woche. Wieder blitzte ihr Tattoo unter dem Saum hervor, und er konnte es kaum erwarten, endlich zu erforschen, wo es endete.

Leider kamen die drei nicht zu ihrem Tisch, sondern gingen zur Bar.

Einen Moment lang hielt er es noch aus, dann machte er sich auf den Weg dorthin. Er konnte es nicht verhindern, fühlte sich von ihr wie von einem Magneten angezogen.

Eine ihrer Freundinnen sah ihn und lächelte ihm über ihre Schulter hinweg zu. Automatisch erwiderte er das Lächeln, obwohl seine Aufmerksamkeit voll und ganz auf Lunas Rückansicht lag. Das enge Kleid betonte ihre schlanke Taille und die breiten Hüften.

Er stellte sich dicht hinter sie und senkte seinen Mund zu ihrem Ohr. "Wieder da?", fragte er leise und legte eine Hand auf ihre Hüfte. Sie versteifte sich und drehte sich dann schnell zu ihm um, ehe sie einen Schritt rückwärts machte.

"Nicht wirklich freiwillig", antwortete sie und presste die Lippen zusammen. Wunderschöne Lippen, die er nur allzu gern einmal kosten würde.

Er machte einen Schritt auf sie zu und drängte sie so mit dem Rücken gegen die Bar. Er lächelte dreist und stützte sich mit einer Hand an der Theke ab.

"Sie werden dich wohl kaum gezwungen haben." Dass sie hier war, sagte ihm nur, dass sie ihn genauso sehr wollte wie er sie. Warum sonst sollte sie in diesem sexy Kleid in diesen speziellen Club kommen?

"Ich nenne es Nötigung." Sie blickte sich um und runzelte dann die Stirn.

"Was ist los?" Den Teil mit der Nötigung ignorierte er lieber und wendete sich dem aktuellen Problem zu.

Ihr Blick wanderte wieder zu ihm. "Sie sind weg. Meine Freundinnen", fügte sie erklärend hinzu.

Sehr rücksichtsvoll, dachte er und grinste noch breiter. "Wie nett."

Luna starrte ihn finster an und selbst dabei sah sie noch umwerfend aus. Ihre Augen verengten sich, wirkten katzenhafter.

"Nett wäre es, wenn du ein bisschen Abstand halten würdest."

Bei ihrem bissigen Tonfall verdrehte er die Augen. Was war nur los mit diesem Mädchen? Eigentlich sollte sie sich darüber freuen, dass er sich mit ihr abgab. Natürlich war sie absolut umwerfend, aber er war immer noch Dylan Jones. Jede – und damit meinte er *wirklich jede* – Frau wollte in sein Bett.

"Die meisten Frauen würden ziemlich viel dafür geben, dass ich ihnen so nahe komme", antwortete er.

Er senkte den Kopf, damit sie ihn über die dröhnende Musik hinweg besser hören konnte. Dabei atmete er tief ihren Duft ein.

Sie roch frisch und fruchtig, ein kleines bisschen süß und unglaublich verführerisch. Er stellte sich vor, dass sie genauso süß schmecken würde, an allen Stellen ihres Körpers.

Sein Schwanz, der schon seit dem letzten Abend nichts anderes wollte, als tief in sie zu stoßen, richtete sich langsam auf. Aber es war noch lange nicht so weit.

Ihr Atem ging ein klein wenig schneller, wenn er sich nicht täuschte. Sie wollte ihn. Vielleicht tat sie nur so abweisend, um ihn zu reizen? Vielleicht dachte sie, dass sie damit seine Aufmerksamkeit erregen könnte, wie es schon viele Frauen vor ihr versucht hatten. Aber dieses "die Unnahbare spielen" hatte bei ihm noch nie funktioniert. Im Gegenteil, normalerweise war er sofort genervt davon und suchte sich jemand anderen.

Aber sie interessierte ihn wirklich, und der Gedanke, dass sie diese ablehnende Haltung nur spielte, gefiel ihm absolut nicht. Da er sie aber so unbedingt wollte, spielte er mit.

"Möchtest du etwas zu trinken?", raunte er in ihr Ohr und achtete darauf, dass seine Lippen ihre Haut streiften.

Sie seufzte leise, was ihn nur noch heißer werden ließ. Wenn sie so weitermachte, würde er sie einfach küssen … und damit entweder einen Volltreffer landen oder sich in aller Öffentlichkeit eine Ohrfeige kassieren. Bei dieser Frau war er sich leider absolut nicht sicher.

Vorsichtshalber griff er nach ihren Hüften und drehte sie zur Bar, ließ seine Hände dann aber auf ihren Seiten ruhen.

"Was möchtest du?", hakte er nach, seinen Mund immer noch ganz nah an ihrem Ohr, damit nur sie ihn hörte.

Die Frage war nicht nur auf die Drinks bezogen, er wünschte sich nichts sehnlicher, als all ihre kleinen, schmutzigen Fantasien aus ihrem Mund zu hören.

"Wodka-Bull."

Ihre Stimme klang jetzt rauer, nach Sex und göttlichen Orgasmen. Er konnte sich genau vorstellen, wie sie seinen Namen stöhnen würde, während er immer wieder tief in sie stieß. Dylan lehnte sich an sie, als er über ihre Schulter hinweg dem Barkeeper winkte.

Brad kam sofort zu ihnen, nahm seine Bestellung entgegen und schrieb es auf Dylans Konto. Ende des Monats würde Dylan wie immer eine Gesamtrechnung bekommen.

Dann konzentrierte Dylan sich wieder auf die Frau vor sich. Ihr Arsch fühlte sich einfach zu gut an seinem immer härter werdenden Schwanz an, also zog Dylan sich nicht zurück.

Er ließ eine Hand auf ihrer Seite ruhen und streichelte mit dem Daumen langsam über ihren Hüftknochen. Mit dem anderen Unterarm stützte er sich auf der Theke ab.

"Ich hab an dich gedacht heute Nacht." Und an jedem anderen verfluchten Tag, seit er sie zuletzt gesehen hatte. Sie wollte einfach nicht aus seinem Kopf verschwinden.

Sie sah zu ihm auf und die Unsicherheit in ihrem Blick ließ ihn stutzen.

"Lass das, Dylan, bitte."

"Was?" Sie wollte ihn, das war offensichtlich. Wo war ihr Problem?

Sie bewegte sich vor ihm, versuchte ein wenig Abstand zwischen sie zu bekommen, rieb damit aber lediglich mit ihrem hinreißenden Arsch an seinem Schwanz. "Das alles. Such dir jemand anderen. Ich bin nicht interessiert und …"

Dylan schnaubte, dann schlang er einen Arm um ihre Mitte und presste sie fest an sich.

Sie erschauerte in seinen Armen, und die Härchen in ihrem Nacken stellten sich auf, als er mit seinen Lippen über ihren Hals wanderte. "Lüg mich nicht an, Babe." Ihre Haut war unglaublich weich. Bei dieser Frau konnte er sich durchaus vorstellen, ihren ganzen Körper mit seinen Lippen zu erkunden. Wahrscheinlich würde er sich bei ihr wirklich Zeit nehmen. Nicht nur, weil es sein musste, sondern weil er es wollte.

Er musste einfach wissen, wie sie schmeckte, wie sie sich anfühlte und anhörte, wenn sie sich vor Lust unter ihm wand und nach mehr bettelte.

Diese Frau weckte Fantasien und Wünsche in ihm, die er nicht wirklich zuordnen konnte und über die er nicht nachdenken wollte.

"Ich bin nicht auf der Suche nach One-Night-Stands", protestierte sie leise.

"Ich habe nie behauptet, dass dies das Ziel wäre ..." Je länger er sie um sich hatte, desto sicherer war er, dass eine einzige Nacht mit ihr nicht reichen würde. Manche Frauen mussten einfach ein paar Wochen bleiben, bis er sie aus seinem System hatte. Sie gehörte definitiv dazu. Er würde allein schon eine ganze Woche damit verbringen, jeden Zentimeter ihres unglaublichen Körpers zu erforschen.

Er rieb sich ein kleines bisschen an ihr, konnte sich einfach nicht länger beherrschen. Sie fühlte sich so verdammt gut in seinen Armen an.

"Dylan Jones!" Jemand schlug ihm kräftig auf die Schulter.

Er hasste es. Die Schulterklopfer genauso wie Unterbrechungen. Und eine Störung, während er die heißeste Frau seit Monaten dazu überreden wollte, in sein Bett zu kommen, war ein absolutes No-Go!

Wütend drehte er sich zu dem Störenfried um. "Corey." Dieser Typ ging ihm seit Wochen auf die Nerven. Dylan fragte sich, wer zum Teufel ihn hier reingelassen hatte. Corey spielte eine kleine Nebenrolle im aktuellen Dreh und hing an Dylans Hosenbein wie Seans nerviger Chihuahua. Egal, wie abweisend er zu ihm war, er wurde ihn einfach nicht mehr los.

"Das ist ja ein Zufall!", sagte Corey.

Dylan schnaubte. Fast so zufällig wie ihn auf dem Set zu treffen.

Interessiert sah Corey über Dylans Schulter, was Dylan wieder an wesentlich wichtigere Dinge denken ließ als diesen kleinen nervigen Wicht.

"Verpiss dich, Corey. Ich bin beschäftigt", knurrte Dylan und drehte sich zurück zu Luna, aber da war keine Luna mehr. Sie war weg. Einfach verschwunden. Er hatte sie nur eine einzige Sekunde aus den Augen gelassen.

Wütend drehte er sich wieder zu Corey, stieß ihn grob vor die Brust und knurrte: "Halt dich verdammt noch mal von mir fern!"

Corey hob kapitulierend die Hände nach oben. Besser für ihn; hätte er noch einen nervigen Satz von diesem Idioten gehört, hätte er ihn leider erwürgen müssen.

Dylan atmete einmal tief durch, um sich wieder zu beruhigen. Corey war schließlich auch nur einer von Tausenden Speichelleckern, die versuchten, durch Dylan endlich den Durchbruch zu schaffen.

Dann machte er sich auf den Weg durch den Club, um Luna zu finden. Egal, wo sie war, er würde sie finden und da weitermachen, wo sie stehen geblieben waren. Dass das genau der richtige Weg war, um ihre Eisschicht zu durchdringen, war er sich sicher.

Auf der Toilette angekommen, ließ sie sich eiskaltes Wasser über ihre zitternden Hände laufen.

Verdammte Scheiße, dieser Typ war heißer, als ihr guttat! Das schwarze Muscle-Shirt hatte sich so eng an seinen Oberkörper geschmiegt, dass sie jeden einzelnen Muskel hatte sehen können.

Nicht, dass sie eine visuelle Unterstützung gebraucht hätte. Sein harter Körper in ihrem Rücken war vollkommen ausreichend, um sie richtig auf Touren zu bringen. Sie begehrte ihn wirklich, und das sollte sie absolut nicht.

Dieser Mann war nicht gut für sie.

Einer wie er war nicht für Beziehungen gemacht. Wie auch, wenn er doch haufenweise Groupies hatte, von denen jede sofort die Beine für ihn breitmachte. Er war es eindeutig gewohnt, zu bekommen, was er wollte.

Sie betrachtete sich in dem großen, hell erleuchteten Spiegel über dem Waschtisch aus Marmor. Diese Toilette war genauso luxuriös wie alles im *Underground.* Perfekt auf Hochglanz poliert, ebenso wie die Besucher.

Sie passte hier nicht hin. Sie wollte keine von den Barbies da draußen sein, die alles für einen One-Night-Stand mit Dylan Jones taten.

Aus Erfahrung wusste sie, dass nur Sex für sie nicht funktionierte. Ihr Herz war dafür einfach nicht ausgelegt und furchtbarer Liebeskummer vorprogrammiert.

Sie hätte sich niemals von Amira überreden lassen dürfen, wieder in diesen Club zu kommen. Schon gar nicht, weil Dylan ihr permanent im Kopf herumging. Trotz aller Versuche hatte Dylan sich die ganze Woche über hartnäckig in ihrem Kopf gehalten. In jedem einzelnen Paar blauer Augen hatte sie die seinen gesehen, hatte an ihn gedacht und die Art, wie er sie angelächelt hatte.

Sie musste schnellstens hier weg und dann nie wieder in seine Nähe kommen. Er roch einfach zu gut, der ihm eigene Duft war unbeschreiblich. Maskulin, herb und ein wenig nach dem Meer, an dem sie in dieser Woche so verdammt viel Zeit verbracht hatte. Seine Hände fühlten sich fantastisch auf ihrem Körper an, so heiß und schwer. Seine Berührungen ließen sie stumm nach mehr flehen. Auch wenn ihr Kopf ihr immer wieder gesagt hatte, dass sie von ihm wegmusste, ihr Körper hatte einfach nicht reagiert.

Sie hatte ein großes Problem. Genau genommen war das Problem ungefähr einen Meter neunzig groß, tätowiert und verdammt sexy.

Schluss jetzt! Auf der Stelle!, befahl sie sich selbst. Sie musste handeln, anstatt sich einfach nur in ihren Gedanken an diesen Mann zu verlieren.

Sobald sie im Taxi saß, würde sie Amira und Chiara eine Nachricht schicken. Vorher nicht, sonst würden die beiden nur wieder versuchen, sie zum Bleiben zu bewegen, und das kam nicht infrage.

Sie trocknete sich die Hände ab und zog das Kleid gerade, das Chiara ihr aufgedrängt hatte. Dann schnappte sie sich ihre kleine Handtasche und öffnete die Tür.

Wie angewurzelt blieb sie stehen. Direkt gegenüber an der Wand lehnte Dylan und lächelte sie träge an.

"Was machst du hier?", fragte sie. Ihre Gefühle konnte sie nicht eindeutig identifizieren. Da war auf jeden Fall eine riesengroße Portion Unsicherheit, gepaart mit einer Menge Verlangen und dem Wunsch, so schnell wie möglich von ihm wegzukommen. Oder zu ihm hin. Oder irgendwas, nur einfach nicht wie erstarrt auf der Schwelle zur Toilette zu stehen.

"Auf dich warten", antwortete er mit einem sexy Lächeln, das ihre Knie weich werden ließ. Er war so sehr von sich selbst überzeugt, dass es sie in den Wahnsinn trieb. Er wusste, was er wollte, und zweifelte keine Sekunde an sich.

Als er einen Schritt auf sie zu machte, wich sie automatisch zurück. In seiner Nähe konnte sie sich selbst nicht mehr trauen, sie musste ihn definitiv ein wenig auf Abstand halten.

Er runzelte die Stirn. "Was ist los?", fragte er, als würde sie sich wirklich seltsam benehmen.

Wut keimte in ihr auf. Sie war wütend auf sich selbst, weil sie sich so wenig unter Kontrolle hatte, und wütend auf ihn, weil er sie so in die Enge drängte. Für ihn schien absolut klar zu sein, worauf das hier hinauslief, ganz egal, wie es ihr damit ging.

Genau diese Sorte Mann war er. Er nahm sich, was er wollte, ohne auf die Gefühle der Frauen zu achten, die er zu einhundert Prozent am nächsten Tag vor die Tür setzte.

"Du bist ein aufdringlicher, arroganter Arsch und ich will dich nicht in meiner Nähe haben, das ist los!", fauchte sie und war gleich darauf von sich selbst überrascht, dass sie so kratzbürstig klingen konnte.

Sein Stirnrunzeln vertiefte sich, dann hob er

kapitulierend die Hände und machte einen Schritt zurück, bis er wieder mit dem Rücken an der Wand lehnte.

Das machte ihn leider ein klein bisschen sympathischer. Sympathisch sollte er nicht auch noch sein, sexy machte ihr schon genug zu schaffen.

"Nur die Ruhe, ich will dich doch nur kennenlernen", sagte er grinsend.

Hätte er sie nicht vor wenigen Minuten so gegen die Bar gedrängt, hätte sie ihm dieses jungenhafte Grinsen vielleicht abgekauft.

Also hob Luna nur eine Augenbraue. "Du willst mit mir ins Bett, das ist ein Unterschied."

Er zuckte die Schultern und sein Grinsen vertiefte sich. "Ich brauche nicht zwangsläufig ein Bett."

Luna klappte der Mund ein kleines Stück auf, während sie verzweifelt nach einer Antwort für diese dreiste Anmache suchte.

Sein Blick wanderte hinunter zu dem großen stabilen Waschtisch, von dem sie wusste, dass er ihn hinter ihr sah.

Sie stöhnte genervt auf, als sich Bilder von Dylan und ihr in ihrem Kopf formten, wie er sie über diesen Waschtisch gebeugt nahm.

Sie straffte die Schultern und ging los. Sie musste von ihm weg. Sofort!

"Warte, wo willst du hin?"

"Nach Hause."

Er schob sich vor sie und versperrte ihr den Weg. "Nein, bleib noch."

"Lass mich durch."

Er verschränkte die Arme vor der Brust.

Automatisch wanderte ihr Blick zu seinem beeindruckenden Bizeps.

Als hätte er ihren Blick bemerkt, entspannten sich seine Arme, und er kam einen Schritt auf sie zu. "Komm schon, Babe. Schenk mir ein paar Minuten deiner Zeit. Ich schwöre auch, meine aufdringlichen Finger bei mir zu behalten", sagte er lächelnd.

Hier im Gang, wo die Musik ein wenig leiser war, hörte sich seine raue Stimme noch viel heißer an. Er stand so dicht vor ihr, dass sie den Kopf in den Nacken legen musste, um in diese faszinierenden blauen Augen zu sehen. Er war mindestens 15 Zentimeter größer als sie. Trotz High Heels!

"Warum?", fragte sie. Sie sollte noch nicht einmal darüber nachdenken. Die Faszination, die er auf sie ausübte, konnte nichts Gutes bedeuten.

"Weil ich es will", antwortete er schlicht. Er klang dabei so selbstverständlich, dass Luna beinahe gelacht hätte.

Sie verdrehte die Augen, konnte sich ein Lächeln aber nicht verkneifen. "Du bist wirklich ein arroganter Arsch."

"Ich könnte ein zufriedener arroganter Arsch sein, wenn du mir … sagen wir, zehn Fragen beantwortest." Seine Augen funkelten und seine geraden weißen Zähne blitzten hinter seinen vollen Lippen hervor.

Warum war ihm das so wichtig? Und noch viel wichtiger, warum wollte *sie* ihn unbedingt näher kennenlernen? Dass sie sich von ihm angezogen fühlte, war die eine Sache, aber warum hoffte sie, dass mehr hinter diesem hübschen Gesicht stecken könnte?

Sie würde es niemals herausfinden, wenn sie ihm

keine Chance gab. Diesen intensiven Blick würde sie nicht vergessen, solange sie nicht eindeutig sagen konnte, dass wirklich nicht mehr in ihm steckte.

Ihr Herz hämmerte, als sie sich dazu entschied, ihrem inneren Drängen nachzugeben.

"Fünf, und das auch nur, wenn du mich dann in Ruhe nach Hause gehen lässt", sagte sie um eine feste Stimme bemüht.

Das war eine schlechte Idee, Luna! Eine ganz schlechte Idee! Du wirst so was von auf die Schnauze fallen!, ermahnte sie ihre innere Stimme und klang dabei irgendwie besorgt.

"Fünf bei einem Drink, dann sind wir im Geschäft", feilschte er und wirkte sehr zufrieden.

Luna nickte. Wenn sie sich schon fahrlässigerweise mit ihm unterhielt, konnte sie genauso gut etwas trinken. Sein Lächeln war entwaffnend. Dylan nahm ihre Hand und verschränkte ihre Finger mit seinen. Seine Hand war warm und der Griff fest. In diesem Moment, mit ihrer Hand in seiner, wäre sie ihm wahrscheinlich überallhin gefolgt.

Zur gleichen Zeit wollte sie so schnell wie möglich von ihm weg und seine Berührung so lange wie möglich genießen. Sie sollte das nicht zulassen, vor allem, weil es sich so verdammt gut anfühlte. Dennoch ließ sie sich einfach von ihm durch die Menge ziehen.

Tief in ihre eigenen widerstreitenden Gefühle versunken, erkannte sie zu spät, wohin er wollte. Sie waren schon beinahe an dem Tisch von letzter Woche angekommen. Ihren verräterischen Freundinnen wollte sie eigentlich nicht unter die Augen treten, aber es schien sich jetzt nicht mehr vermeiden zu lassen.

Mit einer Handbewegung verscheuchte er einen jungen Mann und dessen Begleitung von dem niedrigen Sofa, auf dem sie schon das letzte Mal gesessen hatten.

Chiara strahlte Luna an, als sie ihre ineinander verschränkten Finger sah. Das löste in Luna den Wunsch aus, ihre Hand sofort wegzuziehen, aber Dylan gab sie nicht frei, sondern zog sie nur neben sich auf die Ledercouch.

Er lehnte sich nach vorn zu dem modernen Glastisch und tippte etwas in das Bedienfeld, das darin integriert war. Dann lehnte er sich zurück in das weiche Sofa. Alles, ohne ihre Hand loszulassen.

Luna zog leicht daran und Dylan grinste nur. "Nein, nein. Sicherheitshalber halte ich dich fest, bis ich meine fünf Antworten habe."

Lächelnd schüttelte sie den Kopf. "Dann schieß mal los." Dieser Kerl war charmanter, als gut für sie war. Sie sollte wirklich aufpassen, was er mit ihren Hormonen ... oder noch besser, mit ihrem Herz anstellte, ehe es zu spät war.

"Ich muss sie mit Bedacht wählen, ich habe nur fünf, gib mir einen Moment", antwortete er.

DYLAN

Die Getränke kamen und wurden wieder automatisch auf seine Rechnung geschrieben. Langsam nahm er einen Schluck von seinem Whisky und versuchte sich auf die Fragen zu konzentrieren, die er Luna stellen wollte. Gar nicht so leicht, wenn das Kribbeln auf seiner Haut, dort, wo seine Hand die ihre traf, ihn ablenkte.

Er überlegte sich seine Fragen genau. Es durften keine einfachen Ja-oder-Nein-Fragen sein und vor allem mussten sie ihn weiterbringen.

Egal, wie sehr sie sich sträubte, Luna begehrte ihn, und er hatte absolut nicht vor, sie einfach so ziehen zu lassen.

Irgendwie musste er sie aus ihrem Schneckenhaus locken und herausfinden, was in ihr vorging.

"Gut. Frage eins: Was machst du, wenn du nicht gerade genötigt wirst, ins *Underground* zu gehen?"

Luna sah ihn an, als hätte sie ein Rätsel vor sich. Dabei war sie es doch, die ihm andauernd Stoff zum Nachdenken gab.

"Ich studiere."

"Was?", hakte er nach.

"Das ist dann deine zweite Frage", sagte sie lächelnd und beugte sich nach vorn, um ihren Drink zu holen. Er hatte ihr wieder einen Wodka-Bull bestellt, froh darüber, wenigstens dieses kleine bisschen bereits von ihr zu wissen.

Ihre Haare fielen ihr dabei über die Schulter und legten ihren Nacken frei. Unwillkürlich stellte er sich vor, wie er in ihre Haare griff und ihren Kopf zurückzog, während er von hinten in sie stieß. Seine Hose spannte noch mehr bei diesem verlockenden Bild in seinem Kopf. Unruhig rutschte er auf seinem Platz hin und her, bis er wieder einigermaßen angenehm sitzen konnte.

"Nein, es ist eine Nachfrage zu einer nicht vollständigen Antwort. Du kannst es als Frage eins Punkt eins sehen." Luna lachte und dieses Geräusch jagte angenehme Schauer durch seinen Körper. Er wollte sie öfter so ausgelassen lachen hören, so frei und irgendwie zufrieden.

Sie hatte sich, seit er sie an der Toilette getroffen hatte, ein ganzes Stück weit entspannt. Es gefiel ihm, dass sie lockerer war und nicht mehr ganz so verspannt in seiner Gegenwart.

"Du drehst und wendest dir die Regeln gern so, wie du sie brauchst, oder?"

Ich würde dich gern so drehen und wenden, wie ich dich brauche ..., dachte er und versuchte das Bild so schnell wie möglich wieder aus seinem Kopf zu verscheuchen.

Sie sollte seine Gedanken weder in seinen Augen sehen können noch wollte er mehr Blut in seinem Schwanz, wo er doch im Moment sowieso schon zu wenig Platz in seiner Hose hatte.

"Nur, wenn ich keine andere Möglichkeit habe", gestand er und musterte ihren schmalen, verführerischen Hals.

"Also gut. Ich studiere Musik an der Hollywood Academy of Music and Arts."

"Musik?" Das riss ihn aus seinen Gedanken. Irgendwie hatte er mit etwas Bodenständigerem gerechnet.

"Eine Nachfrage pro Frage. Neue Regel, nicht zu wenden", antwortete sie und lächelte mit funkelnden Augen.

Sie war eine harte Verhandlungspartnerin. Vielleicht hätte sie lieber Jura studieren und Anwältin werden sollen. Aber er nickte zustimmend.

"Na gut, ich beuge mich deinen Regeln. Frage zwei: Was sind deine Hobbys?"

"Musik." Sie zwinkerte ihm zu. "Und zu deiner Nachfrage: Ich höre sie gern, ich spiele sie gern und ich tanze gern dazu. Manchmal versuche ich mich auch daran, ein eigenes Stück zu schreiben. Bisher erfolglos."

Er lachte, konnte sich aber nicht wirklich konzentrieren, da das Getuschel seiner Freunde ihn ablenkte. Ihm war durchaus klar, dass er ein komisches Bild abgab. Es war nicht seine Art, sich endlos mit einer Frau zu unterhalten. Aber Luna war anders. Luna war interessant und nicht sehr leicht zu beeindrucken.

"Bist du von hier?" Er konnte Jamie hören, der fragte, wer Luna sei. Aaron antwortete lachend, dass das doch völlig egal sei und Jamie sich lieber Lunas Beine ansehen sollte. Das löste in Dylan das Bedürfnis aus, Luna von hier wegzubringen. Er wollte nicht, dass einer dieser Idioten sie anbaggerte oder zum Schluss noch verscheuchte.

"Nein, aus Santa Barbara." Lunas Antwort riss ihn aus seinen Gedanken. Er musste sich auf sie konzentrieren.

Santa Barbara also. Dann war Luna bestimmt wie viele andere junge Frauen hier in der Hoffnung, sich einen reichen Sack zu angeln, der sie dann heiratete und ihr das Leben finanzierte.

Der Gedanke gefiel ihm absolut nicht. Obwohl er die Antwort kannte, stellte er seine zweite Frage zu diesem Thema. "Hier meine Nachfrage: Warum dann Hollywood?"

"Ich habe ein Vollstipendium an der Hollywood Academy of Music and Arts bekommen." Ihre irgendwie stolze Antwort freute ihn. Natürlich hieß das nicht, dass sie nicht trotzdem auf der Suche nach einem Sugardaddy war, aber zumindest verließ sie sich nicht nur auf diese Möglichkeit. Vielleicht hatte ihre Familie aber auch selbst einen Haufen Kohle, und sie war nur eines dieser hübschen Mädchen, das entdeckt werden wollte. So musste es sein, denn sonst hätte sie wohl etwas Bodenständigeres für ihr Studium gewählt als Musik.

In diesem Moment wünschte er sich wirklich, er hätte ihren Regeln nicht zugestimmt, dann hätte er jetzt einfach noch weiter nachhaken können.

Aber irgendwie musste er doch mehr über sie erfahren, und wie ging das besser als über ihre Familie? "Da ich keine weitere Nachfrage habe, muss ich wohl meine vierte Frage verschwenden. Lebt deine Familie noch in Santa Barbara?"

Ihr Blick verfinsterte sich schlagartig. "Ich habe keine Familie." Zu gern hätte er jetzt nachgehakt. Aber die Art, wie sich ihr Blick verschloss, sagte ihm, dass er es besser sein lassen sollte, wenn er sie nicht ganz vergraulen wollte.

Er räusperte sich und nutzte seine letzte Frage genau so, wie er es von Anfang an geplant hatte. "Okay. Nummer fünf und meine letzte Frage: Gib mir deine Handynummer."

Luna verdrehte die Augen, lachte aber. "Das ist keine Frage, Dylan."

Bei dieser Erbsenzählerei hätte er gerne geknurrt, aber sogar diese widerspenstige Geste machte ihn bei ihr an.

"Dann lass es mich anders formulieren. Kann ich deine Handynummer haben?"

Dieses Mal lächelte sie, doch es wirkte irgendwie durchtrieben. "Nein."

"Nein?", fragte er verdutzt. Er konnte sich nicht daran erinnern, wann ihm das letzte Mal eine Bitte ausgeschlagen worden war.

"Nein. Womit deine Nachfrage auch abgehandelt ist."

"Du bist zu hart zu mir, Babe." Er legte sich theatralisch eine Hand auf die Brust, was Luna nur noch lauter lachen ließ.

"Du wirst es verkraften. Vielleicht bis irgendwann", sagte sie und stand auf. Er hätte sie gern einfach festgehalten, aber er hatte es ihr versprochen.

Vielleicht und *irgendwann* standen aber absolut nicht auf seinem Plan. Er würde Davy auf ihre Freundinnen ansetzen, damit sie Luna morgen wieder zu ihm brachten. Nie im Leben würde er sie einfach so aus seinem Kopf bekommen.

Luna winkte in die Runde und ging dann mit wogenden Hüften davon.

Er konnte nichts anderes tun, als ihr hinterherzustarren und neue Pläne zu schmieden.

"Was zum Teufel war das denn?", fragte Sean verdutzt und ließ sich neben Dylan auf den frei gewordenen Platz fallen.

"Luna", antwortete Dylan abwesend, während er in Gedanken schon ihre nächste Begegnung plante. Diese Frau war heißer als Feuer und würde definitiv den Weg in sein Bett finden.

"Ich weiß, wie sie heißt, aber was habt ihr da gemacht, und wo geht sie hin?"

"Geredet und jetzt geht sie nach Hause", antwortete

er und sah ihrem göttlichen Arsch dabei zu, wie er die Stufen nach oben wackelte.

"Ohne dich?" Sean hörte sich genauso fassungslos an, wie er sich fühlte. Wann zum Teufel hatte sich eine Frau zuletzt eine Einladung von ihm entgehen lassen? Er konnte sich bei Gott nicht daran erinnern.

"Jep. Sieht ganz so aus." Aus irgendeinem Grund musste er lächeln. Ein richtiges Lächeln, das von Herzen kam.

"Warum?"

Dylan drehte sich zu seinem Freund. Ein Groupie saß rittlings auf seinem Schoß und knabberte an seinem Hals, während Sean sich noch mit Dylan unterhielt.

Es schien ihr nichts auszumachen, dass Sean ihr nicht seine Aufmerksamkeit schenkte.

Dylan sah wieder in Seans Augen und beantwortete seine Frage: "Ganz ehrlich? Ich habe keine Ahnung!"

3 EIN DATE?

LUNA

Sie hatte sich im Wohnzimmer in eine Wolldecke gekuschelt und hatte sich ihren Unterlagen für das Studium gewidmet, als Chiara und Amira sie mit ihrem Anliegen überfielen. Seit über 15 Minuten bearbeiteten die beiden Luna jetzt schon, damit sie am Abend mit ihnen ausging.

"Kommt absolut nicht infrage!", sagte Luna entschieden. Sie würde nie wieder in diesen VIP-Club gehen, ganz egal, wie sehr Amira und Chiara schmollten. Zweimal war auf jeden Fall schon zweimal zu viel!

"Warum stellst du dich denn so an? Dylan ist doch echt schnuckelig", jammerte Amira, als hätte Luna ihr verboten, auszugehen.

Er war schnuckelig, da hatte Amira durchaus recht, was genau das Problem war.

Dylan Jones würde ihr den Boden unter den Füßen wegziehen, wenn sie es zuließ.

"Ich will nicht. Ich will nicht ausgehen, ich will nicht ins *Underground* und ich will Dylan nicht wiedersehen. Reicht das nicht? Seid ihr seine oder meine Freunde?", schnauzte sie und widmete sich dann wieder ihrem Buch. Sie hatte für die kommende Woche noch genug Stoff zu lernen. Ihre Freundinnen waren auf gute Noten nicht angewiesen. Sie schon.

Sie hatte nur noch ein Jahr bis zu ihrem Abschluss, das würde sie sich nicht verderben lassen.

Eine Weile musste sie noch mit den beiden diskutieren, aber schließlich ließen sie Luna allein in ihrer WG zurück.

Viel half das leider auch nicht, denn Dylan hatte sich so tief in ihre Erinnerung gebrannt, dass es sich anfühlte, als wäre er immer noch dicht bei ihr.

Stöhnend schloss sie die Augen. Sie musste an seine Erektion an ihrem Po denken, als er sich von hinten an sie gedrückt hatte. Dylan Jones hatte sich verflucht noch mal atemberaubend an ihrer Rückseite angefühlt. Von seinem sexy Grinsen und seiner rauen Stimme einmal ganz abgesehen, hatte dieser Mann wirklich alles, was frau sich wünschen konnte. Kein Wunder also, dass sein Ego so groß war.

DYLAN

"Wo ist sie?", fragte er Davy, als Lunas Freundinnen endlich auf die Tanzfläche gegangen waren.

"Wo ist wer?", fragte Davy abwesend und musterte den Hintern des Mädchens, das gerade vor Jamie tanzte.

Davy hatte definitiv die Aufmerksamkeitsspanne eines Kleinkinds, wenn es um Frauen ging. Dylan biss die Zähne zusammen, als Conner zu lachen begann. "Die dritte im Bunde. Du weißt schon, die Blonde, hinter der Dylan schon die ganze Zeit her ist", sagte Conner noch immer lachend.

Davy grinste. "Ah ja, Amira sagte, dass sie keine Lust hatte und lieber lernen wollte."

Aaron und Josh johlten. "Du hast dir ihren richtigen Namen gemerkt, wann läuten bei euch die Hochzeitsglocken?", fragte Aaron und klatschte sich mit Josh ab.

Ertappt zuckte Dylan zusammen, bis er bemerkte, dass die Jungs gar nicht seiner Vernarrtheit in Luna auf die Schliche gekommen waren, sondern Davy ertappt hatten.

Dieser zog die Augenbrauen zusammen. "Das ist unheimlich. Muss daran liegen, dass ich sie auch tagsüber immer mal wiedersehe."

Dann schüttelte er den Kopf, als müsste er einen Gedanken abschütteln.

"Dienstag wieder Football-Abend bei mir?", fragte Sean, während sein Blick der knapp bekleideten Bedienung folgte.

Alle nickten zustimmend, bis auf Jamie, der in der folgenden Woche nach Vancouver musste, um dort einige Szenen zu drehen.

Eine Weile unterhielten sie sich über ihre aktuellen Projekte, aber Dylan konnte sich nicht konzentrieren. Er entschied sich, nach seinem Drink nach Hause zu gehen. Wenn Luna nicht kam, brauchte er hier auch nicht rumzuhängen. Sein Schwanz hatte schon beschlossen, dass eine andere nicht infrage kam, bis er Luna gehabt hatte.

Ihr Kopf rauchte, als sie am Montag von ihrer Vorlesung aus zur Mensa ging. Musikgeschichte am Nachmittag raubte ihr den letzten Nerv. Sie war mehr als froh, dass es die letzte Vorlesung für diesen Tag gewesen war.

Sie wollte noch etwas essen, bevor sie nach Hause ging. Weder sie noch ihre Freundinnen waren am Wochenende einkaufen, daher musste sie das Essen in der nicht wirklich guten Mensa ertragen. Bei dem Gedanken schwor sie sich, gleich morgen einkaufen zu gehen.

Sie öffnete eine der großen Glastüren und betrat das hallenartige Gebäude. Erstaunlicherweise roch es immer ziemlich gut dafür, dass es umso furchtbarer schmeckte.

Um diese Uhrzeit war nie sonderlich viel los. Nur vereinzelte Studenten aßen am Nachmittag noch hier. Sie konnte direkt zur Essenstheke durchgehen, ohne sich erst noch in einer dicht gedrängten Schlange anstellen zu müssen.

Von dem großen Stapel am Thekenanfang nahm sie sich eines der grauen Plastiktabletts und legte Besteck und eine Serviette darauf. Dann suchte sie nach etwas Essbarem.

Nudeln mit Tomatensoße war hierbei die beste Alternative, da konnte man nicht allzu viel falsch machen. Meistens schmeckten sie einfach nach gar nichts, was immer noch besser war als der seltsame Nachgeschmack des Wurstragouts.

Sie nahm sich eine Flasche Wasser dazu und ging dann zur Kasse, an der sie mit ihrer Unicard bezahlte.

"Kein Bargeld", hörte sie die stets unfreundliche Stimme der Kassiererin zu dem Studenten nach ihr sagen.

"Ich hab keine Karte, sorry." Die raue Stimme stellte ihr sämtliche Nackenhärchen auf.

Dylan!

Ruckartig drehte sie sich um. Da stand er wirklich. Die schwarze Basecap und die Sonnenbrille verbargen sein Gesicht, aber Luna hätte ihn allein an seiner Stimme erkannt, auch ohne seine tätowierten Schultern zu sehen.

"Dy…" Er presste ihr eine Hand auf den Mund, ehe sie fertig gesprochen hatte.

Was zum Teufel macht er hier?

Dann nahm er entschuldigend lächelnd seine Hand herunter … die sich verdammt gut auf ihrem Gesicht angefühlt hatte.

"Könntest du …" Er nickte zur Kasse. Es schien ihm wirklich peinlich zu sein, sie darum zu bitten. Luna grinste und reichte der Kassiererin ihre Karte.

Nachdem der Betrag abgebucht worden war, nahm sie ihr Tablett und ging verwirrt über seine Anwesenheit neben ihm her zu einem der kleinen Tische im hinteren, ruhigeren Bereich der Uni-Kantine.

"Was tust du hier?", fragte sie leise, nachdem sie sich gesetzt hatten. Dylan sah zum Anbeißen aus. Das schwarze, enge Shirt betonte seinen erstklassigen Oberkörper und passte perfekt zu der ausgeblichenen, zerrissenen Jeans. Eine ebenfalls schwarze Cap mit HB-Aufdruck hatte er tief ins Gesicht gezogen.

"Dich besuchen, nachdem du mich am Samstag versetzt hast", gab er grinsend zurück und stützte seine Unterarme auf dem Tisch ab.

Er hatte wirklich sexy Unterarme. Trainiert, gebräunt und mit dicken Adern durchzogen. Unwillkürlich formte sich ein Bild in ihrem Kopf, wie er sich auf ebendiesen sexy Unterarmen neben ihrem Kopf abstützte und …

Nein, nein, nein!

"Ich habe nie behauptet, dass ich komme." Um das Thema zu wechseln, sagte sie: "Und wer ist das?" Sie deutete auf einen Mann am Nebentisch, der überhaupt nicht hierherpasste. Zu breit, zu grimmig und zu wachsam. Er konnte nur zu Dylan gehören.

"Bodyguard", antwortete Dylan und verzog das Gesicht. "An die Uni kann ich echt nicht ohne Notfallplan gehen."

Luna lachte. "Hast du Angst vor deinen Groupies?"

Seine Miene wurde noch ein klein wenig gequälter. "Lach nur. Das kann echt anstrengend sein, wenn sie einem überall auflauern. Warum, meinst du, gibt es das *Underground*?", gab er grinsend zurück.

Noch immer lächelnd schüttelte sie den Kopf. "Du solltest gar nicht hier sein." Es war die Wahrheit, Dylan gehörte nicht hierher. Vor allem nicht, weil sie ihn viel zu sehr wollte. Er sollte ihr nicht im Kopf herumspuken.

"Ich wollte es aber." Er aß eine Gabel voll von den Nudeln und rümpfte dann die Nase. "Das schmeckt furchtbar!"

Luna konnte sich ein Lächeln nur schwer verkneifen. Natürlich schmeckte es ihm nicht. Er war zu hundert Prozent nur das Beste vom Besten gewohnt. Billiges Mensaessen stand bestimmt nicht auf seinem Speiseplan. Dieser Gedanke verscheuchte ihre gute Laune sofort, denn es zeigte nur wieder einmal, wie unerreichbar er wirklich für sie war. Sie lebten in verschiedenen Welten, ganz egal, wie bemüht er in diesem Moment war. "Noch ein Grund, warum du nicht hier sein solltest."

Lustlos schob Luna ihre eigenen Nudeln auf dem Teller umher. Ihr Hunger war verflogen. Sie war viel zu angespannt, um jetzt etwas zu essen.

Dylan seufzte, schob seinen Teller beiseite und nahm die Sonnenbrille ab. Sofort wurde sie von seinem intensiven Blick gefangen genommen.

"Ist es so unbegreiflich, dass ich dich kennenlernen will?", fragte er, als würde er es wirklich nicht begreifen.

"Ehrliche Antwort?" Sie versuchte nicht zu lang in seine Augen zu sehen. Dieses helle Blau fesselte sie und weckte in ihr den Wunsch, nie wieder irgendwo anders hinzusehen.

"Ja!", sagte er sehr eindringlich, fast schon ungeduldig.

Sie schluckte trocken, versuchte in Worte zu fassen, was sie sich selbst seit Tagen immer wieder vorbetete.

"Wir beide … das passt nicht, Dylan. Wir wollen andere Dinge. Bleib einfach bei deinen Groupies und lass mich in Ruhe."

Die Worte kamen nur zögerlich, fast schon widerwillig über die Lippen. Sie sagte das, was ihr Kopf ihr vorgab, auch wenn ihr Körper etwas ganz anderes wollte. Der war durchaus davon überzeugt, dass sie ganz hervorragend zusammenpassen würden.

Dylan starrte sie an, als würde er nicht verstehen, was sie sagte, oder würde den Sinn ihrer Worte einfach nicht begreifen.

Sie nutzte den Augenblick, in dem er sie nur fassungslos anstarrte. Schnell stand sie auf, nahm ihr Tablett und lief zum Ausgang der Mensa.

Vor dem Hinausgehen stellte sie das Tablett in den Geschirrwagen und steckte die unberührte Flasche Wasser in ihre Tasche.

Sie musste dringend hier raus, bevor sie sich anders entscheiden konnte und sich Dylan an den Hals warf.

Irgendwie schaffte es dieser Kerl, sie vollkommen zu verwirren. Ein Blick von ihm genügte und ihre Haut brannte vor Sehnsucht nach seinen Berührungen. Das konnte nie im Leben gut gehen, nicht, wenn sie sich so sehr nach ihm verzehrte. Ein Mann, der das Potenzial hatte, ihr das Herz zu brechen, hatte keinen Platz in ihrem Leben.

DYLAN

Sie hatte ihm einen eindeutigen Korb gegeben. Eindeutiger ging es gar nicht mehr. Eine Frau hatte ihm, Dylan Jones, einen Korb gegeben.

Das kommt nicht infrage! Auf keinen Fall!

Vor allem nicht, wenn sie so glasklar auf ihn stand. Er sprang auf und joggte ihr hinterher. Im Laufen stieß er die große Glastür auf und folgte ihr auf den gepflasterten Vorplatz des Gebäudes. Er sah sie gerade noch an der Mensa entlang zu den Parkplätzen gehen, ehe sie um die Hausecke bog. Er beschleunigte seine

Schritte noch einmal, konnte über das überlaute Donnern seines eigenen Herzens die krachenden Schritte seines Bodyguards hinter sich hören.

Dann kam er Luna näher, sie schien ihn nicht zu bemerken, also überholte er sie kurzerhand und kam vor ihr zum Stehen.

Überrascht sah sie ihn an, doch Dylan ließ ihr keine Zeit für ein weiteres Wort. Er nahm ihr Gesicht in seine Hände und presste seinen Mund auf ihren, genau so, wie er es sich schon hunderte Male vorgestellt hatte.

Er ließ ihr keine Wahl, nahm sich, was er wollte, er hatte schließlich nichts zu verlieren. Er hatte seinen Korb kassiert, um diesen einen Kuss würde er sich um kein Geld der Welt bringen lassen.

Ihre Lippen fühlten sich atemberaubend an.

Weich und anschmiegsam. Noch viel besser, als er es sich vorgestellt hatte. Überraschenderweise erwiderte diese absolut verwirrende, einzigartige Frau seinen drängenden Kuss vorsichtig. Es war fast schon zögerlich, wie ihre samtweichen Lippen sich unter seinen bewegten. Doch ihre kleinen Hände krallten sich in sein Shirt, als wollte sie ihn auf keinen Fall gehen lassen.

Er versuchte sich zurückzuhalten, bekam aber nicht genug von ihr, wollte mehr von ihr kosten, mehr von ihr spüren, mehr von ihr bekommen.

Langsam schob er sie rückwärts, bis sie mit dem Rücken an die Hausmauer gelehnt dastand. Er presste sich der Länge nach an sie, genoss jeden Zentimeter, an dem ihr Körper den seinen berührte. Vorsichtig strich er mit seiner Zunge über ihre Lippen, bis sie seufzend den Mund für ihn öffnete. Er nutzte die Gelegenheit sofort und schob seine Zunge hinein. Sie schmeckte süß, wie ein Waldbeere-Kaugummi. Fruchtig-süß und süchtigmachend. Sein Schwanz wurde hart, und er presste sich fester an sie, bis er bemerkte, wie sie sich gegen seine Brust stemmte.

Er löste sich nur wenige Millimeter von ihr und sah in ihre ängstlich aufgerissenen Augen. Hätte er nicht zur gleichen Zeit das Verlangen in ihrem Blick entdeckt, wäre er wohl zurückgewichen. So versuchte er noch einmal, sie zu umschmeicheln.

"Gib mir eine Chance, Babe", flüsterte er und hasste sich selbst dafür, wie verzweifelt seine Stimme dabei klang. Es hörte sich fast an, als würde er betteln.

Weil du bettelst, du Idiot!, rief seine innere Stimme und Dylan hätte beinahe laut aufgestöhnt. Konnte er wirklich noch erbärmlicher werden, als einer Frau nachzurennen, um diese dann anzubetteln, ihm eine Chance zu geben?

Ein Blick in Lunas blaue Augen genügte, um sich selbst davon zu überzeugen, dass sie es wert war, um jede Sekunde zu betteln.

"Das ist nicht gut, Dylan …", sagte sie leise und leckte sich nervös über die Lippen.

Diese Lippen nicht zu küssen, schien beinahe unmöglich. Er brauchte mehr davon, mehr von ihren Küssen und diesem unglaublich heißen Körper an seinem.

"Du weißt nicht, ob es nicht gut ist, wenn du es nicht ausprobiert hast. Das hier …" Er küsste sie noch einmal und musste all seine Willenskraft aufbringen, den Kuss sofort wieder zu beenden. "Das hier ist verdammt gut, Babe. Ich will mehr davon."

Sie sagte nichts, sah ihn nur unverwandt an. Vorsichtig knabberte er an ihrer Unterlippe und ließ seine Hand zu ihrem perfekten Hintern wandern, den er schon so lange noch einmal berühren wollte.

"Nur ein Date", murmelte er und griff fest nach ihrem Hintern.

Sie stöhnte leise, und er wusste, dass er beinahe gewonnen hatte. Er presste sie fester an sich und küsste sie wieder. Neckend und spielerisch, während seine Hände ihren Arsch massierten. Er würde einen Arm dafür geben, wenn er jetzt in ihr sein könnte. Dieser kleine Kuss erregte ihn mehr als mancher Lapdance.

Mit seinem letzten bisschen Verstand löste er sich von ihrem Mund. "Ich hol dich um acht Uhr ab und wir gehen ins Kino, okay?"

Zögerlich nickte sie, als wäre sie nicht sicher, ob sie diese Antwort wirklich geben wollte. Er hätte sie lieber sofort mitgenommen, ehe sie es sich anders überlegen konnte, aber er musste in einer Stunde am Set sein.

Einen letzten Kuss stahl er sich noch, ehe er sich von ihr löste. Sie sah ihn verwundert an, vielleicht sogar ein klein wenig begehrend. Das war schon eher ein Ausdruck, den er von anderen Frauen kannte. Aber er traute dem Frieden bei Weitem nicht. Er legte seinen Arm um ihre Mitte, zog sie an sich und führte sie dann zum Parkplatz der Universität. Er war sich ziemlich sicher, dass sie ihr Auto dort haben musste.

Er war kurz davor, sich irgendeine Entschuldigung für die geplanten Aufnahmen an diesem Nachmittag zu überlegen und einfach blauzumachen. Luna sah so verdammt unschlüssig aus, dass er sich nicht sicher war, ob sie ihn am Abend wirklich begleiten würde.

Er musterte sie aufmerksam, als sie am Parkplatz ankamen, und wollte grade seinem Bodyguard Bescheid geben, dass sie nicht zum Set fahren würden. Doch dann stellte sie sich auf die Zehenspitzen und küsste ihn auf die Lippen. Einfach so, ohne Vorwarnung, und das machte es fast noch perfekter.

Ehe er seine Arme um ihre schlanke Taille schlingen konnte, hatte sie sich schon wieder von ihm gelöst. Beinahe ungläubig sah sie ihn an und sagte: "Bis später."

Dann schlüpfte sie in ein altes, rostiges, rotes Auto und fuhr einfach davon, als hätte sie nicht gerade seine ganze Welt auf den Kopf gestellt.

Fasziniert sah er ihr nach. Was hatte diese Frau nur an sich, was ihn so von der Rolle brachte?

Frustriert sah er auf seinen Schwanz hinunter, der sich hoffentlich beruhigen würde, ehe er am Set auf seine Kollegin Sharon traf. Nicht, dass diese noch falsche Schlüsse zog. Es war sowieso schon schwer genug, sich diese Frau vom Leib zu halten.

Vor seinen Augen erschien seine Sonnenbrille. Er hob den Kopf und sah in Fynns ausdrucksloses Gesicht. Irgendwie schaffte es sein Bodyguard immer, auszusehen, als könnte ihn kein Wässerchen trüben.

"Danke, Fynn", sagte Dylan und nahm die Sonnenbrille entgegen. Er hatte sie wohl in der Eile in der Mensa liegen lassen.

"Wir sollten los." Fynn nickte in Richtung einer Gruppe, die ihn eindeutig neugierig musterte. Gut, dass sein Bodyguard immer an alles dachte, was Dylan mit seiner impulsiven Art übersah.

Schnell stiegen sie in das Auto und verließen den

Parkplatz. Trotz der Aufmerksamkeit war dieser Ausflug definitiv ein Erfolg gewesen.

LUNA

Am Abend betrachtete sie sich im Spiegel. Die schwarzen, dehnbaren Stoffshorts, die eng an ihrem Hintern lagen, und das schwarze Tanktop, das sie dazu gewählt hatte, waren zwar eng und irgendwie auch sexy, aber bei Weitem nicht schick oder aufgetakelt. Sie hoffte wirklich, dass sie die richtige Mischung aus lässig-bequem und sexy getroffen hatte. Es sollte einfach weder zu wenig noch zu viel sein.

Gar nicht so leicht, und weil Dylan eben Dylan war, stellte sich dieses Unterfangen als noch viel schwieriger heraus, als es sowieso schon war.

So ganz konnte sie noch immer nicht glauben, dass sie tatsächlich zugesagt hatte.

Er hatte sie überrumpelt. Seine Beharrlichkeit und der weiche Ausdruck in seinen Augen hatten es ihr absolut unmöglich gemacht, ihm diese schlichte Bitte auszuschlagen.

Sie wollte mehr von ihm kennenlernen, mehr erfahren über diesen Mann, der nur ihretwegen zur Uni kam. Sein Kuss war atemberaubend und unglaublich heiß. Sie wollte mehr von diesen weichen Lippen, die sie so sehr gefesselt hatten. Egal, wie sehr sie sich dagegen wehrte, sie wollte einfach mehr von Dylan Jones. Luna war froh, dass Chiara und Amira nicht zu Hause waren, als sie die Wohnung verließ. Ihnen alles zu erklären, war das Letzte, worauf sie in diesem Moment Lust gehabt hätte.

Tief durchatmend sah sie auf die Uhr. Es wurde Zeit, Dylan wartete vielleicht schon vor dem Haus. Sie schnappte sich ihre Handtasche, dann ging sie langsam, fast schon zögerlich, die Stufen des Wohnhauses nach unten und öffnete die Haustür.

Am Straßenrand vor ihrem Haus stand ein schwarzer Sportwagen. Vielleicht ein Lamborghini oder ein Porsche … um ehrlich zu sein, war sie verdammt schlecht, was Autos betraf. Die Beifahrertür wurde von innen geöffnet und schob sich dabei nach oben und nicht nach außen. Dylans vertraute Augen blitzten ihr entgegen.

"Steig ein", sagte er in einem so drängenden Ton, dass ihr sofort klar wurde, dass er Angst vor Paparazzi hatte. Schnell stieg sie ein, und Dylan schloss die Tür mit einem Knopfdruck, wodurch sie von den getönten Scheiben vor Blicken geschützt waren.

Er lächelte entschuldigend. "Ich hätte dir gern beim Einsteigen geholfen, aber das würde dir nur einen Haufen Probleme bereiten, wenn es jemand mitbekommt."

Er hatte ein wunderschönes Lächeln. Selbstsicher und entspannt, als könnte ihn nichts auf der Welt aus der Ruhe bringen. Ein Lächeln, das ihre Knie weich werden ließ.

"Mehr Probleme, als wenn uns jemand dabei gesehen hätte, wie du mich mitten auf dem Campus küsst?", fragte sie provozierend, um sich selbst von seinem Lächeln abzulenken. So richtig konnte sie immer noch nicht glauben, dass sie hier saß.

Warum wollte er sie so unbedingt? Er hatte es selbst gesagt, er könnte jede Frau haben. Warum also sie?

Er wird dich bestimmt fallen lassen, wenn er dich gehabt hat!

Luna schwor sich selbst, mit aller Kraft auf ihr Herz aufzupassen. Die Schmetterlinge in ihrem Bauch, seit er sie geküsst hatte, waren alles andere als geplant, und sie würde nicht zulassen, dass mehr daraus wurde!

"Das wäre ein Skandal", sagte er schief grinsend. "Aber es war ein Notfall, da kann man Ausnahmen machen."

Er lenkte den Wagen durch den dichten Verkehr nach Osten, während er von seinem Drehtag erzählte.

Vorstellen konnte sie sich das alles nicht wirklich. Er erzählte ihr zwar, was er erlebt hatte, aber es hörte sich mehr nach einer Geschichte an als nach der Realität.

"Wo sind wir?", fragte sie mit gerunzelter Stirn, als er den Wagen in eine Garage fuhr.

"Bei mir." Er schaltete den Motor aus, schnallte sich ab und stieg aus.

Bei ihm? Er hatte von einem Kinobesuch gesprochen, oder war das nur ein Vorwand gewesen, um sie in sein Bett zu locken? Und wenn ja, wollte sie das?

Definitiv!

Zumindest ihr Körper war sich da sicher. In ihrem Kopf kreischten die Warnsirenen, ihr Magen kribbelte aufgeregt und ihr Herz begann schon mal mit der Zukunftsplanung.

Verdammte Scheiße. Ich hätte niemals in diesen Club gehen dürfen!, fluchte sie innerlich und rieb mit ihren feuchten Handflächen über ihre Oberschenkel.

Als sie keine Anstalten machte, ebenfalls

auszusteigen, streckte er den Kopf zurück ins Wageninnere.

"Was ist los?", fragte Dylan mit gerunzelter Stirn, als hätte er sie nicht wie anders als vereinbart zu sich nach Hause gebracht anstatt in ein Kino.

"Kino?", krächzte sie. Zu einem vollständigen Satz war sie in diesem Moment nicht fähig.

Das Chaos in ihrem Inneren lenkte sie zu sehr ab. Dylan ging um den Wagen herum und öffnete die Beifahrerseite.

"Ein normales Kino ist leider nicht möglich, aber ich hab ein kleines Kino im Keller. Du darfst den Film wählen." Sein Lächeln war einladend, einschmeichelnd, als er seine Hand auffordernd ins Wageninnere streckte.

Sie war sich noch immer nicht sicher, ob das eine gute Idee war. Ihr Körper leider schon, also übernahm er die Führung, löste den Gurt und nahm seine dargebotene Hand. Er verschränkte seine Finger mit ihren, und Luna blieb nichts anderes übrig, als die angenehm warme Berührung zu genießen.

Mit zittrigen Knien stieg sie aus dem Auto und folgte ihm dann nach drinnen. Zwar brannten im Haus Lichter, aber es war so still, dass klar war, dass sich außer ihnen niemand im Haus aufhielt.

"Hast du hier keine Security?", fragte sie beim Gedanken an seinen Bodyguard neugierig nach. Sie konnte sich ein Leben wie seines einfach nicht vorstellen.

Dylan grinste gequält. "Das Viertel ist vollständig abgeriegelt, man kommt nur rein, wenn der Wagen registriert ist oder man eine Sondergenehmigung hat."

Sie konnte sich nicht vorstellen, wie Dylan zu leben.

Wie musste es sich anfühlen, ständig so überwacht zu werden?

Er führte sie in eine riesige Küche, die beinahe halb so groß war wie die gesamte WG, in der sie zu dritt lebten. Die Küchenfronten waren aus schwarzem Hochglanz und sahen aus, als wären sie gerade erst geputzt worden. Kein einziger Fingerabdruck war darauf zu entdecken. Neben einer Kochinsel und einem großen Edelstahlkühlschrank gab es auch einen kleinen Tisch für vier Personen.

"Was willst du trinken?", fragte Dylan und ließ ihre Hand los.

Seine Berührung zu verlieren, fühlte sich komisch an – als wäre sie zurückgelassen worden. Ihre Haut wurde kalt an der Stelle, an der er sie eben noch berührt hatte.

"Wasser, bitte."

Anstatt eines Wassers schenkte er zwei Gläser Weißwein ein und reichte ihr eines davon. "Wasser habe ich auch unten. Willst du etwas essen oder nur Popcorn?", erkundigte er sich grinsend, als sie das Glas fragend anstarrte.

Auf ihr Kopfschütteln hin nahm er wieder ihre Hand und zog sie dann zu einer Treppe am Ende des Raumes.

Unsicher folgte sie ihm. Es war ein schlechter Plan. Sie sollte sich nicht auf ihn einlassen, ganz egal, wie gut seine Hand sich anfühlte oder wie atemberaubend der Kuss gewesen war. Er würde sie nur um den kleinen Finger wickeln und wegwerfen, wenn er genug von ihr hatte. Mit den Scherben ihres Herzens würde sie dann allein klarkommen müssen. Die Tür drückte er mit der Schulter auf und betätigte einen Lichtschalter.

Der Anblick des kleinen Kinos, der sich ihr daraufhin bot, riss sie aus ihren trüben Gedanken.

Es sah aus wie ein echtes kleines Kino, mit roten Sesseln und einer riesigen Leinwand, die die gesamte Front des mindestens fünf Meter breiten Raumes einnahm.

"Wow!", stieß sie staunend aus.

"Jep. Fand ich auch, als ich das Haus gekauft habe. Aber ich bin so selten hier, dass es sich wirklich nicht lohnt", antwortete er, während er einige Stufen nach unten ging.

An einem Doppelsitzer in der Mitte des Raumes angekommen, bedeutete er ihr, sich zu setzen. Die Sitze daneben klappte er so um, dass sie als kleine Beistelltische dienten.

"Süß oder salzig?"

Verwirrt sah sie zu ihm auf.

"Das Popcorn", erläuterte er grinsend.

Es dauerte einen Moment, bis die Worte bei ihr ankamen, dann antwortete sie: "Süß."

"Wie du." Er zwinkerte ihr zu und Luna verdrehte die Augen.

"Okay, der war plump. Ich werde mir mehr Mühe geben", gestand er ein. "Normalerweise reicht das, aber bei dir gibt es wohl keinen Promibonus", fügte er gleich darauf schulterzuckend hinzu.

"Ich werde es dich wissen lassen, wenn ich mal einen Promi sehe", antwortete sie und genoss es, wie seine Augen sich für einige Sekunden zu Schlitzen verengten.

Dann entspannte sie sich ein wenig. Seine lockere Art machte es ihr einfach, sich bei ihm wohlzufühlen.

Als er bemerkte, dass sie es nicht ganz ernst meinte, legte er theatralisch eine Hand auf seine Brust. "Du weißt, wie du jemandem das Herz brechen kannst."

Ein wenig lockerer lachte Luna. "Es ist wenn dann dein Ego, das einen kleinen Kratzer bekommen hat, nicht dein Herz."

Lachend ging er davon und kam kurze Zeit später mit einem großen Pappeimer Popcorn zurück. Er war weiß-rot gestreift, genau wie in einem echten Kino. Es war fast schon zu real, als hätte sich jemand krampfhaft bemüht, die Realität nachzubauen, wodurch es aber nicht mehr richtig, sondern irgendwie suspekt wirkte. Sie schwankte zwischen Faszination und einer Traurigkeit, die sie sich selbst nicht wirklich erklären konnte. Irgendwie schien das alles fern von jeder richtigen Realität.

Dylan setzte sich dicht neben sie auf den sofaartigen Zweisitzer.

Zu gern hätte sie behauptet, dass es sie stören würde, aber seine Nähe und die Wärme, die er ausstrahlte, fühlten sich unbeschreiblich gut an.

"Komödie, Liebesfilm, Action oder Horror?", fragte er unvermittelt in ihre Gedanken hinein. Dieses schiefe, sexy Grinsen, das seine Lippen dabei zierte, ließ ihr Innerstes kribbeln, doch sie verdrängte das Gefühl und ihre Gedanken sofort.

Die meisten Komödien fand sie nun wirklich nicht lustig. Liebesfilme waren ein absolutes No-Go, weil sie völlig überzogen von Kitsch und Klischees waren, genauso wie Horrorfilme.

Es hatte nun mal seinen Grund, warum sie normalerweise ungern Filme ansah. Sie mochte auch keine Actionfilme, aber von der Auswahl schien ihr das noch am besten.

"Action", antwortete sie deshalb.

Dylan nickte anerkennend, als hätte sie genau das Richtige gesagt. Mit einer Fernbedienung dimmte er das Licht und startete einen Film.

"Ist Triple 9 okay für dich?", fragte er dennoch, legte zur gleichen Zeit aber schon die Fernbedienung beiseite und lehnte sich zurück.

Da sie absolut keine Ahnung hatte, wovon er sprach, nickte sie nur.

Der Film hatte gerade erst begonnen, da legte Dylan ihr bereits einen Arm um die Schultern. Sie griff nach ihrem Weinglas, das neben ihr auf dem zum Tischchen umfunktionierten Stuhl stand, und nahm einen sehr großen Schluck, um ihre Nervosität ein wenig zu dämpfen.

Sie spürte ihn mit jeder Faser ihres Körpers neben sich, hörte trotz der ohrenbetäubenden Lautstärke des Films jeden seiner Atemzüge. Sie war sich seiner Anwesenheit so bewusst, als wäre ihr Inneres voll und ganz auf ihn ausgerichtet.

Wieder einmal wurde ihr fast schon schmerzhaft bewusst, dass sie nicht hier sein sollte. Und doch fühlte sie sich, als wäre sie genau am richtigen Ort, in Dylans Armen, die ihr ein unbeschreiblich gutes Gefühl gaben.

Kurze Zeit später, sie war noch immer mit ihren Gefühlen und Denken beschäftigt, beugte er sich zu ihr und küsste sie auf die nackte Schulter. Dann noch einmal, näher an ihrem Hals.

Sie wusste, sie sollte das nicht zulassen, sollte sich dabei nicht so geborgen fühlen, wie sie es tat, aber seine

Lippen auf ihrer Haut ließen sie sich nach mehr sehnen. Das Drängen in ihr, sich mehr von seinen Liebkosungen zu erlauben, wurde übermächtig.

Sie wollte Dylan, mit jeder Faser ihres Körpers, auch wenn sie sich absolut sicher war, dass es für sie nicht gut ausgehen würde.

Der Gedanken an den Schmerz, den Dylan ihr bescheren konnte, verknotete ihren Magen. Unwillkürlich hielt sie den Atem an, während seine Lippen weiter über ihre Haut wanderten. An ihrem Ohr angekommen, hielt er inne.

"Entspann dich", murmelte er, aber sie konnte es nicht. Kopf, Körper und Herz bekriegten sich in ihrem Inneren und machten es ihr unmöglich, sich einfach auf diese Situation einzulassen.

"Bin ich deshalb hier?", fragte sie leise. Wenn er Ja sagte, konnte sie ihren Körper einfach übernehmen lassen. Ihr Herz würde zwar einen gehörigen Dämpfer bekommen, dafür würde es aber diese irrwitzigen Gefühle einfach sein lassen.

Er seufzte und legte seine Stirn an ihre Halsbeuge. "Ich habe keine Ahnung, okay? Ich kann meine Finger, wenn es um dich geht, einfach nicht bei mir behalten, und ich habe keinen Plan, wie ein richtiges Date funktioniert."

War das sein Ernst? … so gequält, wie er klang, durchaus. Augenblicklich wurde ihr ein klein wenig leichter ums Herz. Seine entwaffnende Ehrlichkeit machte es ihr leicht, ihm zu vertrauen, ihm zu glauben.

Dylan war direkt, er würde sie nicht hinters Licht führen, um zu bekommen, was er wollte … oder?

Er brummte etwas Unverständliches an ihrem Hals,

das sich verdächtig nach "ziemlich schwierig" anhörte. Luna hatte Mühe, ein Lachen zu unterdrücken. Doch ihr bebender Brustkorb musste sie verraten haben.

Dylan hob den Kopf und sah sie aus schmalen Augen an. "Ich kann nichts dafür, dass ich mich normalerweise nicht so anstrengen muss", beschwerte er sich ernsthaft.

Das Lachen zu unterdrücken wurde immer schwieriger, bis sie seinen ernsten Blick sah. Forschend legte sie den Kopf schief. "Wie lange bist du schon Schauspieler?", fragte sie.

"Mit 15 Jahren habe ich meine erste große Rolle gehabt." Er lächelte stolz, und Luna konnte sich diesen zauberhaften Jungen genau vorstellen, der das ganze Set nach seiner Pfeife tanzen ließ.

Das erklärte durchaus einiges. Als Teenie ein Star zu sein, musste einem ja zwangsläufig den Kopf verdrehen.

Während er sprach, streichelte seine Hand langsam und verführerisch über die Außenseite ihres Oberschenkels.

Dann brachte er seinen Mund nah an ihr Ohr. "Deine Haut ist so weich", murmelte er. Sowohl sein Murmeln als auch sein Streicheln fühlten sich verdammt gut an.

Zwar hatte er nicht explizit gesagt, dass er sie nur hierhergebracht hatte, um mit ihr zu schlafen, aber er machte es doch deutlich.

Vielleicht sollte sie es einfach tun. Vielleicht sollte sie ihrem Körper diese Gelegenheit geben, ohne viel nachzudenken. Wahrscheinlich würde sie niemals aufhören können, darüber nachzudenken, wie es sein würde, wenn sie es nicht einmal versuchte.

Danach musste sie einfach einen klaren Schlussstrich ziehen und ihn vergessen, bevor aus diesem Kribbeln in ihrem Bauch mehr wurde.

Seine Lippen wanderten ihr Kinn entlang, bis zu ihrem Mund. Sie wollte diesen Kuss, sie wollte diesen Mistkerl, der ihr seit zwei Wochen den Verstand raubte.

Ihr Herz klopfte schneller, als seine Lippen auf ihre trafen. Der Kuss war genauso atemberaubend wie der am Nachmittag und sie brauchte eindeutig mehr davon. Sie legte eine Hand in seinen Nacken und vertiefte den Kuss.

Das Spiel seiner Zunge verstärkte das Kribbeln zwischen ihren Beinen. Unwillkürlich presste sie die Beine zusammen.

Plötzlich gab die Lehne in ihrem Rücken nach, bis der Doppelsitzer zu einer Liegefläche wurde. Dylan lag neben ihr, küsste sie innig und griff dann kräftig nach ihrem Po.

Er drückte sie an sich, bis sie seine Erektion an ihrem Bauch spüren konnte. Es fühlte sich gut an, so fest gehalten zu werden, es war eindeutig schon zu lange her. Sein Griff wurde noch fester, als er sich auf den Rücken drehte und sie auf sich zog.

Luna unterbrach den Kuss und sah auf ihn hinab. Seine Augenlider waren halb geschlossen und seine feuchten Lippen standen einen schmalen Spalt offen. Er war so unglaublich sexy. Sie begehrte ihn, und obwohl sie wusste, dass sie es nicht tun sollte, konnte sie sich nicht länger zurückhalten.

Seine zweite Hand wanderte ebenfalls zu ihrem Hintern, dann presste er sie hart an sich, ließ sie spüren, wie sehr er sie wollte.

Er knetete ihre Backen und rieb sich leicht an ihr. "Dieser Arsch bringt mich um den Verstand, Babe", raunte er, griff nach dem Saum ihrer Shorts und zog sie so nach oben, dass ihre Arschbacken freilagen.

Die Naht in ihrem Schritt spannte über ihrer Klit und löste ein Ziehen in ihrem Unterleib aus, das sie aufstöhnen ließ.

"Fuck, Baby", knurrte er, schlug ihr mit einer Hand auf die freigelegte Haut, ehe er noch fester an dem Saum zog.

Die Erregung, die durch ihren Körper schloss, ließ sie keuchen. Dann drehte er sie blitzschnell auf den Rücken und positionierte sich zwischen ihren Beinen.

Ungeduldig schob er ihr Top und BH nach oben, legte ihre Brüste frei und nahm dann eine ihrer bereits harten Brustspitzen ohne Vorwarnung in den Mund. Er saugte daran und rieb sich gleichzeitig fest an ihrer Mitte.

Die Spannung, die sich in ihr aufbaute, war beinahe unerträglich. Sie brauchte mehr von ihm, konnte es kaum noch ertragen, so knapp davor zu sein und doch nicht genug zu haben.

Knurrend packte er ihre Hüften, die sie unruhig unter ihm bewegte, im Versuch, sich selbst Erlösung zu verschaffen. Sein Griff war hart und kompromisslos. Es war nichts Zärtliches mehr an ihm. Er war wild und grob, doch das turnte sie nur noch mehr an.

"Bitte", wimmerte sie, als er leicht in ihren Nippel biss.

Er schob eine Hand in ihre Shorts und unter ihr Höschen und stöhnte gleichzeitig mit ihr auf, als seine Finger durch ihre feuchte Spalte fuhren.

"So nass. Verdammt." Dann drang er mit zwei Fingern in sie ein. Von der schnellen Dehnung überrascht, keuchte sie auf, doch es ging sofort in ein Stöhnen über, als Dylan seine Finger schnell in ihr bewegte.

Er küsste sie hart auf den Mund, ließ seine Zunge energisch über ihre schnellen, während seine Finger immer heftiger in sie fuhren und sie rasend schnell an den Rand des Orgasmus trieben.

"O Gott … ich muss in dir sein, Babe", keuchte er an ihrem Ohr, ohne in seiner Bewegung innezuhalten.

Sie nickte energisch. Sie brauchte ihn in sich. Jetzt sofort. Wieder küsste er sie und öffnete gleichzeitig seine Hose. Das protestierende Wimmern, das ihr entschlüpfte, als er ihr seine Finger entzog, konnte sie nicht verhindern.

Blitzschnell hatte er ihr die Shorts samt Slip abgestreift und legte sich wieder zwischen ihre Beine. Sie spürte seinen langen harten Schaft, als er sich erneut an ihr rieb.

"Nimmst du die Pille, Babe?", raunte er und knabberte an ihrem Hals. Die Worte drangen kaum durch den Nebel ihrer Lust, dennoch nickte sie zögernd. "Ich hab keine Kondome hier unten …"

"Nein", sagte sie, ehe er seine Frage formulieren konnte.

Das würde sie nicht tun. Egal, wie sehr sie ihn begehrte. Aber sie beide brauchten diesen Orgasmus jetzt.

Sie schob ihn von sich und Dylan ließ sich widerstrebend neben ihr auf den Rücken fallen. Schnell kniete sie sich hin, beugte sich über ihn und nahm seinen steil aufragenden Schwanz in den Mund.

"Fuck!", stöhnte er laut und griff in ihre Haare. Sie nahm ihn tief in sich auf und massierte mit einer Hand seine Wurzel.

Sein lautes Stöhnen und seine Hände, die ihren Kopf immer wieder nach unten drückten, während sein Becken nach oben stieß, machten sie unglaublich an.

Plötzlich verschwanden seine Hände, packten sie an ihren Hüften und hoben Luna über ihn.

Sie keuchte erschrocken auf, als sie seine Lippen plötzlich auf ihren Schamlippen fühlte und seine Zunge in ihre Spalte fuhr.

Sie bemerkte erst, dass sie ihr eigenes Tun völlig eingestellt hatte, als Dylan ihr leicht auf den Hintern schlug.

Es fiel ihr extrem schwer, sich zu konzentrieren, so verdammt gut fühlte es sich an, wie er sie leckte. Seine Finger bewegten sich wieder in ihr, während seine Lippen und seine Zunge ihre Klit verwöhnten. Immer wieder zuckte ihr Innerstes vor Ekstase.

Ihr Orgasmus näherte sich rasend schnell. Auch Dylans Becken schoss immer heftiger nach oben und Luna versuchte ihm alles zu geben. Sie griff fester zu und nahm seinen Schwanz tiefer in sich auf, während Dylan immer wieder zwei Finger in sie gleiten ließ.

Dann zuckte sein Schwanz in ihrem Mund, als er sich in ihr ergoss, und sie spürte Dylans Stöhnen an ihrer Klit vibrieren.

Augenblicklich krampfte sich ihr Innerstes zusammen und sie kam mit ihm in einem nicht enden wollenden Höhepunkt.

Völlig entkräftet ließ sie sich neben ihn gleiten. Sie

zog sich Shirt und BH nach unten, dann bettete sie ihren Kopf auf seinem Oberschenkel.

"Verdammt, Baby", keuchte er schwer atmend und streichelte träge über ihr Bein.

Sie musste ihm stumm recht geben, denn zum Sprechen fehlte ihr definitiv die Kraft. Aber das hier war wirklich einmalig gewesen. Sie hatten noch nicht einmal miteinander geschlafen und dennoch fühlte sie sich völlig befriedigt.

Eine ganze Weile schwiegen sie, während sich Puls und Atmung nur langsam beruhigten. Es beunruhigte sie, wie wohl sie sich in seiner Gegenwart fühlte. Dass es sich so normal und gut anfühlte, hier mit ihm zu liegen. Dylan malte mit seinem Finger Muster auf ihrer Haut. Dass er ihr Tattoo nachzeichnete, bemerkte sie erst, als er an ihrer Hüfte ankam.

"Das ist verdammt heiß", sagte er, während er dem Tribal über ihre Taille folgte.

Das Tattoo reichte von ihrem Oberschenkel bis zu ihrem Brustansatz, die ganze linke Seite entlang.

Wäre sie nicht so schwach gewesen, hätte sie seine ebenfalls gerne näher erkundet. Sie könnte sich selbst belügen und es abstreiten. Sie wusste, dass sie dieses Bedürfnis nicht haben sollte, aber wusste ebenso, dass es die Wahrheit war. Dieser Abend mit Dylan war nicht genug.

"Wenn ich wieder laufen kann, bringe ich dich nach oben und fahre jeden Zentimeter mit meiner Zunge nach", murmelte er, ohne in seiner Erkundung innezuhalten.

Eine weitere Runde mit Dylan hörte sich durchaus

verlockend an, aber sie sollte nach Hause gehen. Weg von ihm und den verwirrenden Gefühlen, die er in ihr auslöste.

"Gib mir nur eine halbe Stunde", brummte er träge und schloss dann die Augen. So entspannt sah er fast noch heißer aus.

Von Minute zu Minute wurden seine Bewegungen langsamer. Nach einer Viertelstunde war sie sich sicher, dass er eingeschlafen war.

Leise stand sie auf und zog sich mit zitternden Händen an. Dann schlich sie nach oben. Sie atmete erleichtert aus, als sie die dunkle Treppe hinter sich hatte und die helle, geräumige Küche erreichte. Sie durchquerte den Raum auf leisen Sohlen, bis sie im Eingangsbereich ankam und unbemerkt nach draußen schlüpfen konnte.

Leise zog sie die schwere, weiße Haustür hinter sich ins Schloss. Sie hatte keine Ahnung, wo genau sie war, also entschied sie sich, erst einmal die Straße hinunterzugehen, bis zu dem großen Tor zu diesem Wohnviertel, das sie bei der Herfahrt passiert hatten.

Sie warf einen letzten Blick auf das riesige, weiße Haus. Dylan lebte wirklich wie im Paradies. Es würde das letzte Mal sein, dass sie Dylan gesehen hatte. Die Art, wie sich ihr Magen und ihr Herz bei dem Gedanken verkrampften, machte nur noch deutlicher, dass es die richtige Entscheidung war. Dylan ging ihr zu nahe, schaffte es spielerisch, dass sie sich nach ihm verzehrte.

Es war richtig, sich von ihm fernzuhalten. Es war die einzig richtige Möglichkeit, die nicht in einem riesigen Dilemma enden würde. Mit schwerem Herzen ging sie die wenigen Schritte durch den Vorgarten bis zur Straße.

Als sie ungefähr zehn Minuten unterwegs gewesen war, fuhr ein gelber Sportwagen an ihr vorbei, bremste dann abrupt und setzte zurück. Auf ihrer Höhe angekommen, ließ der Fahrer die getönte Fensterscheibe herunter. "Hey, du bist doch die Kleine, an der Dylan die ganze Zeit hängt", sagte der Fahrer und lehnte sich über den Beifahrersitz, um sie genauer sehen zu können.

Er hatte schwarze kurze Haare und trug eine dunkle Sonnenbrille. Das dunkelblaue Polohemd lag eng an seinem Körper. Er trug knielange Shorts, unter denen sich muskulöse, gebräunte Beine verbargen. Seine Aussage war wenig schmeichelhaft, aber da sie ihre Anwesenheit auf diesem Gelände wohl besser erklären sollte, nickte sie bestätigend.

"Ich bin Nate. Was machst du hier?", sprach er dann weiter.

Luna lächelte so gut es ging. Sie hatte das Gefühl, dass sie das Durcheinander in sich im Moment nicht sonderlich gut verbergen konnte. "Ich war bei Dylan, jetzt gehe ich nach Hause", antwortete sie und deutete die Straße hinunter.

Nate runzelte die Stirn, als hätte sie etwas wirklich Komisches gesagt. "Kann ich dich mitnehmen?", fragte er dann und musterte sie noch eingehender.

In der Hitze laufen oder sich mit Nate auseinandersetzen … Nate! "Klar, gern." Sie öffnete die Beifahrertür und genoss die kalte Luft, die aus der Klimaanlage des Wagens strömte und ihre erhitzte Haut kühlte.

"Wohin musst du?", fragte er, nachdem sie sich angeschnallt hatte.

Sie nannte ihm die Adresse und Nate fuhr los. Viel gesitteter, als sie bei einem Mann wie ihm mit solch einem Auto vermutet hätte.

"Wohnst du auch hier?", fragte sie, bemüht um eine entspannte Konversation.

"Ja, drei Häuser weiter." Einen Moment schwieg er, als wäre er sich nicht sicher, ob er weitersprechen sollte, dann fragte er: "Warum fährt Dylan dich nicht?"

Sie hatte diese Frage befürchtet, aber noch keine wirklich gute Ausrede gefunden, also sagte sie nur: "Er ist noch beschäftigt." Das war nicht gelogen. Er war beschäftigt … mit Schlafen.

"Aha … wie geht es deiner Freundin?", fragte er dann mit einem irgendwie komischen Unterton.

Verwirrt runzelte Luna die Stirn. "Welche Freundin meinst du?"

"Chiara."

Das verwirrte sie nur noch mehr. "Warum?"

Er rieb sich über den Nacken. "Sie sah ein wenig durch den Wind aus, als Sean am Samstag mit diesem anderen Mädchen abgehauen ist."

Autsch.

Das konnte Luna sich gut vorstellen, so wie Chiara Sean anhimmelte.

Aber sie hatte sich am Sonntag nichts anmerken lassen. Oder war Luna nur zu sehr mit sich selbst beschäftigt gewesen? Sie würde dieser Sache sofort nachgehen, wenn sie nach Hause kam.

"Sie hat nichts gesagt …"

Nate nickte.

Dann schwiegen sie, bis sie vor dem roten Backsteinhaus ankamen, in dem ihre WG lag.

"Danke fürs Fahren", sagte Luna und stieg aus.

"Kein Problem. Bis irgendwann mal." Die Art, wie er das sagte, machte eindeutig klar, dass er nicht daran glaubte, sie jemals wiederzusehen.

Gut so. Ihr Herz sollte sich lieber daran gewöhnen, dass Dylan nicht zur Debatte stand. Sie drehte sich um und ging dann die wenigen Stufen nach oben zur Eingangstür des Wohnhauses. Sie schloss auf und betrat das kühle Treppenhaus, dann stieg sie die Treppen hinauf.

Als sie in der Wohnung ankam, war von Amira weit und breit nichts zu sehen. Chiara saß mit einer Packung Schokoladeneis auf dem Sofa und starrte in den Fernseher.

Das war alles, was Luna wissen musste. Sie setzte sich neben sie und zog sie in ihre Arme.

Liebeskummer ist ein Arschloch!

DYLAN

Aus irgendeinem Grund war er ziemlich angepisst, als er aufwachte und von Luna weit und breit nichts zu sehen war. Er war sich recht sicher, dass es daran lag, dass er sie noch immer nicht gevögelt hatte. Anders konnte es nicht sein. Auch wenn sie blasen konnte wie eine Pornoqueen, es ersetzte nicht, was sich in seinen Fantasien schon so fantastisch anfühlte.

Seine wegen einer Frau schlechten Laune ging ihm auch am nächsten Tag auf den Sack und versaute ihm einige Takes beim Dreh für seinen aktuellen Film.

Wie zum Teufel sollte er glaubhaft eine Liebesschnulze spielen, wenn ihm dank Luna im Moment eher nach Mord und Totschlag der Sinn stand?

Selbst am Abend hatte sich sein Gemüt nicht wirklich beruhigt. Der geplante Abend mit seinen Freunden würde ihn vielleicht ein wenig ablenken. Mit einem Sixpack Bier in der Hand ging er die Straße hinauf zu Seans Haus. Er öffnete die Tür seines Freundes mit dem Zahlencode, der das Türschloss sicherte.

Sie kannten alle untereinander ihre Zugangscodes. Es war einfach leichter, wenn sie sich gegenseitig helfen konnten, wenn einer von ihnen beim Drehen unterwegs war.

Seans kleiner Chihuahua kam sofort knurrend auf Dylan zugerannt.

Dylan war froh, dass er eine lange Jeans angezogen hatte, der kleine Pisser hieß nicht umsonst Killer, seit er alt genug gewesen war, um jeden in die Waden zu beißen. Der Kleine verbiss sich in seine Jeans und knurrte, während Dylan ihn hinter sich her ins Wohnzimmer schleifte.

Dort angekommen begrüßte er die Jungs und ließ sich neben Conner aufs Sofa fallen.

Die Gruppe unterhielt sich wild durcheinander, und Dylan bemerkte erst, dass Lennox ebenfalls eingetroffen war, als dessen Mastiff tief und drohend knurrte.

"Musst du dieses Ding immer mitbringen? Der wird meinen Hund irgendwann einfach auffressen!", beschwerte sich Sean.

Dylans Blick glitt zu dem Mastiff, der geduldig

knurrte, während dieser kleine Scheißer sich in seinem Ohr verbissen hatte.

"Dann hätten wir eine unerzogene Ratte weniger auf diesem Planeten. Ich bete darum", sagte Nate, der ebenfalls den Raum betrat. Er klang wütender, als er es wegen des Hundes sein konnte.

Lennox reagierte nicht, setzte sich nur in den Sessel, und King legte sich zu seinen Füßen.

Eine Weile erduldete er das Gezerre an seinem Ohr noch, dann drückte er den Störenfried einfach mit der Pfote auf den Boden.

Der Kleine jaulte herzerweichend, und Sean nahm ihn auf den Schoß, während er Lennox wütende Blicke zuwarf.

"Ich hab dieses Mädchen nach Hause gefahren", sagte Nate, als er sich neben Dylan setzte. Sofort wurde Dylan aufmerksam.

"Luna?", fragte er und versuchte sich seine Neugier und den Ärger nicht anmerken zu lassen.

"Die Blonde?", hakte Nate nach, der mit ihrem Namen wohl nicht ganz so viel anfangen konnte.

Dylan nickte. Damit hatte er zumindest eine Erklärung, wo sie hin verschwunden war. Bedanken würde er sich bei Nate dafür noch lange nicht.

Genau genommen ärgerte er sich über Nate. Er konnte sie doch nicht einfach wegbringen … obwohl das völliger Blödsinn war, was aber nichts an dem Durcheinander in ihm änderte.

"Hast du ihre Nummer, Davy?", fragte Dylan dann, weil er unbedingt mit Luna sprechen musste – oder sie anschnauzen oder verführen … er wusste es noch nicht so genau.

Er musste sie auf jeden Fall unbedingt anrufen und klarstellen, dass sie noch nicht fertig miteinander waren.

"Nope. Willst du sie?"

Dylan nickte und ignorierte Conners irritierten Blick. Davy zog sein Handy hervor und tippte darauf herum. "Hey, Puppe", grüßte Davy und Nate versteifte sich neben ihm. "Schick mir mal die Nummer von deiner blonden Freundin … nein, natürlich nicht für mich … klar doch … Danke dir." Davy legte auf und sendete ihm nur kurze Zeit später darauf die Nummer weiter.

"Danke." Dylan speicherte Lunas Kontakt sofort. "Triffst du dich noch mit ihr?", fragte er Davy dann, um von sich selbst abzulenken.

Davy zuckte grinsend die Schultern. "Wenn sie gerade in der Gegend ist, sag ich nicht Nein", feixte Davy.

Vielleicht bildete Dylan es sich nur ein, aber er meinte, Nate leise "Arschloch" knurren zu hören.

LUNA

Zwölf Anrufe in Abwesenheit. Die ersten beiden hatte sie wirklich verpasst, doch dann kam eine SMS von Dylan, dass sie ihn zurückrufen sollte. Womit auch klar war, wessen Nummer es war, die in ihrer Abwesenheitsliste stand.

Ihr Herzschlag beschleunigte sich, als sie seine Nachricht las. Sie wollte ihn anrufen. Sie hätte ihn sogar unglaublich gern angerufen, allein, um seine Stimme zu hören.

Gleichzeitig wusste, sie, dass sie sich unbedingt von ihm fernhalten musste. Sie verschloss ihr Herz, zwang es zum Schweigen, da es sie zu einem Anruf drängte. Sie musste auf ihren Verstand hören. Dylan und Luna, das konnte nicht funktionieren.

Weil es so verdammt schwer war, seiner Bitte nicht nachzukommen, hatte sie alle darauffolgenden Anrufe absichtlich ignoriert. Sie sollte nicht mit ihm sprechen wollen. Dass sie eben das dennoch wollte, war ein eindeutiges Zeichen dafür, dass sie auf keinen Fall abheben durfte. Der Streich-Dylan-aus-deinem-Kopf-Plan, den sie sich zurechtgelegt hatte, war sowieso schon schwerer als gedacht. Ein Gedanke an ihn reichte und ihr Magen begann zu kribbeln, und ihr Körper versuchte sie davon zu überzeugen, dass sie ihn auf jeden Fall zurückrufen sollte. Sie würde Amira umbringen. Von niemandem sonst konnte er ihre Nummer haben.

Völlig erschöpft von dem Chaos in ihr ließ sie sich nach der Uni auf das Sofa fallen. Müsste sie bis zu ihrem Zimmer nicht den gesamten Flur überwinden, würde sie direkt ins Bett kriechen. Doch dafür reichte es heute nicht mehr.

Sie hatte einen äußerst anstrengenden Tag an der Uni hinter sich. Acht Vorlesungsstunden waren der blanke Horror. Sie hasste jeden verdammten Mittwoch.

Zusätzlich kamen der Kampf in ihrem Inneren und Dylans Telefonterror dazu, mehr konnte eine Frau an einem einzigen Tag nicht ertragen. Stöhnend schloss sie die Augen, als ihre Gedanken wieder zu diesem verflixten Mann wanderten.

Das durfte alles nicht wahr sein.

DYLAN

Er hatte sie den ganzen Tag über nicht erreicht. Frustriert war gar kein Ausdruck für die Gefühle, die in ihm tobten. Die Dreharbeiten liefen dementsprechend beschissen und seine Laune konnte nicht schlechter sein.

Nach Feierabend stieg er in sein Auto, um nach Hause zu fahren. Völlig automatisch steuerte er aber Lunas Zuhause an.

Er parkte den Lamborghini vor dem Haus, in dem ihre Wohnung lag, und starrte missmutig auf die alte Backsteinfassade.

Was hatte diese Frau nur mit ihm angestellt? Was in seinem Kopf vorging, war bei Weitem nicht normal. Er sollte sich weder nach ihr sehnen noch sich darüber ärgern, dass sie seine Anrufe nicht entgegennahm.

Genau genommen sollte er noch nicht einmal das Bedürfnis haben, sie anzurufen!

Verdammte Scheiße!

In diesem Moment erspähte er Amira, die auf das Haus zugelaufen kam.

Schnell setzte er sich seine HB-Cap auf und zog sich die Kapuze des Hoodies tief ins Gesicht. Dann stieg er aus dem Wagen.

"Hey", sagte er, als sie ihn erreichte.

"Oh, hey, ich hätte dich fast nicht erkannt!", gab sie lächelnd zurück.

Das war der Plan, schlaues Mädchen ...

"Können wir reingehen, bevor mich jemand anderes erkennt?", fragte er und deutete zum Wohngebäude hin.

Sie nickte eifrig und sperrte die Tür auf. Schnell folgte er ihr ins Innere und die Treppen hinauf zur Wohnung. Erst dort setzte er die Kapuze und die Cap ab.

"Danke. Ich wollte zu Luna."

"Hab ich mir schon gedacht", sagte sie und lächelte wissend.

Gut, dass sie anscheinend mehr wusste als er selbst, denn dieser Ausflug war alles andere als geplant gewesen. Der Flur der Wohnung war schmal und schien endlos lang. Zu beiden Seiten gingen alte braune Holztüren ab. Amira führte ihn durch die erste Tür auf der linken Seite.

Das Wohnzimmer war weiß gestrichen, quadratisch, vollgestopft mit Nippes und Krimskrams, der sich überall stapelte, dennoch war es sauber und ordentlich. Er ließ seinen Blick durch den Raum wandern, bis er an dem breiten, beigen Sofa hängen blieb, auf dem Luna lag. Die Frau, die ihn in den Wahnsinn trieb, lag da und schlief seelenruhig. Wenn sie sich wenigstens genauso beschissen fühlen würde wie er, aber nein, sie schlief einfach, als hätte sie ihn schon lange wieder vergessen.

"Sie schläft", kommentierte Amira leise.

Dylan schloss die Augen, um Amira nicht erwürgen zu müssen für diesen überaus geistreichen Kommentar, der ihm irgendwie noch deutlicher vor Augen führte, wie armselig er eigentlich war.

"Ich kann sie wecken", bot sie dann an.

Dylan richtete seinen Blick wieder auf Luna. Schlafend war sie fast noch schöner als lächelnd, und er hatte die optimale Gelegenheit, sie eingehend zu betrachten.

"Nein, ich warte."

Er wusste selbst nicht, warum er das sagte, und auch nicht, warum er so ungeduldig darauf wartete, dass Amira endlich den Raum verließ. Da er sich seit Tagen aber sowieso nicht mehr selbst verstand, ignorierte er auch diese Gefühle einfach.

"Okay …", sagte sie zögerlich. "Willst du etwas trinken oder so?", fragte sie.

"Nein." Er griff nach der Tür in der Hoffnung, dass sie einfach verschwinden würde, damit er allein mit Luna war.

Sie sah ihn ein wenig verwirrt an, dann ging sie hinaus in den Flur.

Ohne sie noch einmal anzusehen, schloss er die Tür hinter ihr und wandte sich wieder der Frau zu, die seine Gedanken beherrschte.

Luna hatte die nackten Beine an die Brust gezogen. Ihre High Heels lagen vor dem Sofa auf dem Boden.

Vorsichtig setzte er sich neben ihre Füße auf das weiche Sofa und hob einen der sündhaft hohen Treter auf.

Er drehte ihn an dem dünnen schwarzen Absatz im Kreis. Dann lehnte er sich erschöpft, aber deutlich entspannter zurück.

Warum zum Teufel sollte er sich jetzt besser fühlen, wo er hier saß?

Nichts hatte sich geändert. Er war noch immer sauer, dass sie einfach so verschwunden war, und vor allem auch, dass sie ihn den ganzen Tag lang ignoriert hatte. Also war alles genau so, wie es vor zehn Minuten gewesen war, und trotzdem fühlte er sich besser.

Scheiße.

Er konnte seine Finger nicht länger bei sich behalten und strich vorsichtig über die Konturen des Tribals, bis hinauf zum Saum ihrer Shorts.

Dann inspizierte er ihre Beine, besah sich jeden Zentimeter, jede noch so kleine Narbe. Sie hatte unglaublich sexy Beine.

Sie waren nicht so dünn wie die der meisten seiner Kolleginnen, aber so gefielen sie ihm besser. Etwas zum Anfassen, genauso wie dieser hinreißende Arsch.

Luna seufzte im Schlaf, streckte ihre Beine aus und drehte sich auf den Bauch.

Ihre Unterschenkel lagen jetzt über seinen Oberschenkeln und er hatte den perfekten Ausblick auf ihre Rückseite.

Er stellte sich vor, wie sie genau so auf seinem Bett liegen würde. Er würde sich über sie legen und dann tief in sie eindringen.

Allein der Gedanke pumpte Unmengen von Blut in seine Hose. Leise stöhnend legte er den Kopf in den Nacken und schloss die Augen. Ihre weichen Waden unter seinen Händen zu spüren, würde vorerst genügen müssen.

Hatten sich einfache Waden schon mal so gut in seinen Händen angefühlt? Er wusste es nicht, streichelte aber immer weiter über die weiche Haut, während sein Kopf ihm ein Szenario nach dem anderen lieferte.

Bilder von ihr, wie sie ihre Schenkel um seine Mitte schlang, während er tief in sie stieß.

Er musste dringend von diesem Film runterkommen, bevor Luna aufwachte, also begann Dylan von einhundert rückwärts zu zählen, um sich abzulenken.

LUNA

Nur langsam fand sie aus einem äußerst heißen Dylan-Traum zurück in die Realität. Dieser Mann konnte sie noch nicht mal im Traum in Ruhe lassen. Als sie die Augen aufschlug, war es stockfinster im Raum. Es musste schon mitten in der Nacht sein.

Sie wollte sich auf den Rücken drehen und bemerkte, dass jemand ihre Unterschenkel festhielt. Sie quietschte leise auf und riss ihre Beine an die Brust.

"Luna?", murmelte jemand. Nein, nicht jemand, sondern Dylan. Es war Dylans Stimme, sie klang rau und sehr verschlafen.

"W-w-wa-s machst d-du-u hi-ier?", stotterte sie mit rasendem Herzen.

Ihre Augen gewöhnten sich nur langsam an die Dunkelheit. Im fahlen Mondlicht sah sie kaum, wie er sich über das Gesicht rieb.

"Warten, dass du aufwachst", brummte er und klang dabei irgendwie frustriert. Dann griff er nach ihrem Handgelenk und zog sie mit solcher Kraft auf seinen Schoß, dass sie nicht einmal die Chance gehabt hätte, sich zu wehren.

Anschließend legte er sich einfach auf den Rücken und presste sie an seine Brust, wo sie schließlich zum Liegen kam.

"Jetzt ist es zu spät. Schlaf."

Die Worte waren nur undeutlich zu verstehen und sein Körper entspannte sich Sekunden später wieder völlig.

Sie lag wie erstarrt da, hatte keine Ahnung, was sie jetzt tun sollte. Aber alles in allem fühlte es sich einfach unglaublich gut an, ihn unter sich zu haben. So warm, so gemütlich. Er roch so verdammt gut nach Meer, dass sie ihre Nase am liebsten nie wieder von seinem Körper genommen hätte. Theoretisch sollte sie sich sofort von ihm lösen. Eine gemeinsame Nacht würde das Durcheinander ihrer Gefühle nur noch schlimmer machen.

Sie könnte es aber auch einfach diese eine Nacht lang genießen. Sie steckte sowieso schon viel zu tief in diesem Sumpf, um ganz ohne Kratzer daraus hervorzugehen. Außerdem war sie so müde und seine Arme umschlossen sie wie ein warmer Kokon. Egal, was aus ihnen werden würde, diese eine Nacht wollte sie sich nicht nehmen lassen. Dafür fühlte er sich zu gut an. Wer konnte schon behaupten, dass ein Badboy aus Hollywood einen eine ganze Nacht lang im Arm gehalten hatte? So etwas würde ihr bestimmt nie wieder passieren.

Ganz langsam kamen ihre Gedanken zur Ruhe, und sie schaffte es, einfach nur den Augenblick zu genießen. Es fiel ihr bei Weitem leichter, als sie es sich jemals vorgestellt hätte. Sie ließ sich von ihm mitnehmen, lauschte dem gleichmäßigen, ruhigen Herzschlag unter ihrem Ohr und genoss einfach seine Nähe.

Ihr Atem passte sich automatisch seinen langsamen Atemzügen an und machte sie Zug um Zug schläfriger.

Irgendwann sank sie schließlich in einen tiefen und sehr erholsamen Schlaf.

4 WAS WIRD DAS?

DYLAN

Nur langsam erwachte er aus einem verdammt tiefen Schlaf. Es dauerte eine ganze Weile, bis er wusste, wo er war und *was* beziehungsweise *wer* da auf seiner Brust lag.

Er hatte absolut keine Ahnung, wann er das letzte Mal so hervorragend geschlafen hatte. Verwundert sah er auf Luna herab, die noch immer auf seiner Brust lag. Was war das für eine Frau und was stellte sie nur mit ihm an?

Dann klopfte es an der Tür. Luna zuckte leicht zusammen, machte sonst aber keine Anstalten, aufzuwachen.

"Luna? Ich störe nicht gern, aber du musst zur Uni", sagte Amira durch die geschlossene Tür hindurch.

Das erinnerte Dylan daran, dass nicht nur Luna zur Uni musste, sondern er auch zum Dreh.

Sanft streichelte er über ihren Kopf. "Babe? Du musst aufwachen."

Sie vergrub ihr Gesicht an seiner Brust und sein Herz wurde seltsam schwer. Es sollte sich nicht so verdammt gut anfühlen, sie im Arm zu halten. Er hatte es nie gemocht, wenn eine Frau sich an ihn kuschelte.

Mit Luna hatte er noch nicht einmal geschlafen und dennoch … Gott, er liebte das Gefühl, sie so nah bei sich zu haben. Automatisch schlossen sich seine Arme fester um sie, als könnte er so verhindern, dass sie diese Position jemals verließ.

Wieder klopfte Amira an die Tür, kräftiger diesmal.

"Babe?", murmelte er in ihre Haare.

"Hm?" Sie klang nicht wirklich so, als würde sie aufwachen.

"Ich befürchte, wir müssen aufstehen." Luna müsste nur einen Ton sagen, und er würde sich krankmelden, dabei wäre es ihm ganz egal, was für Konventionalstrafen es nach sich ziehen würde.

Langsam hob sie den Kopf und blinzelte ihn verschlafen an. Ihre Augen waren noch trüb und ihre Haare ganz durcheinander. "Du bist wirklich hier", murmelte sie. Das brachte ihn zum Lächeln. Sie klang so ungläubig. "Ja."

"Ich dachte, ich hätte es geträumt", sagte sie dann und zog die Augenbrauen zusammen.

Er schloss seine Arme fester um sie und presste seine Lippen auf ihre Stirn. Sie war zum Anbeißen, wenn sie so verschlafen und ohne Filter zwischen Kopf und Mund war.

"Nein, kein Traum. Ich bin wirklich hier", sagte er leise. Er zog sie ein wenig höher. Luna vergrub ihr Gesicht an seinem Hals und er genoss ihren Atem auf seiner Haut.

"Was machst du hier?", flüsterte sie ein paar Minuten später.

Eigentlich wollte er lieber jede Sekunde mit ihr genießen, anstatt mit ihr über Dinge zu reden, die er selbst nicht verstand. Aber er konnte ihr ja zumindest erklären, dass man Dylan Jones nicht einfach so ignorierte. "Du hast nicht auf meine Anrufe reagiert", antwortete er und versuchte seinen Ärger darüber nicht in seinen Ton fließen zu lassen.

Eine Zeit lang schwieg sie, dann murmelte sie: "Was willst du von mir, Dylan?"

Das war eine verdammt gute Frage, auf die er so einfach keine Antwort fand. Was wollte er von ihr? Er hatte keine Ahnung, aber er wollte sie noch nicht gehen lassen.

"Ich weiß es nicht", gestand er und spannte seine Arme an aus Angst, dass sie ihn gleich von sich schieben würde.

Sie bewegte sich nicht, aber ihre geflüsterte Antwort war beinahe schlimmer. "Das reicht mir nicht."

Gequält schloss er die Augen. Er wollte sie nicht ziehen lassen. Nicht, wenn er doch überhaupt nicht wusste, was das zwischen ihnen werden konnte.

"Ich kann dir kein Für-immer versprechen, wenn ich es nicht weiß." Sein Herz raste und er suchte verzweifelt nach einem Ausweg aus dieser Situation. Er wollte keine Freundin, hatte sich immer vor festen Bindungen gedrückt.

Die Sekunden, in denen sie nichts sagte, brachten ihn beinahe um. Dann spürte er, wie sie lange ausatmete.

"Das erwarte ich auch nicht … aber ich brauche ein

Versprechen auf einen Versuch. Ein One-Night-Stand funktioniert für mich nicht." Ihre Worte waren so leise, dass er sie kaum verstand.

Er schob eine Hand unter ihr Kinn und zwang ihren Blick in seinen. "Ich weiß nicht, was das hier wird, aber es ist alles andere als ein One-Night-Stand, Babe. Es war von Anfang an anders." Es war die Wahrheit, auch wenn es ihm nicht wirklich gefiel.

Die Unsicherheit in ihrem Blick ließ seinen Magen zusammenkrampfen. In diesem Moment erkannte er, dass sie ihm irgendwie wirklich mehr bedeutete, dass da etwas zwischen ihnen war, was er nicht kannte und schon gar nicht benennen konnte.

Was Luna in ihm auslöste, verwirrte ihn. Das Einzige, was er wirklich sicher wusste, war, dass er noch lange nicht genug von ihr hatte.

Federleicht ließ er seine Lippen über ihre wandern und Luna erwiderte seinen Kuss zärtlich. Ihre Lippen waren die mit Abstand weichsten, die er jemals geküsst hatte. Sie schmiegten sich an seine, während sie seinen Kuss erwiderte. Er wollte sie den ganzen Tag küssen und im Arm halten, doch das erneute Klopfen riss Luna aus ihrer Zweisamkeit.

"Ich muss zur Uni ...", sagte sie und ihre Augen wanderten unruhig über sein Gesicht. Er wusste nicht, was sie suchte, aber er hatte nichts zu verbergen. Wie auch, wenn er doch selbst überhaupt keine Ahnung hatte, was in ihm vorging.

"Ich fahr dich", antwortete er, weil er sie nicht gehen lassen wollte. Er wollte ihre Nähe einfach noch ein wenig genießen.

Luna schüttelte den Kopf.

"Nein, schon okay, ich muss ja auch wieder zurück kommen."

"Ich hole dich ab." Dann würde er sie gleich mit zu sich nach Hause nehmen können. Der Gedanke ließ ihn lächeln.

Luna lächelte nicht, stattdessen wanderte ihre Augenbraue langsam nach oben. "Musst du nicht arbeiten?"

Doch … leider. Das brachte seinen ganzen herrlichen Plan durcheinander.

"Verdammt", brummte er. "Aber ich kann dich holen lassen", schlug er dann vor. Sein Fahrer konnte sie ans Set bringen oder gleich zu ihm nach Hause.

"Und ich kann wirklich Auto fahren." Diesmal klang sie belustigt.

"Aber du biegst vielleicht falsch ab und landest nicht bei mir", erwiderte er. Es war ihm vollkommen ernst, auch wenn sie es nicht wusste. Innerlich schüttelte er über sich selbst den Kopf. Was zum Teufel war los mit ihm?

Sogar Luna lachte ihn aus. "Du könntest mich hier abholen, wenn du fertig bist."

"Wann hast du Schluss?" Wenn er rechtzeitig fertig war, würde er sie von der Uni abholen.

"Um vier Uhr."

Dylan nickte. Mit etwas Glück konnte er es rechtzeitig schaffen. Sie stützte sich ab, um aufzustehen, aber er wollte sie nicht gehen lassen.

"Ich muss wirklich aufstehen."

"Du bist herzlos", brummte er und löste seine Arme.

Lächelnd beugte sie sich über ihn und küsste ihn auf die Lippen. "Bis heute Abend."

Dylan nickte und sah ihr nach, wie sie den Raum verließ. Hoffentlich würde sein Part an diesem Drehtag rechtzeitig vorbei sein, dass er nicht bis zum Abend warten musste. So dringend wie sie hatte er noch niemanden gebraucht.

LUNA

"Luna Morris, was zum Teufel war das?" Luna zuckte unter der lauten Stimme von Chiara zusammen.

"Was war was?", fragte sie so unschuldig wie möglich.

"Dylan Jones? Dylan Jones schläft mit dir auf unserem Sofa? Einfach so ohne alles, willst du uns das erklären?", fragte Chiara nach und beobachtete sie interessiert. Auch Amira sah mehr als nur neugierig aus.

Luna spähte um ihre Freundinnen herum ins Wohnzimmer, aber Chiara fuchtelte unwirsch mit ihrer Hand vor Lunas Gesicht herum, bis diese ihr wieder die volle Aufmerksamkeit schenkte.

"Er ist weg. Ist klammheimlich gegangen, als du ins Bad bist. Glaubst du echt, ich würde hier so einen Aufstand machen, wenn er noch da wäre?", fragte Chiara ein klein wenig beleidigt.

Nein, eigentlich nicht. Also schüttelte sie den Kopf.

"Gut. Und jetzt raus damit. Was läuft da zwischen euch?"

Luna zuckte mit den Schultern und seufzte. "Ich weiß es nicht. Ich habe ihn schließlich auch nicht in die Wohnung gelassen."

Ihr Blick wanderte zu Amira.

"Er hat vor der Tür gewartet und mich gebeten, ihn zu dir zu bringen. Woher sollte ich wissen, dass du schläfst und er sich einfach zu dir gesellt", antwortete diese. Da hatte sie recht. Sie konnte es immer noch nicht so richtig glauben. Auch nicht, dass er ernsthaft mehr versuchen wollte als einen One-Night-Stand.

Ihr Kopf sagte ihr eindeutig, dass sie diesen Versuch nicht zulassen sollte. Wenn sie sich erst mal an Dylan gewöhnt hatte, würde er ihr das Herz brechen.

"Also los jetzt, was läuft da zwischen euch?", forderte Chiara.

Luna seufzte. "Ich weiß es nicht. Wirklich. Ich weiß nur, dass er mir das Herz brechen wird", sprach sie ihre Gedanken aus. Es machte keinen Sinn, ihren Freundinnen oder sich selbst etwas vorzumachen.

Der Ausdruck auf Chiaras Gesicht wurde ganz weich. Dann zog Chiara sie in ihre Arme und sagte leise: "Ich befürchte, ja."

"So ein Quatsch!", sagte Amira. "Warum sollte er? Bei mir und Davy läuft es auch erstklassig. Warum sollten alle so sein wie Sean? Die einen sind eben für eine Beziehung gemacht, die anderen nicht."

Chiara zuckte in Lunas Armen zusammen. "Du hast mir noch gar nicht richtig erzählt, was passiert ist", sagte Luna leise in Chiaras Ohr. Beim letzten Versuch hatte Chiara nur geweint und war irgendwann eingeschlafen.

"Nichts. Er will mich nicht, Ende der Geschichte."

Luna drückte sie noch fester an sich. Chiara hatte sich eindeutig auf Sean eingeschossen und dieser Idiot hatte sie nicht verdient.

"Wir sollten los", sagte Amira.

Sie hatte recht, sie waren bereits mehr als nur spät dran, und Luna war noch nicht einmal angezogen.

DYLAN

"Cut!", schrie der Regisseur. "Was wird das, Dylan! Das ist eine Frau und kein vergammeltes Stück Fleisch, das du anfassen sollst!"

Er hatte recht, und trotzdem fühlte sich Sharon unter seinen Händen verdammt falsch an.

"Okay, zwei Minuten Pause, danach will ich ein ordentliches Take!"

"Was ist los, Dylan?", schnurrte Sharon und presste ihren beinahe nackten Körper näher an ihn. Nur ihre spärliche hautfarbene Unterwäsche trennte sie noch voneinander.

Er konnte sich nicht daran erinnern, wann er das letzte Mal zwischen zwei nackten, langen Frauenbeinen gelegen hatte, ohne dabei hart zu werden.

Ich bin doch Schauspieler, verdammt!

Konnte es wirklich so schwer sein, so zu tun, als würde er sie vögeln?

Dylan biss die Zähne zusammen. Er musste diesen Scheiß endlich hinter sich bringen, um zurück zu Luna zu können. Den ganzen Abend so zu verbringen, hatte er absolut nicht vor.

Als der Regisseur die Szene neu einläutete, stellte er sich vor, es wäre Luna, die unter ihm lag. Er stellte sich vor, es wäre Luna, die er küsste, auch wenn es sich absolut falsch anfühlte. Sharons Lippen waren nicht weich genug, ihr Körper so dünn, dass ihre Knochen sich unangenehm gegen ihn pressten.

Alles war falsch an ihr, sogar ihr Geruch.

"Schnitt! Sehr gut, ihr beiden!", rief der Regisseur begeistert. Warum auch immer er zufrieden war, Dylan war es auch, solange er endlich Feierabend hatte.

Sharon lächelte ihn träge an. "Ja … wirklich sehr gut. Vielleicht können wir das noch ein bisschen üben …", schnurrte sie und machte keine Anstalten, ihre Beine von ihm zu nehmen, also befreite er sich ein weniger gröber als nötig von ihr.

"Nein, danke." Er zog den Bademantel über, den sein Assistent ihm reichte, und beeilte sich, in seine Garderobe zu kommen, ehe Sharon ihn noch einmal anmachen konnte.

Sie war eine Klette und hatte den schmollenden Blick perfektioniert. Schauspielerin eben.

Diese Szene war die letzte, die sie an diesem Tag drehen mussten. Gott sei Dank, denn viel länger hätte er es nicht mehr ausgehalten. Um seine Konzentration stand es an diesem Tag nicht gut, was es wirklich schwer machte, ein ordentliches Ergebnis abzuliefern.

Er wollte zu Luna und nichts anderes. Also zog er sich so schnell wie möglich um und joggte dann zu seinem Auto.

Nur wenige Minuten später lenkte er den Wagen vom Studio zur Uni. Es war erst kurz vor vier Uhr, also würde Luna gleich aushaben. Er ließ den Motor des Lamborghini aufheulen und gab in der Hoffnung, dass er Luna noch erwischen würde, ein wenig mehr Gas und fuhr schneller als erlaubt.

Am Parkplatz der Uni angekommen, parkte er und wartete im Wagen auf sie. Die ersten Studenten kamen den Weg entlang, doch Dylan konnte Luna nicht unter ihnen erkennen.

Ungeduldig tippte er mit den Fingern aufs Lenkrad, dann endlich erspähte er ihre lange blonde Mähne. Sie schien vertieft in ein Gespräch mit einer anderen Frau und bemerkte ihn nicht. Also blieb ihm nichts anderes übrig, als auszusteigen.

Er setzte sich die HB-Cappy und eine Sonnenbrille auf, dann öffnete er die Wagentür.

"Luna!" Sie sah nicht auf, also ging er zügig zu ihr. "Luna!"

Fragend dreinblickend drehte sie den Kopf in seine Richtung, dann huschte ein Lächeln über ihr Gesicht.

"Hey, D…" Den Rest verkniff sie sich gerade noch rechtzeitig.

"Hey, Babe." Schnell drückte er ihr einen Kuss auf die Lippen. "Ich hab den Wagen da drüben geparkt, kommst du?"

Sie sah ihn verwirrt an, also legte er ihr einfach einen Arm um die Taille und zog sie mit sich.

Über ihre Schulter hinweg winkte sie ihrer Freundin zu. "Bis morgen, Cindy." Dann wandte sie sich ihm zu und fragte: "Was machst du hier?"

"Dich abholen."

Er half ihr beim Einsteigen und setzte sich ebenfalls schnell in den Wagen, bevor ihn jemand erkennen konnte.

Die neugierigen Blicke ihrer Kommilitonen gingen ihm jetzt schon auf die Nerven.

"Warum? Ich habe mein Auto hier …"

"Ich wollte nicht mehr warten. Ich dachte, ich hol dich ab und bring dich morgen einfach wieder her."

Sein Plan war perfekt, so hatte er sie die ganze Nacht für sich. Schnell steuerte er das Auto vom Parkplatz.

Ihr Seufzen ließ ihn zu ihr blicken. "Was ist los?", fragte er und sah dann wieder nach vorn auf den Verkehr.

"Du hast nicht zufällig darüber nachgedacht, was ich denken könnte, oder?"

Verwirrt runzelte er die Stirn. Hatte er nicht, aber was sollte sie schon dagegen haben?

"Dylan … außerhalb deines kleinen Promi-Bonus-Imperiums gibt es auch einen Alltag. Da sind Menschen, die ein ganz eigenständiges Leben haben, und ich bin keins deiner Groupies, die ihren Tag nach dir ausrichten."

"Ich habe nie behauptet, dass du ein Groupie bist." Auch wenn das vieles sehr viel einfacher machen würde. Für gewöhnlich versuchten die meisten Menschen wirklich immer, ihm alles recht zu machen.

"Gut, dann kannst du mich jetzt ja zu meinem Wagen bringen." Sie klang sehr zufrieden, auch wenn er absolut keine Ahnung hatte, was in ihrem Kopf vor sich ging.

"Ich bringe dich morgen früh zu deinem Wagen." Sein Plan war perfekt, wo lag ihr Problem?

Aus irgendeinem Grund lachte sie auf. "Hast du mir zugehört? Dein Plan funktioniert nicht."

"Mein Plan ist perfekt", beharrte er.

"Ja, vielleicht in deinem kleinen Universum. Schließlich bin ich es, die ohne ihre Unterlagen und ohne frische Klamotten in die Uni muss."

Dylan verzog das Gesicht. Darüber hatte er wirklich nicht nachgedacht. Normalerweise interessierte es ihn auch nicht, wo die Groupies nach ihm hingingen. Na ja, wie sie schon gesagt hatte, sie war eben kein Groupie.

"Zu dir? Ich möchte ungern zurück", sagte er im Versuch, eine Alternative zu finden.

"Warum?"

Er lächelte breit. "Weil in meinem kleinen Universum ein Haufen Groupies auf dem Campus sind, die mir meinen ganzen Abend verderben könnten."

Luna lachte. "Okay, das ist ein Argument, dann zu mir."

Dylan nickte halb zufrieden, griff nach ihrer Hand und ließ sie die restliche Strecke nicht mehr los. Es fühlte sich einfach zu gut an, sie in seiner zu halten.

"Was ist das eigentlich für eine Cappy? Nate hatte die gleiche auf."

Dylan grinste sie an. "Ist unser Insider-Witz. HB steht für Hollywood-Badboys, aber verrate es keinem, sonst können sie uns sofort erkennen."

Luna schüttelte lachend den Kopf. "Ihr seid echt unglaublich von euch selbst eingenommen!"

Er warf ihr einen Blick zu und freute sich über das amüsierte Glitzern in ihren Augen. "Ich habe so das Gefühl, dass du nicht unbedingt dazu beitragen wirst, dass mein Ego regelmäßig gepusht wird", gab er zurück.

Lächelnd verdrehte sie die Augen. "Ich glaube, dein Ego ist mehr als nur groß genug!"

Er parkte den Wagen in einer Seitenstraße und ging dann, mit tief ins Gesicht gezogener Basecap, Hand in Hand mit Luna ins Haus. "Wir können auch einfach ein paar Sachen holen und dann zu mir fahren."

"Es wird dich schon keiner überfallen", gab sie grinsend zurück. Das nicht, aber nervig konnte die Situation trotzdem werden, wenn jemand ihn mit ihr entdeckte.

Luna sperrte die Wohnungstür auf und warf den Schlüssel dann auf das Sideboard. Ihr praller Arsch wackelte von links nach rechts, während sie den Flur entlangging.

"Hast du am Wochenende schon was vor?", fragte er und folgte ihr in die kleine Küche.

Diese war lang und schmal. Es gab keine Möglichkeit, sich hinzusetzen, und mehr als zwei Menschen hatten nebeneinander keinen Platz. Die Möbel waren alt und aus dunklem Holz, aber es war sauber und durch das große Fenster auch sehr hell.

"Nein?" Sie klang vorsichtig und konzentrierte sich ganz auf den Kaffee, den sie mit einer altmodischen Filtermaschine zubereitete. Er hasste Filterkaffee. Wenn er öfter hier sein müsste, würde er einen Vollautomaten kaufen.

Wie weit in die Zukunft willst du noch planen? Haus und Kinder? Minivan?

Er schüttelte über sich selbst den Kopf. Er kannte sie erst knapp zwei Wochen und überlegte schon, wie oft er hier in ihrer Wohnung sein würde? Irgendwas lief verdammt falsch in seinem Kopf.

"Dann kann ich meinen Plan von heute also morgen umsetzen?", fragte er.

Luna lachte und ihre Augen funkelten. "Du lernst dazu, Dylan."

Er schmiegte sich von hinten an sie und küsste ihren Nacken. Länger hielt er es einfach nicht mehr aus. Er vermisste das Gefühl ihres Körpers an seinem, ihren Geruch in seiner Nase und ihren Geschmack in seinem Mund.

"Ist das ein Ja?", murmelte er, die Lippen an ihrer Haut.

"Ja", flüsterte sie.

"Sehr gut, dann können wir ja jetzt …" Weiter kam er nicht, denn Chiara betrat den Raum und unterbrach ihre Zweisamkeit.

"Irgendwie ist es ein wirklich verstörender Anblick, Dylan Jones in dieser Küche zu sehen", sagte Chiara und klang bissig.

Er hatte damit gerechnet, dass sie nicht sonderlich gut auf ihn zu sprechen sein würde. Sean war ein klein wenig … nun ja … ein Emotions-Legastheniker eben. Wahrscheinlich hatte er noch nicht einmal mitbekommen, dass Chiara auf ihn stand, sonst hätte er sie schon lang in sein Bett gezerrt.

Luna stöhnte leise auf, auch sie hatte das kommen sehen.

"Würden wir in meinem kleinen – und wie ich hinzufügen möchte –, ziemlich perfekten Universum leben, wären wir jetzt bei mir zu Hause. Allein, ohne Mitbewohner …"

Luna boxte ihn leicht mit dem Ellenbogen in den Bauch und Dylan wich lachend zurück.

"Amira und ich wollten shoppen gehen und dann in diese neue Bar an der Küste. Ich gehe davon aus, dass du nicht mitwillst?", fragte Chiara.

Zu Dylans Erleichterung schüttelte Luna den Kopf. "Nein, danke. Ein anderes Mal gerne wieder."

"Okay. Dann bis morgen oder so …"

Chiara winkte ihnen zu, schnappte sich ihre Handtasche vom Boden und verließ dann die Wohnung.

Sofort presste Dylan sich wieder an Lunas Rückseite. "Da wir gezwungenermaßen hier sein müssen, sollten wir es ausnutzen, solange die Wohnung leer ist", raunte er in ihr Ohr.

Die feinen Härchen in ihrem Nacken stellten sich auf, als er mit seinen Lippen über die weiche Haut fuhr. Seine Hände wanderten von ihrem Bauch nach oben und umfassten ihre vollen Brüste. Luna hielt den Atem an und bog sich seiner Berührung entgegen.

Ihr Kopf fiel in den Nacken und gegen seine Schulter. Dylan nutzte den Moment und presste seine Lippen auf ihre. Sie schmeckte genauso gut, wie er es in Erinnerung gehabt hatte. Gierig schob er seine Zunge in ihren Mund, genoss es, ihren Körper an seinem zu spüren.

Sie wand sich unter seinen Händen, wodurch ihr erstklassiger Arsch sich an seinem Schwanz rieb. Er ließ eine ihrer Brüste los und schob seine Hand zwischen ihre Beine. So presste er Luna gegen seinen härter werdenden Schwanz.

Sie stöhnte an seinem Mund und rieb sich aufreizend an seiner Hand. Er konnte nicht länger warten, wollte sich endlich tief in ihr versenken.

"Wo ist dein Schlafzimmer?", raunte er und öffnete gleichzeitig den Knopf ihrer Shorts.

"Am Ende des Flurs."

Sie stöhnte auf, als er seine Hand in ihren Slip schob und mit den Fingern über ihre Pussy strich. Sie war so nass und bereit für ihn. Langsam schob er sie vorwärts. Bei jedem Schritt rieben seine Finger durch ihre Spalte.

Ihr Atem wurde abgehackter und ihr Körper weicher an seinem.

"Du weißt nicht, wie sehr du mich anmachst, Babe", keuchte er und rieb sich an ihr, um sich Erleichterung zu verschaffen. Ihre Hände krallten sich in seine Unterarme. Der leichte Schmerz machte ihn nur noch heißer.

Im Schlafzimmer angekommen löste sie sich von ihm. Während er die Tür schloss, zog Luna sich bereits das Oberteil aus. Dann öffnete sie ihren BH und ließ auch diesen zu Boden fallen.

Er riss sich das Shirt über den Kopf und war in zwei Schritten bei ihr.

Seine Hände legte er um ihre Wangen, dann küsste er sie leidenschaftlich. Er stöhnte in ihren Kuss, als er ihre Hände an seinem Gürtel spürte. Er wollte ihre schlanken Finger wieder spüren, wenn sie sich fest um seinen Schwanz schlossen.

Plötzlich unterbrach sie den Kuss. "Sag mir, dass du ein Kondom dabeihast", sagte sie schwer atmend.

Dylan nickte schnell. Noch einmal würde ihm das nicht passieren.

Luna lächelte, schob sich die lockeren Shorts von den Hüften und drehte sich dann um.

Nur in einen winzigen String und sexy High Heels gekleidet, ging sie die wenigen Schritte zum Bett.

Nachdem er das Kondom aus seiner Hosentasche geholt hatte, streifte er sich Hose, Shorts und Schuhe zusammen ab.

"Lass die Schuhe an", sagte er rau und ging zu ihr hinüber. Sie legte sich auf den Rücken und fuhr mit den Fingerspitzen über ihren Oberkörper.

"Du musst Bitte sagen, Dylan, ich bin kein Groupie", sagte sie neckend und lächelte lasziv.

Mit einem Ruck riss er ihr den Miniaturstring vom Körper, dann packte er ihre Sprunggelenke und stellte sie weit gespreizt auf dem Bett ab.

"Wenn einer bettelt, wirst du das sein, Babe." Er schloss seine Lippen um ihre Klit und saugte ohne Vorwarnung heftig daran.

Sie stöhnte und wand sich. Dylan hatte Schwierigkeiten, sich auf das Anlegen des Kondoms zu konzentrieren, so sehr turnte ihn ihre hemmungslose Reaktion an.

Als er seine Zunge schnell über die Klit schlagen ließ, bäumte sie sich auf und riss sich laut stöhnend von seinem Mund los.

Dylan presste sie mit einer Hand knapp über ihrem Venushügel zurück auf das Bett. Mit der anderen Hand streichelte er über ihre nasse Spalte, ehe er zwei Finger in sie schob.

Immer wieder zog er sie zurück und stieß erneut in sie und achtete dabei darauf, über die kleine raue Stelle in ihr zu fahren.

Ihr Stöhnen wurde stetig lauter, und ihre Hände verkrallten sich so heftig im Laken, dass ihre Knöchel weiß hervortraten. Ihr Anblick machte ihn so an, dass sein Schwanz zuckte und seine Finger noch schneller in sie fuhren.

"Dylan … bitte …", keuchte sie. Ihre Worte lösten in ihm den Drang aus, augenblicklich tief in sie zu stoßen.

"Bitte was, Babe?"

Durch halb geschlossene Lider sah sie ihn an und

leckte sich über die Lippen. "Fick mich", wisperte sie und für Dylan gab es kein Halten mehr. Er entzog ihr seine Finger, nahm seinen Schwanz in die Hand und schob ihn mit einem Ruck in sie.

Sie schrie auf und wollte sich aufbäumen, aber seine Hand hielt sie noch immer fest aufs Bett gepresst.

Ohne zu zögern, stieß er ein ums andere Mal tief in sie. Sie fühlte sich noch so viel besser an, als er es sich ausgemalt hatte. Heiß, eng, nass. Das Zucken ihrer inneren Muskeln trieb ihn an den Rand des Wahnsinns.

Dann schlang sie ihre Beine um seine Hüften und Dylan spürte ihre spitzen Absätze an seinem Hintern. Stöhnend ließ er sich nach vorn fallen, stützte sich auf den Ellenbogen ab und verkrallte seine Hände in ihrem seidigen Haar. Er sah direkt in ihre vor Lust trüben Augen und spürte ihren keuchenden Atem auf seinen Lippen.

Dann warf sie schreiend ihren Kopf in den Nacken. Sie bog sich ihm entgegen. Ihre Pussy krampfte sich so fest um ihn zusammen, dass sie ihn augenblicklich mit über die Schwelle zu seinem Orgasmus riss. Brennend heiß durchfuhren ihn die Schübe, während er in ihr erstarrte. Dann brach er erschöpft auf ihr zusammen.

Sex mit Luna war noch um ein Vielfaches besser, als er es sich jemals hätte vorstellen können. Sie war perfekt. Alles an ihr war perfekt, als wäre sie genau für ihn gemacht. Jede ihrer Bewegungen schien auf ihn abgestimmt zu sein.

Lächelnd stöhnte er, als er sich aus ihr zurückzog. Er hatte es gewusst, doch das hier hatte es noch einmal bestätigt, er würde noch eine ganze Weile nicht genug von ihr haben.

Wie zum Teufel konnte eine Frau ihn so faszinieren?

Sanft drückte er seine Lippen auf ihre Schläfe und genoss das leichte Nachbeben ihres Körpers.

Eine Weile lagen sie einfach nur so da, lauschten dem heftigen Atem des anderen. Dann spürte er, wie Lunas Beine langsam an ihm herabglitten. Er rollte sich neben sie und legte eine Hand auf ihren Bauch. Ihre Augen waren noch immer geschlossen und ihre vollen rosa Lippen standen ein kleines Stück offen. Sie war heißer als die Hölle, und er wollte nichts lieber, als sie die ganze Nacht lang zu nehmen, bis sie beide endlich genug voneinander hatten.

"Du siehst so sexy aus … am liebsten würde ich sofort wieder in dir sein", murmelte er und streichelte zärtlich über ihren flachen Bauch.

"Gib mir eine halbe Stunde", gab sie träge lächelnd zurück und wiederholte damit seine Worte, immer noch ohne ihre schönen Augen zu öffnen.

Dann traf ihn eine ziemlich schlechte Erkenntnis. "Ich hab kein Kondom mehr."

Sie hob ein Augenlid ein winziges bisschen an. "Warum?" Sie klang tatsächlich ein wenig enttäuscht.

Dylan grinste frech. "In meinem Universum wären wir jetzt bei mir und meinem Vorrat."

Luna lachte. "Dann bleibt uns wohl nur ein Abend vor dem Fernseher."

Und seltsamerweise hörte sich das mit Luna noch nicht einmal schlecht an.

5 WIR ZWEI

DYLAN

Ungeduldig wartete er auf dem Parkplatz vor ihrer Uni.

Er hätte niemals gedacht, dass es ihm vollkommen genügen könnte, mit einer Frau auf dem Sofa zu liegen und einen Film anzusehen. Wobei man es *fernsehen* nicht nennen konnte. Luna hatte den Fernseher angeschaltet, sich an ihn gelehnt und ein Buch hervorgezogen. Kein Wunder, dass sie weder ihn noch seine Freunde kannte, wenn sie so überhaupt kein Interesse an Filmen hatte. Ganz verstehen konnte er das nicht. Wer sah sich in ihrem Alter keine Filme an? Aber Luna war eben nicht wie andere Frauen. Sie war etwas Besonderes.

Ihm selbst hatte es vollkommen genügt, sie zu beobachten. Es hatte ihn mehr gefesselt, als es jeder Film hätte tun können. Es war die Art, wie ihre Mundwinkel zuckten, wenn sie sich über etwas im Buch amüsierte, oder wie sie die Stirn runzelte, wenn ihr etwas missfiel. Meist folgte gleich darauf ein leises:

"So ein Arsch." Das wiederum brachte Dylan zum Lächeln.

Später waren sie zurück in ihr Zimmer gegangen und hatten sich ins Bett gelegt. Einfach so … ohne Sex zu haben.

Er konnte sich nicht daran erinnern, das jemals getan zu haben, aber es fühlte sich richtig an. Sie hatte sich einfach an ihn geschmiegt, ihren Kopf auf seine Brust gelegt und war eingeschlafen.

Irgendetwas in ihm hatte sich verändert. Er wusste nicht wann oder wie, aber etwas war anders. Das war absolut nicht zu leugnen.

Und ebendieses *Anders* führte anscheinend auch dazu, dass er wie ein liebeskranker Teenie auf dem Uniparkplatz auf sie wartete.

Nicht nur das, sondern auch, dass er bereits den zweiten Tag in Folge gelogen hatte. Er hatte behauptet, dass er vom Set aus direkt nach Hause fuhr, um Fynn loszuwerden.

Er wollte Luna nicht mit Fynn teilen. Die Zeit mit ihr sollte ihm allein gehören, niemand, der ein paar Meter entfernt auf ihn aufpasste.

Es konnte sowieso nichts schiefgehen, wenn er Luna abholte, immerhin wartete er nur im Wagen auf sie. Gut, am Tag zuvor hatte es nicht funktioniert, aber da hatte sie auch nicht gewusst, dass er sie abholen wollte.

Endlich entdeckte er sie in der Menge, die vom Campus in Richtung der Parkplätze lief. Sie sah wieder einmal zum Anbeißen aus. Diese Shorts und Tanktops machten ihn ganz verrückt. Luna sah einfach unglaublich heiß darin aus und wusste es noch nicht einmal. Seine Luna hatte eben Klasse.

Sie brauchte keine überteuerten Designerklamotten. Obwohl sie auch darin atemberaubend aussehen würde, aber diese ultraknappen Shorts konnte nichts toppen.

Der Mann, der neben ihr lief, legte ihr eine Hand auf den Arm und hielt sie auf. Luna blieb stehen und drehte sich lächelnd zu ihm um.

Sie unterhielten sich und er kam noch einen Schritt auf sie zu. Dabei sah er sich um, als würde er nach einem Lauscher suchen. Er war so groß, dass Luna den Kopf in den Nacken legen musste, als sie weiter mit ihm sprach.

In Dylan brodelte es. Ein ungewohntes Gefühl. Er war nie eifersüchtig wegen einer Frau gewesen. Aber dieser Typ … Was wollte er von ihr?

Am liebsten würde Dylan zu ihr gehen, aber da waren so viele Studenten und er sollte sich hier absolut nicht blicken lassen. Damit könnte er sich eine Menge Probleme einhandeln … Noch während er darüber nachdachte, was er besser nicht tun sollte, sah er, wie die beiden sich umarmten, und riss die Tür des Wagens auf. Er zog sich die Cappy tiefer ins Gesicht und ging mit großen Schritten auf sie zu.

Bei der Hälfte des Weges fiel ihm ein, dass er sich besser einen Hoodie übergezogen hätte. Die großen, markanten Tattoos waren in dem Muscle-Shirt viel zu gut zu erkennen. Er verwarf den Gedanken, als der Scheißtyp sich ein wenig von Luna löste und sie verliebt anlächelte.

Zu viel ist zu viel!

Dylan trat hinter Luna, schlang einen Arm um ihre Mitte und zog sie kraftvoll an seine Brust. Sie keuchte erschrocken und griff nach seinem Handgelenk, als würde sie sich befreien wollen. Wäre er nicht so angefressen, weil der Typ sie umarmt hatte, hätte er sich über diesen aussichtslosen Versuch amüsiert. Luna hatte keine Chance gegen ihn, wenn Dylan sich wirklich anstrengte.

"Hey, Babe", sagte er, um sie zu beruhigen, und starrte dabei den Typen an, der ihn überrascht musterte.

Luna drehte Dylan den Kopf zu, entspannte sich sofort und lächelte zu ihm auf. "Hi!"

Ihre weichen Lippen glänzten verführerisch und er konnte sich nicht mehr beherrschen. Schnell presste er seinen Mund auf ihren und drückte sie dabei noch fester an seine Brust. Sie schmeckte so gut und fühlte sich noch viel besser an. Ihre Nähe ließ ihn beinahe vergessen, wo sie waren und warum er mitten auf dem Campus stand.

"Dylan Jones?" Die Stimme des Kerls riss ihn zurück in die Realität.

Er beendete den Kuss widerwillig und starrte den Typen wieder durchdringend an. "Hast du ein Problem damit?"

Der Typ glotzte ihn nur an und schüttelte langsam den Kopf. Neben ihnen erklang dieses kleine, nervtötende Groupie-Kichern, das Dylan daran erinnerte, dass er hier absolut nicht rumstehen sollte.

Er zog Luna neben sich und ging dann zielstrebig auf seinen Wagen zu.

"Ich … ähm … bis morgen, Peter!" Im Gehen winkte sie dem Typen zum Abschied zu.

Am Auto angekommen schob er sie zur Beifahrerseite. "Steig ein", sagte Dylan schroffer als geplant und nahm gleichzeitig selbst im Wagen Platz.

Luna schnallte sich wortlos an, während Dylan bereits den Lamborghini startete. Als das erste Mädchen an seine getönte Scheibe klopfte, fuhr er vom Parkplatz.

Gerade noch rechtzeitig.

Der Motor jaulte, so hoch jagte er den Drehzahlmesser, während er beschleunigte und sich durch den Verkehr schlängelte.

"Das war wirklich nicht einer deiner besten Einfälle", sagte Luna nach einer Weile leise.

War sie etwa sauer auf ihn? Sie war es doch, die sich von diesem Kerl umarmen ließ!

Seine Hände verkrampften sich um das Leder-Lenkrad. "Das war auch nicht geplant. Du hättest zu mir kommen sollen und ins Auto steigen. Niemand hätte mitbekommen, dass ich überhaupt da war", presste er zwischen zusammengebissenen Zähnen hervor.

"Ich war gerade dabei, als du plötzlich aufgetaucht bist", hielt sie dagegen.

"Weil du dich von dem Kerl hast anfassen lassen!", knurrte er leise.

Er spürte Lunas Blick auf sich. "Und das ist verboten?"

Vor Wut schäumend knallte er den nächsten Gang hinein. Er wollte sie packen und schütteln und ihr sagen, dass sie ihm gehörte. Doch eine kleine Stimme in seinem Inneren sagte ihm, dass sie niemals darüber gesprochen hatten, wie die Regeln in ihrer Beziehung aussahen. Beziehung … allein die Vorstellung, dass er tatsächlich eine Beziehung hatte, war absurd!

Aber sie wollte es auch … oder? Natürlich wollte sie

es. Sie hatte ja deutlich gesagt, dass sie nicht auf One-Night-Stands stand, also wollte sie … ja, was eigentlich?

Dylan biss die Kiefer zusammen. Ein Groupie, er hätte sich einfach wieder ein Groupie aussuchen sollen, dann würden sich all diese verwirrenden Gedankengänge erübrigen.

Er gab ein wenig mehr Gas, als er die Zufahrt zum Viertel passierte.

"Dylan?"

Luna klang genervt. Das wiederum führte dazu, dass er sich noch mehr verkrampfte. Seine Schläfe pochte im Versuch, die Worte in seinem Kopf zu sortieren.

Als er den Wagen in seiner Garage zum Halten brachte, drehte er sich abrupt zu ihr um. "Ja, es ist verboten! Ich teile dich nicht, Ende der Diskussion."

Das Lächeln, das um ihre Mundwinkel zuckte, verwirrte ihn.

"Was?", knurrte er.

Sie zuckte nur die Schultern und beschäftigte sich dann mit dem Sicherheitsgurt.

Er packte ihr Kinn und zwang sie, ihn anzusehen. "Du hast deine Bedingung gestellt, das ist meine."

Sie neigte den Kopf leicht. "Und zwar?"

"Ich habe dich exklusiv."

Wieder zuckten ihre Mundwinkel, als würde sie ihn auslachen.

"Luna", sagte er warnend.

"Das ist irgendwie süß, weißt du das?", sagte sie und lächelte noch immer.

Verwirrt zog er die Brauen zusammen. "Was?"

Sie schüttelte den Kopf. "Ich habe nichts mit ihm. Er

ist mein Partner für die Semesterarbeit, das ist alles."

"Dann such dir einen anderen."

Daraufhin lachte sie, machte sich von ihm los und stieg aus.

Dylan tat es ihr gleich. "Das war mein Ernst, Luna!"

Sie legte ihre Hände aufs Wagendach und stützte ihr Kinn darauf ab.

"Könntest du mal tief durchatmen und dich beruhigen? Ich kann mir meine Partner für die Seminararbeiten nicht aussuchen. Die werden einem zugewiesen."

Das war ein Problem. Er starrte sie über das Dach hinweg an. "Dafür braucht er dich aber nicht anzufassen."

"Ist dir klar, wie lächerlich diese Diskussion gerade ist?"

"Nein." Er fand sie absolut nicht lächerlich, sondern notwendig.

"Erstens, er hat mich nicht angefasst, sondern wir haben uns zum Abschied umarmt. Zweitens, du bist derjenige, der keine Beziehung wollte."

"Das hab ich so nicht gesagt." Hoffte er zumindest. "Das tut jetzt auch nichts zur Sache. Wir haben das gestern geklärt. Wir versuchen es, also haben wir eine exklusive Beziehung", fuhr er dann schnell fort.

Beziehung ... tatsächlich ... o Mann!

Luna runzelte die Stirn, dabei sollte sie das doch freuen. Es war genau das, was sie wollte … oder?

"Und die beinhaltet, dass ich meine Freunde zum Abschied nicht mehr umarmen darf?", fragte sie und sah viel weniger glücklich aus, als er es sich nach seiner Ansprache vorgestellt hatte.

Was zum Teufel wollte sie von ihm? Sie konnte doch jetzt nicht einfach einen Rückzieher machen, wo er sich dazu entschlossen hatte, dass eine richtige Beziehung genau das Richtige für ihn war.

"Ja. Außerdem ist er dir schon vorher auf die Pelle gerückt."

Er hasste es, wie er sich in diesem Moment fühlte. Die Eifersucht und die Unsicherheit waren ihm völlig fremd. Er hatte auch kein Interesse daran, diese Gefühle noch länger zu haben.

Ein Groupie! Junge, Junge, dein Leben war echt einfach ohne diesen ganzen gefühlsduseligen Scheiß!

"Er wurde geschubst und hat sich entschuldigt, weil er mir deshalb auf den Fuß getreten ist." Sie schüttelte den Kopf und ging dann zu der Verbindungstür, die ins Haus führte.

Er bekam sie gerade noch am Bund ihrer Hose zu fassen und zog sie mit einem kräftigen Ruck an seine Brust. Er schlang ihr die Arme um die Taille und senkte den Kopf, um seine Nase an ihrem Hals zu vergraben.

Tief sog er ihren verführerischen Duft ein und genoss die Wärme ihres Körpers an seinem. Er war süchtig nach ihr, brauchte mehr von all dem, ganz egal, wie wütend er war.

"Was machst du nur mit mir, Luna", murmelte er in ihr Ohr.

"Gar nichts." Sie entspannte sich in seinem Griff und legte ihren Kopf an seine Brust.

"Doch … du bringst alles durcheinander. Du schaffst es, dass ich mich wie im Himmel und in der Hölle auf einmal fühle."

Er küsste ihren Hals und schlang seine Arme noch

fester um sie. "Sag mir, dass du das Gleiche willst wie ich, Luna."

Sie schwieg einen Moment und nickte dann viel zu zögerlich.

"Wer ist es?", knurrte er.

Sie legte den Kopf in den Nacken und sah ihn verwirrt an. "Wer ist was?"

"Wer dich davon abhält, es ernsthaft mit mir versuchen zu wollen."

Ihre Mundwinkel zuckten amüsiert, dann drehte sie sich in seinen Armen und legte ihre Hände um seinen Hals.

"Du darfst wieder aufhören zu knurren. Es gibt niemanden. Ich will es versuchen", sagte sie bestimmt. Dann verschwand das belustigte Funkeln in ihren Augen und ihr Lächeln wurde ein wenig brüchig.

"Aber?", hakte er deshalb nach.

"Aber … ich habe Angst vor dem Moment, in dem dir einfällt, dass es nicht genug für dich ist, und du mich fallen lässt."

Gerade jetzt konnte er sich nicht vorstellen, dass er jemals genug von ihr haben würde. Aber wer wusste schon, was die Zukunft brachte?

"Können wir nicht einen Schritt nach dem anderen machen?", fragte er. All die Gedanken und Gefühle, die in ihm tobten, verwirrten ihn vollkommen.

"Guter Plan. Was ist der nächste Schritt?" Sie klang ein klein wenig gelöster.

"Dass du mir versprichst, dass der Typ dich nicht mehr anfasst." Vielleicht konnte sein Assistent eine weibliche Seminarpartnerin für Luna organisieren. Eher unwahrscheinlich, aber vielleicht hatte er ja auch an der

Uni einen Promi-Bonus. Als sie die Augen verdrehte, presste er sie gegen die nächstgelegene Wand. "Mein Ernst, Luna."

"Macho", brummte sie, aber er sah ihr sanftes Lächeln.

Deshalb zuckte Dylan nur die Schultern, das konnte er sowieso nicht abstreiten.

"Du wirst nicht nachgeben, oder?", fragte sie und musterte ihn amüsiert.

"Nein." Wenn es um Luna ging, traf er nun mal keine sonderlich rationalen Entscheidungen.

"Du bist unheimlich stur, Dylan", sagte sie anklagend.

"Kann sein." Er würde sich ganz bestimmt nicht von ihr ablenken lassen.

"Damit kannst du nicht immer durchkommen", protestierte sie.

Er sah gespielt nachdenklich drein. "Doch, eigentlich schon."

Sie schnaubte. "Aber nur in Dylan-Land."

"Ich lass mich nicht ablenken, Luna. Du gehörst zu mir, also musst du dich den Gesetzen in Dylan-Land unterwerfen. Stimm endlich zu, damit ich dich in mein Schlafzimmer bringen kann. Dann will ich dich so oft vögeln, bis wir beide keinen Schritt mehr gehen können."

Luna lachte laut auf. "Okay, okay, keine Umarmungen mehr, über weitere Gesetze werden wir separat diskutieren."

Das wertete er als Sieg, also hob er sie hoch und trug sie nach oben. Sie hatten viel zu viel Zeit damit verschwendet, über andere Typen zu diskutieren. Es wurde Zeit, dass sie zu wesentlich angenehmeren Themen kamen. Luna quietschte, als er mit ihr auf den Armen die Treppe nach oben lief.

"Dein Stöhnen gefällt mir besser als dieses Gequietsche", sagte er und verzog gespielt schmerzhaft das Gesicht.

Luna lachte. "Dann bring mich dazu."

Nicht sonderlich sanft warf er sie auf sein Bett. "Genau das habe ich vor, Babe."

LUNA

"Hunger", jammerte sie am frühen Abend. Dylan hatte sein Versprechen wahr gemacht. Sie fühlte sich herrlich ermattet und ihr ganzer Körper spannte.

So richtig konnte sie noch nicht verstehen, was an diesem Nachmittag geschehen war. Er war so aufbrausend und eifersüchtig gewesen. So überhaupt nicht der immer lockere Typ, der er normalerweise war. Dylan Jones wollte eine feste Beziehung mit ihr. Bei diesem Gedanken tobten die Schmetterlinge in ihrem Bauch, aber sie versuchte, sie zumindest ein klein wenig in Schach zu halten.

Dylan hatte in diesem Moment überreagiert. Für ihn war sie nur das neue glänzende Spielzeug, das er nicht teilen wollte. Sie durfte in seine Worte und Handlungen nicht zu viel hineininterpretieren.

Nur weil er in diesem Moment so reagiert hatte, hieß das noch lange nicht, dass Dylan in wenigen Wochen noch genauso empfand.

Sie lag halb auf ihm. Den Kopf auf seiner Brust und ein Bein über seine gelegt.

Dylan tätschelte ihren Hintern, ehe er ihr Jammern beantwortete. "Ich habe Pizza im Kühlschrank", murmelte er.

Das hörte sich extrem verführerisch an. Mühsam rappelte sie sich auf und griff nach ihren Shorts. Ehe sie sie anziehen konnte, hatte Dylan sie ihr weggenommen.

"Gesetz Nummer zwei in Dylan-Land. Keine Klamotten."

Luna runzelte die Stirn, woraufhin Dylan sie küsste. "Dein Körper ist der Hammer. Wir sind allein hier, also lass ihn mich ansehen."

Sie rollte mit den Augen, auch wenn sie das Kompliment freute. "Macho."

"Ich weiß." Er grinste so entspannt, dass sie nicht mit ihm diskutieren wollte. Warum auch, sie wollte sowieso nur kurz etwas essen und dann sofort zurück ins Bett.

"Ich hoffe, ich finde die Küche in diesem riesigen Haus", sagte sie lächelnd, stand auf und ging zur Tür.

Sekunden später schmiegte sich Dylan von hinten an sie. Seine Hände fühlten sich verdammt gut auf ihrer Haut an.

"Ich zeige dir den Weg, dann weißt du es morgen früh und kannst mir wieder Kaffee bringen."

Sie legte den Kopf in den Nacken und sah zu ihm auf.

"Das hat dir gefallen", stellte sie fest. Ihr hatte der morgendliche Kaffee mit Dylan in ihrem Bett einen genauso guten Start in den Tag beschert.

"Ich könnte mich durchaus daran gewöhnen", gab er grinsend zurück und dirigierte sie dann vorwärts zur Treppe. Dabei ließ er sie keinen Moment lang los.

Daran könnte *sie* sich durchaus gewöhnen. Und genau dieser Gedanke machte ihr Sorgen.

Dylan war unglaublich süß zu ihr, und aus den bloßen Schmetterlingen in ihrem Bauch wurden immer mehr Gefühle, die ihr das Leben zur Hölle machen würden.

Sie schüttelte die Gedanken ab. Sie würde die Zeit mit ihm einfach genießen und dabei versuchen, ihr Herz so gut wie möglich zu verpacken.

Wenn sie richtig auf sich aufpasste, endete das Ganze nur in Liebeskummer und nicht in einem emotionalen Desaster.

"Warum hast du als Herrscher in deinem Universum eigentlich keinen eigenen Butler?", versuchte sie sich selbst auf andere Gedanken zu bringen.

"Habe ich ausprobiert, aber das Leben mit einem Butler ist anstrengender, als es aussieht."

Luna lachte. "Ein Butler ist anstrengend?"

"Und wie! Du kannst dir das gar nicht vorstellen."

Nein, das konnte sie wirklich nicht. Das meiste in Dylans Leben war für Luna absolut unvorstellbar. Mittlerweile waren sie in der Küche angekommen. Dylan griff an ihr vorbei und öffnete den Kühlschrank.

"Dann erzähl es mir", bat sie. Sie wollte ihn kennenlernen, ihn verstehen.

Er nickte und schob sie zur Mikrowelle, in die er die Pizza stellte.

"Es fängt schon damit an, dass man nicht einfach nackt durchs Haus laufen kann. Stell dir vor, hier würde ein alter Mann herumlaufen, dann könnte ich deinen Arsch nicht so genießen wie jetzt."

Er rieb sich ein wenig an ihr und Luna brach

endgültig in Gelächter aus. Dylan war unverbesserlich.

"Das ist mein Ernst!", sagte er, klang aber genauso belustigt. "So ein Butler ist dauernd überall, wo man selber auch ist. Sie stellen einem nach, sind immer auf der Hut, damit sie sofort reagieren können, wenn man was von ihnen braucht. Sie schleichen dir nach, reichen dir Dinge, von denen du erst danach weißt, dass du sie brauchst. Es ist, als hätte man einen Stalker, den man auch noch dafür bezahlt."

Dann stimmte er in ihr Lachen mit ein.

6 VERSUCHE

DYLAN

Am nächsten Tag stand er im Türrahmen zum Badezimmer, das an sein Schlafzimmer angeschlossen war, und betrachtete Luna. Konnte ein Morgen besser beginnen als durch Sex mit einer so perfekten Frau? Sie lag auf dem Bauch auf seinem Bett, so wie er sie kurz zuvor verlassen hatte, um dieses lästige Kondom zu entsorgen.

Der Anblick, der sich ihm bot, entschädigte ihn aber durchaus dafür. Ihr Körper war einmalig und er konnte sich einfach nicht daran sattsehen. All diese Kurven und ihre weiche Haut.

Sein Blick fiel auf das Sideboard, das neben der Tür zum Badezimmer stand. Er schnappte sich den Edding, der darauf lag, und schlenderte zurück zum Bett.

Luna drehte den Kopf ein bisschen und lächelte ihn träge über ihre Schulter hinweg an. Ihre Haare waren ganz zerzaust und glänzten wunderschön in der Morgensonne.

Dass er mit einer einzigen Frau so rundum glücklich sein konnte, hätte er niemals für möglich gehalten. Es fühlte sich wirklich komisch an, aber gleichzeitig unbeschreiblich schön.

Er setzte sich rittlings auf ihre Oberschenkel und massierte ihren perfekten, runden Arsch. Unerklärlicherweise fühlte es sich verdammt gut an, zu wissen, dass er ihm gehörte. Alles an Luna gehörte ihm, aber auf diesen Arsch war er besonders stolz.

Er nahm die Kappe des Stiftes in den Mund und zog sie ab. Dann unterschrieb er auf ihrem Hintern.

"Was machst du da?", fragte sie lachend und wand sich unter ihm.

Er gab ihr einen Klaps auf den Arsch. "Halt still, du versaust mein Autogramm."

Sie lachte nur noch lauter. "Du signierst meinen Arsch?"

Er vollendete den letzten Buchstaben und bewunderte sein Werk.

"Ja, und ich muss sagen, es sieht verdammt gut aus. Du solltest es dir tätowieren lassen, Babe", gab er schmunzelnd zurück, schloss den Stift und ließ sich neben ihr aufs Bett fallen.

"Du bist verrückt", sagte sie mit funkelnden Augen.

"Macht nichts." Er verschränkte die Arme hinter dem Kopf. "Ich warte noch auf meinen versprochenen Kaffee."

"Und du meinst, weil du das sagst, werde ich jetzt sofort aufspringen und dir einen Kaffee holen?"

"Ich weiß, was ich will und wie ich es bekomme. Wehr dich nicht, ich weiß, dass du mich glücklich machen willst."

Glucksend setzte sie sich auf und schüttelte den Kopf, dann fuhr sie mit ihren Fingernägeln über seinen Bauch.

"Das liegt nur an dem Sixpack, mit dem könntest du mich fast zu allem überreden."

Er schob eine Hand in ihren Nacken und zog sie zu sich. Dann küsste er sie zärtlich.

"Nur der Sixpack?", raunte er.

Luna zwickte ihn mit den Zähnen leicht in die Unterlippe. "Okay, die Küsse sind auch nicht ohne ..." Dann schob sie eine Hand über seinen Bauch und umfasste seinen Schwanz, der unter ihren Berührungen sofort wieder hart wurde. "Gegebenenfalls lässt sich mit dem auch was anfangen", murmelte sie an seinen Lippen und leckte dann darüber.

Ungeduldig schob er seine Hüfte nach oben, um mehr von ihren Berührungen zu spüren. "Ich zeig dir, wie viel ich damit anfangen kann. Der Kaffee kann warten."

Sie lachte und sprang so schnell aus dem Bett, dass er nicht mehr nach ihr greifen konnte.

"Hey!", protestierte er.

"Eine kurze Pause tut uns gut", sagte sie und schwang ihren runden, nackten Arsch inklusive seines Autogramms zur Tür.

"Ich brauche keine Pause!", rief er ihr nach. Luna drehte sich zu ihm um. Ihre vollen Brüste hüpften bei der Bewegung.

Er griff zwischen seine Beine und massierte mit einer Hand seinen Hoden, während die zweite seinen Schwanz umfasste.

"Siehst du, ich bin bereit für dich."

In den letzten Tagen kam es ihm eher so vor, als wäre er dauernd nur steif.

Ihre Augen waren dunkel vor Begierde, dann leckte sie sich über die Lippen, und er musste unwillkürlich daran denken, wie sie seinen Schwanz tief in ihren Mund genommen hatte.

"Kaffee", sagte sie rau und verließ dann einfach das Zimmer.

Dylan versuchte sich zu entscheiden, ob er hier auf sie warten oder ihr einfach folgen sollte. Wenn er ihr nachgehen würde, könnte er sie in der Küche vögeln oder in der Eingangshalle auf das Treppengeländer gestützt. Oder er würde sie mit ins Wohnzimmer nehmen, der Billardtisch würde sich ganz hervorragend anbieten.

Er könnte sie … Ihr lautes Kreischen riss ihn aus seinen Gedanken und katapultierte ihn augenblicklich aus dem Bett.

So schnell er konnte rannte er die Treppe hinunter und blieb bei der Hälfte stehen.

"Sean? Was machst du hier?", fragte er, als er seinen Freund im Foyer stehen sah. Dieser lachte jetzt aus vollem Halse.

Dylans Blick schoss zu Luna, die ihre Arme vor ihren nackten Körper presste. Schnell rannte er zu ihr, riss im Vorbeigehen einen Mantel von der Garderobe und hüllte sie darin ein.

"Wir sind allein hier?", zischte sie ihm zu.

"Geh hoch, ich klär das", gab er leise zurück. Und schob Luna zur Treppe. Ihre Wangen waren gerötet und in jedem anderen Moment hätte ihm der Anblick sicherlich gefallen.

Leider wusste er nur allzu genau, dass es seine Schuld war, dass sie sich unwohl fühlte. Einen großen Anteil daran hatte Sean, der sich vor Lachen den Bauch hielt. Abwechselnd glitt sein Blick lüstern zu Luna und anerkennend zu Dylan. Dafür hätte er Sean gern erwürgt. Luna stieg die ersten Stufen nach oben, als Sean noch immer lachend auf sie deutete. "Du hast ihren Arsch signiert, Bro'?"

Im Augenwinkel sah Dylan, wie Luna zusammenzuckte.

Verdammte Scheiße!

"Halt die Klappe! Was willst du überhaupt hier?", knurrte Dylan und beobachtete, wie Luna die Treppe nach oben eilte.

Sean warf ihm eine Jacke von der Garderobe zu. "Nimm die, sonst habe ich das Gefühl, dass deine Latte mich anstarrt."

Sean lachte noch immer, und auch Dylan konnte sich ein Grinsen nicht mehr verkneifen, so bizarr war diese Situation.

Er knotete sich die Jacke um die Hüfte. "Also was willst du hier?"

"Wir haben uns Sorgen gemacht, weil du gestern nicht im *Underground* warst und keiner von uns dich auf dem Handy erreicht hat."

Dylan fuhr sich durch die Haare. "Das Handy hab ich wohl im Auto vergessen und zum Ausgehen hatte ich keine Lust."

Seans Grinsen wurde dreckig. "Kann ich mir vorstellen." Dann wanderte sein Blick zur Treppe und Dylan folgte ihm. Luna kam angezogen und mit hochroten Wangen die Treppe herunter.

"Kann ich mir wirklich vorstellen", widerholte Sean.

"Lösch sofort dieses Bild aus deinem Kopf!", knurrte Dylan zurück und ging dann Luna entgegen.

"Alles okay, Babe?"

Sie lächelte schief. "Ich dachte, du willst vielleicht eine Hose." Dann hielt sie ihm eine Jogginghose entgegen.

"Danke." Er küsste sie und schlüpfte dann in die graue Hose, die ihm tief auf den Hüften saß.

"Bekomme ich einen Kaffee?", fragte Sean und ging wie selbstverständlich in die Küche.

"Mir wäre es lieber, wenn du abhaust", rief Dylan ihm hinterher.

"Dylan!", zischte Luna, doch er zuckte nur mit den Schultern.

Es war die Wahrheit; er wollte, dass sein Freund verschwand. Dylan wollte seine Zeit mit Luna genießen, mehr von ihr erfahren und vor allem noch verdammt viel mehr Sex mit ihr haben.

Leider Gottes schien Luna eine deutlich bessere Gastgeberin zu sein.

Sie packte ihn an der Hand und zog ihn hinter sich her in die Küche.

"Weißt du, Sean kann sich auch selbst einen Kaffee machen", sagte Dylan und legte einen Arm um Lunas schmale Taille.

"Dylan." Sie klang nicht halb so ernst, wie sie wollte. Dylan hörte das Lächeln in ihrer Stimme.

"Echt, Babe. Ich will dir nur sein Gesülze ersparen", beschwor Dylan sie, einfach nur, um sie lächeln zu sehen.

Die komplette darauffolgende Woche übernachtete Dylan bei ihr. Das Wochenende über waren sie wieder in seinem luxuriösen Haus. Sonntagabend dann zurück in ihrer WG.

Weil Chiara sich ihm gegenüber ziemlich bissig verhielt, hatte Luna eine Tasche gepackt, um von Montag auf Dienstag bei Dylan zu übernachten. Dylan und auch sie selbst brauchten dringen eine Auszeit von diesem Gezicke.

Die Zeit mit ihm kam ihr irgendwie unwirklich vor. Alles war so einfach, so leicht und unglaublich entspannt. Es war fast so, als wären sie schon immer zusammen.

Dienstagfrüh setzte er sie vor der Uni ab. "Wir schauen heute Football bei Sean, ist das okay für dich?"

Sie war sich noch immer nicht wirklich sicher, ob sie es gut fand, dass er so regelmäßig am Campus auftauchte. Es kam ihr so vor, als würden sie mit dem Feuer spielen. Dann wäre es nur eine Frage der Zeit, bis jemand Dylan erkannte und ihre kleine Traumblase mit ihm platzte.

"Du fragst mich?", fragte sie schmunzelnd, um ihn von ihren eigenen, eher trüben Gedanken abzulenken.

"Hey, auch ich kann dazulernen", sagte er grinsend. Wenn er so grinste, konnte sie ihm überhaupt nichts abschlagen.

Seine Augen funkelten auf diese ganz besondere Art. Er sah dann so offen, so jungenhaft aus. Ganz anders als der Dylan, den sie im *Underground* gesehen hatte, oder der grüblerische Dylan, den er manchmal an den Tag legte.

In solchen Momenten wurde ihr bewusst, wie sehr sie sich bereits in ihn verknallt hatte und dass es nur noch eine Frage der Zeit war, bis Dylan ihr das Herz brach.

"Ich werde einen Mädelsabend mit Chiara und Amira machen. Vielleicht kann ich die Wogen ein wenig glätten", antwortete sie. Vielleicht war es genau das Richtige, mal wieder ein wenig Abstand zu gewinnen und die Dinge aus einem nicht-rosa-Brille-getrübten Winkel zu betrachten.

Dylan sah wenig begeistert aus. "Du kannst sie auch einfach mitbringen."

"Chiara zu Sean?" Luna sah ihn mit einer hochgezogenen Augenbraue an. Das konnte nicht sein Ernst sein.

"Wir können auch einfach bei mir bleiben", schlug er dann vor, weil ihm wohl selbst auffiel, wie schlecht dieser Vorschlag war.

"Wir können auch einfach einen Abend lang nichts zusammen unternehmen", sagte sie zwinkernd.

Dylan grummelte unwillig. Luna beugte sich zu ihm und küsste ihn schnell, bevor er sich noch etwas einfallen ließ, um sie umzustimmen.

Ehe sie sich zurückziehen konnte, packte er sie mit festem Griff im Nacken und biss ihr zart in die Unterlippe. Sie liebte diese herrische Seite an ihm … genauso wie so ziemlich alles andere, was ihr nur noch mehr Angst machte.

Dann murmelte er: "Pack für Mittwoch eine Tasche. Ich hol dich hier ab."

"Yes, Sir", neckte sie ihn und verschwand dann schnell aus dem Wagen. Dieser Mann war heißer, als gut für ihn war.

DYLAN

"Ich hasse deinen Hund", informierte Dylan Sean, als Dylan zum obligatorischen, alle zwei Wochen stattfindenden Football-Abend in Seans Wohnzimmer kam.

"Uh, hast du schlechte Laune! An zu wenig Sex kann es kaum liegen", gab Sean lachend zurück.

Ihre bereits anwesenden Freunde stimmten sofort mit ein.

"Das stimmt, du hast so viel Sex, dass wir dich nicht mehr zu Gesicht bekommen", sagte Davy.

"Ich habe vorsorglich schlechte Laune, weil ich heute keinen Sex haben werde, weil Sean ein Wichser ist", brummte er und ließ sich zwischen Conner und Josh aufs Sofa fallen.

"Du hättest sie doch nur mitbringen müssen. Wir hätten schon unseren Spaß mit ihr gehabt", sagte Jamie lachend und klatschte sich mit Aaron ab.

Dylan schnaubte abfällig. "Erstens würde ich sie nie mit euch zwei Perversen teilen. Zweitens, sie kommt nicht, weil sie was mit ihren Freundinnen unternehmen will, und die kommen nicht, weil Sean Chiara abblitzen lassen hat."

"Aber, aber! Ich habe nichts gemacht. Im Gegenteil, ich habe sie extra wegen dir und Davy nicht angerührt. Das Drama wäre groß gewesen, wenn ich sie nach einer Nacht abgeschossen hätte."

Davy zuckte die Schultern. "Wenn sie das nicht verkraften, sollten sie lieber nicht mit uns rumhängen."

Plötzlich machte Dylan sich Sorgen darüber, wie es wohl für ihn ausgehen würde, wenn Amira herausfand, dass Davy es nicht wirklich ernst mit ihr meinte. Das könnte eine verdammt verzwickte Situation für ihn werden.

"Samstag feiern wir im *Underground.* Liam und Tyron kommen zurück von ihren Dreharbeiten. Liam hat schon angekündigt, dass sie einiges zu feiern hätten", sagte Nate, sichtlich bemüht, das Thema zu wechseln.

"Cool und sehr passend!" Davy lachte. "Ich habe Mindy und Cathy Schlüssel für Samstag gegeben. Dann habe ich Cathy schon mal von der Backe, wenn Liam zurück ist."

"Bist du verrückt?" Dylan starrte seinen Freund entsetzt an.

"Warum?", fragte Davy.

"Wenn ich komme, kommt Luna, und wenn Luna kommt, wird sie Amira mitbringen. Du musst diese zwei Weiber ausladen!" So begriffsstutzig oder ignorant konnte Davy nicht wirklich sein.

"Warum?", fragte Davy, der das Problem eindeutig noch nicht erkannt hatte.

"Ernsthaft? Weil Amira eine Riesenszene machen wird, wenn du da mit einer anderen Frau auftauchst, obwohl sie denkt, ihr seid zusammen", blaffte Dylan seinen begriffsstutzigen Freund scharf an.

"Urg, er ist im Pärchen-Modus. Versteht jetzt schon nichts mehr von gutem, unverbindlichem Sex", sagte Josh neben ihm.

"Wir sind aber kein Paar. Ich vögle sie hin und wieder und sie ist eindeutig mehr als eine Nacht wert. Mehr ist da nicht", gab Davy zurück.

Sean lachte auf. "Jetzt wärst du bestimmt froh, wenn Davy so umsichtig gewesen wäre wie ich, hm?"

Alle lachten, außer Dylan. Es gab absolut nichts zu lachen! Dieser Abend würde in einem Fiasko enden!

LUNA

"Luna! Warte!" Als sie über ihre Schulter zurücksah, entdeckte sie Peter, ihren Partner bei der Semesterarbeit.

Nicht gut ...

Unschlüssig sah sie in Richtung Parkplatz, auf dem Dylan jeden Moment auftauchen würde.

"Hey, was gibt's?" Sie musste ihn irgendwie loswerden, bevor sie am Parkplatz ankam.

"Wann wollten wir weiterarbeiten?", fragte Peter und lief dabei lächelnd neben ihr her. Er war ein sympathischer Mann, aber absolut nicht ihr Typ. Leider schien das in Dylans Kopf so überhaupt nicht hineinzuwollen.

"Wir haben noch nichts ausgemacht … heute ist es schlecht", antwortete Luna ausweichend.

"Morgen nach der Uni?"

Luna hatte keine Ahnung, was Dylan vorhatte. Seine Tage waren sehr unterschiedlich lang, und sie wollte die Zeit, die sie zusammen verbringen konnten, nicht mit Peter verplempern.

Aber Dylans Zeitplan war nicht wirklich planbar. Am Montag hatte er ihr eine SMS geschrieben, dass er sie erst um sieben Uhr holen könnte, heute hatte er schon mittags Feierabend gehabt und kam nach dem Fitnessstudio extra noch mal her, um sie abzuholen.

"Kann ich dich anrufen? Ich muss erst schauen, ob es passt."

Peter sah sie reichlich verwirrt an. "Ähm … okay? Hast du meine Nummer?"

Nein, leider nicht. Damit dauerte es noch länger, bis sie ihn loswurde. "Nein. Warte, ich speichere sie gleich in mein Handy." In diesem Moment entdeckte sie Dylans schwarzen Lamborghini und erstarrte.

Peter nahm ihr das Handy aus der Hand und tippte seine Nummer ein. Die Tür von Dylans Wagen ging auf, und sie verfluchte diesen Idioten dafür, dass er nicht einfach fünf Minuten warten konnte.

Dafür sah er verdammt noch mal zum Anbeißen aus. Sie liebte diese weißen Muscle-Shirts an ihm. Sie brachten seine breiten Schultern und die schwarzen Tattoos perfekt zur Geltung. Seine hellen Jeans saßen tief auf seinen schmalen Hüften. Sie hatte das V seiner Bauchmuskeln genau vor Augen, das sie sehen würde, wenn sie sein Shirt ein Stück nach oben schob.

Den Ausdruck auf seinem Gesicht konnte sie nicht deuten, dafür hatte er die Cap zu tief nach unten gezogen und die strahlend blauen Augen wurden von der Sonnenbrille verdeckt.

Er kam mit großen Schritten auf sie zu und ignorierte dabei all die neugierigen Blicke ihrer Kommilitonen.

Bei ihr angekommen küsste Dylan sie hart und besitzergreifend. Dann legte er ihr einen Arm um die Schultern und zog sie eng an sich.

"Was will er schon wieder?", brummte er unwillig.

Sie hatte genau diese Reaktion erwartet, dennoch hatte sie nicht vor, es einfach so hinzunehmen. Luna zwickte ihn in die Seite, um ihn von diesem Macho-Trip runterzuholen.

"Ich bin das letzte Mal nicht dazu gekommen, euch vorzustellen. Dylan, das ist Peter, mein Seminarpartner. Peter, das ist Dylan, mein ..." Sie stockte, weil sie keine Ahnung hatte, wie sie Dylan vorstellen sollte. Konnte sie Freund sagen? In der Öffentlichkeit? Was, wenn jemand es an die falschen Stellen weitertratschte?

Dylan presste sie fester an sich. "Freund. Ergo: Luna gehört mir. Was willst du?"

Peter schien den drohenden Unterton in Dylans Stimme nicht wahrzunehmen. "Wow, Dylan Jones!"

Dylan schnippte mit seinen Fingern vor Peters Gesicht. "Gib ihr das Handy zurück." Peter kam der Aufforderung sofort nach. Dann schob Dylan sie zum Parkplatz.

"Ich ruf dich an, Peter!", rief Luna, weil Dylan sie wieder einmal absolut peinlich davonzerrte. Sie würde darüber mit ihm sprechen müssen.

"Wann immer du willst!", rief Peter ehrfürchtig zurück.

Gott, ist der peinlich!

Dylan schob sie zur Beifahrertür und wartete ungeduldig, bis sie eingestiegen war. Dann schlug er die Flügeltür zu.

Er umrundete die Schnauze des Wagens, stieg ein und ließ den Motor aufheulen. Mit quietschenden Reifen fuhr er an. Als sie zu ihm rübersah, bemerkte sie seine zusammengepressten Kiefer.

"Was ist los?", fragte sie verwirrt. Er hatte keinen Grund, wütend zu sein, warum auch?

"Dein Ernst?", knurrte er, was Luna nur noch mehr verwirrte.

"Ähm … ja?"

"Ich rufe dich an, Peter!", äffte er sie mit übertrieben hoher Stimme nach.

Das ließ ein kleines bisschen Wut in ihr aufsteigen. Er führte sich auf wie ein eifersüchtiger Vollidiot.

"Ich rufe ihn an, weil wir uns noch nicht auf einen Termin für die Seminararbeit einigen konnten", sagte sie bemüht ruhig.

"Und dafür muss er dir so auf die Pelle rücken?"

Dylan schlug auf die Hupe und überholte ein anderes Auto. Luna schwieg. Solange er so aufgebracht war, würde sie sowieso nicht vernünftig mit ihm sprechen können. Was war nur los mit ihm? Er konnte doch nicht wegen nichts und wieder nichts eifersüchtig sein.

"Willst du mir heute gnädigerweise noch antworten?", knurrte er.

"Vielleicht. Wenn du dich wieder vernünftig aufführst", gab sie zurück.

"Ich führe mich sehr wohl vernünftig auf!"

Ähm ... ja, genau!

Luna seufzte. "Dylan, das ist alles andere als vernünftig. Was ist dein Problem?"

Er schwieg, bis er den Wagen in seine Garage gefahren hatte. Auch dann sagte er keinen Ton, sondern starrte einfach nur geradeaus.

Sie löste ihren Gurt und drehte sich so zur Seite, dass sie ihn ansehen konnte.

"Wenn du jetzt nicht mehr mit mir reden möchtest, kannst du mich auch gleich nach Hause bringen."

Er drehte sich zu ihr und musterte sie mit zusammengepressten Lippen. "Willst du das?"

Sie wurde einfach nicht schlau aus diesem Kerl. "Nein, warum sollte ich?"

Er zuckte die Schultern, aber der harte Ausdruck aus seinen Augen verschwand nicht.

"Vielleicht willst du ja gar nicht hier sein."

"Dylan, was soll das? Habe ich jemals etwas in diese Richtung gesagt?"

Wenn möglich, verfinsterte sich sein Gesicht noch mehr. "Es geht eher darum, was du nicht gesagt hast."

Jetzt wusste sie endgültig nicht mehr, was er meinte. Frustriert stöhnend warf sie die Hände in die Luft. "Sprich Klartext oder lass es. Es ist anstrengend in Dylan-Land."

Aber er grinste nicht, sondern starrte sie nur weiter an, also musste sie wohl selbst auf die Lösung kommen. Langsam rekonstruierte sie die Begegnung und versuchte herauszufinden, wann alles schiefgegangen war.

"Schämst du dich für mich?", fragte er so unvermittelt, dass sie ihm nicht folgen konnte.

"Wie bitte?"

Er starrte sie vollkommen ernst an. "Ob du dich dafür schämst, mit mir zusammen zu sein."

Luna lachte auf. "Du bist verrückt."

Dann stieg sie aus. Sie würde jetzt erst einmal eine heiße Dusche nehmen, bis dahin hatte er sich vielleicht wieder beruhigt oder sie hatte den Fehler im Bild gefunden.

Sie kam nicht weit. Dylan hatte sie eingeholt und drängte sie jetzt rückwärts gegen den Lamborghini.

"Ja oder nein, Luna?"

Er stützte sich links und rechts von ihr auf der Motorhaube ab, wodurch sein Gesicht ganz nah vor ihrem war. Er meinte es bitterernst. Jedes einzelne Wort war sein verdammter Ernst und die Frage stand glasklar in seinen Augen.

"Nein, absolut nicht", antwortete sie ehrlich. Wie konnte er so was nur denken? Dylan war ein absoluter Traummann. Okay, vielleicht nicht in diesem Moment, aber für gewöhnlich war er durch und durch perfekt.

"Aber du hast es ihm nicht gesagt. Du hast ihm nicht gesagt, dass wir zusammen sind."

Es dauerte einen Moment, bis diese Information bei ihr ankam. Wie konnte er sich durch so eine Kleinigkeit nur so sehr verunsichern lassen?

"Ich wollte nur nichts sagen … na ja … ich war mir in der Wortwahl eben nicht ganz sicher", sagte sie leise. Sie lächelte ihn unsicher an, aber Dylan erwiderte das Lächeln nicht.

"Gut zu wissen, dass du dir nicht ganz sicher bist", sagte er mit bitterem Unterton.

Sie zog die Augenbrauen zusammen und wurde ebenfalls ein klein wenig wütend. "Wir haben nie wieder darüber gesprochen. Es wäre definitiv schlimmer gewesen, wenn ich *mein Freund* gesagt hätte und du es überhaupt nicht wolltest."

"Wie sollte ich es denn sonst wollen? Wir sind jetzt seit zwei Wochen jeden verdammten Tag zusammen! Wir waren uns einig, dass wir eine Beziehung versuchen wollen. Was gibt es da falsch zu verstehen?"

Die Sehnen an seinem Hals traten hervor, und die Art, wie seine Schultern unter der Anspannung bebten, sah unglaublich sexy aus.

Vielleicht hatte er recht. Theoretisch waren sie wirklich wie ein Paar, aber sie hatte diesen Gedanken nie zugelassen, um ihr Herz zumindest ein klein wenig zu schützen. Es war eine Sache, sich jeden Tag mit ihm zu treffen, aber eine andere, öffentlich zu dieser Beziehung zu stehen.

Für sie war es einfacher, alles, was sie miteinander taten, mit Sex zu begründen. Es war eine Affäre, eine auf Sex basierende, vorübergehende Beziehung, mehr nicht.

Doch für Dylan schien die Sache klarer zu sein. Er musste sich auch nicht hüten. Wenn jemand von ihnen diese Beziehung beenden würde, dann wäre er es. Luna hatte ihr Herz bereits an Dylan verloren und versuchte dem dummen Ding jeden Tag klarzumachen, dass es so nicht ewig sein würde.

"Luna!", forderte er, aber sie war noch zu keiner Antwort bereit, die sie selbst nicht hatte. Also presste sie ihre Lippen auf seine, um sich ein wenig Zeit zu verschaffen und weil sie es brauchte.

Sie brauchte Dylan, seine Küsse und seinen Körper, brauchte die Sicherheit, die er ihr mit jeder Berührung gab.

Augenblicklich erwiderte er den Kuss. Härter und fordernder als gewöhnlich. Sie konnte seine Verzweiflung beinahe schmecken, die ihrer so ähnlich war. Er presste seinen Körper gegen ihren. Sie spürte seine beginnende Erektion und genoss die Lust, die über sie hinweg spülte.

Seine Hände krallten sich beinahe schmerzhaft in ihre Hüften. Seine Rauheit und Gier überwältigten sie. Sie zog ihm Cappy und Sonnenbrille aus, wollte ihn sehen und das Feuer in seinen Augen erkennen. Dann streichelte sie über seinen durchtrainierten Oberkörper, genoss jede einzelne Rille seines Sixpacks. Als sie seine Hose öffnete und seinen Schwanz umfasste, stöhnte er laut auf.

"Ich muss in dir sein", raunte er. Seine blauen Augen schienen dunkel vor Lust.

Als sie nickte, holte er ein Kondom aus seiner Hosentasche und schob sich dann Hose und Shorts von den Hüften.

"Dreh dich um", befahl er dunkel. Sofort verstärkte sich das Kribbeln zwischen ihren Beinen.

Während sie sich umdrehte, schob sie sich Shorts und Slip über den Hintern.

Sie kam nicht mehr dazu, sie ganz auszuziehen.

Dylan griff nach ihrem Nacken und drückte ihren Oberkörper auf die Motorhaube. Diese war noch warm von der Fahrt und fühlte sich gut an ihren geschwollenen Brüsten an.

Ein beißender Schmerz fuhr von ihrem Hintern direkt in ihren Unterleib, als Dylan seine Hand scharf auf ihre Arschbacke niederließ.

Ihr erschrockenes Aufkeuchen ging sofort in ein Stöhnen über, als Dylan zwei Finger in sie schob.

Er bewegte sie nur wenige Male in ihr, dann ersetzte er sie durch seinen großen, harten Schwanz.

"Dylan …", stöhnte sie leise auf. Der Dehnungsschmerz war köstlich. Er bewegte sich schnell und hart in ihr.

Erbarmungslos trieb er sich ein ums andere Mal tief in ihre Nässe. Eine Hand hatte er auf ihre Hüfte gelegt, mit der anderen hielt er sie noch immer im Nacken fest. Die Spannung in ihrem Unterleib nahm Stoß um Stoß zu. Sein keuchender Atem und das Klatschen seiner Hüfte an ihrem Hintern brachten sie schier um den Verstand.

Plötzlich beugte er sich über sie und sein Keuchen erklang direkt neben ihrem Ohr. "Du gehörst mir, Babe. Mir allein!"

Stöhnend schloss sie die Augen, riss sie aber gleich darauf auf, als er noch härter in sie stieß.

"Sag es!" Er griff in ihre Haare und zog ihren Kopf in den Nacken. "Sag es", keuchte er, leiser dieses Mal.

"Ich gehöre dir", flüsterte sie und spürte gleich darauf, wie er sich zitternd und stöhnend in ihr ergoss.

Mit seinem letzten Stoß riss er sie mit über die Klippe zu einem intensiven Orgasmus, der ihre Sicht verschwimmen ließ, während ihr Körper sich verkrampfte.

Dann brach Dylan auf ihr zusammen und nagelte sie auf dem Auto fest.

Eine ganze Weile hörte sie nichts außer seinem keuchenden Atem. Spürte nichts außer seinem rasenden Herzschlag an ihrem Rücken.

Dann küsste er ihren Hals bis hinauf zu ihrem Ohr. "Ich liebe dich", flüsterte er und hielt sie dabei so fest, als hätte er Angst, sie würde davonlaufen.

Aber wie sollte sie? Sie hatte ihr Herz an ihn verloren, und ihre Angst würde sie auch nicht vor dem beschützen, was ihr vielleicht irgendwann drohte.

"Scheiße", fluchte er plötzlich und löste sich abrupt von ihr.

Die Leere, die sie verspürte, als er sich aus ihr zurückzog, hallte bis in ihr Herz wider. Mühsam richtete sie sich ebenfalls auf. Sie drehte sich zu ihm und sah gerade noch, wie er seine Hose schloss.

Er sah zu ihr herüber, aber nicht in ihre Augen. Dann fluchte er noch einmal und war mit zwei Schritten bei ihr. Fast schon mechanisch kalt zog er ihre Shorts nach oben und schloss sie.

"Ich bring dich nach Hause", murmelte er, während er ihr Shirt gerade zog.

"Dylan …"

"Lass es, bitte", sagte er leise. Der Schmerz in seiner Stimme stach direkt in ihr eigenes Herz. Wie konnte er nur so sehr zweifeln, wo er sonst vor Selbstvertrauen nur so strotzte?

Als er sich von ihr abwenden wollte, griff sie mit beiden Händen nach seinem Gesicht und zwang ihn, sie anzusehen. "Ich liebe dich, Dylan."

Eine Unsicherheit, wie sie sie noch nie in seinen Augen gesehen hatte, flackerte auf. Sie hatte ihn so leiden lassen. Es war ihre Schuld, dass es ihm schlecht ging, nur weil sie ihr eigenes Herz schützen wollte. Daran, wie es ihm damit gehen könnte, hatte sie niemals gedacht.

Er sagte nichts, sah sie einfach nur an. Die blauen Augen scannten ihr Gesicht, als würde er versuchen herauszufinden, ob sie log.

"Es ist die Wahrheit. Es macht mir eine Scheißangst, aber es ist die Wahrheit", flüsterte sie und schluckte dann hart.

Er zog die Brauen zusammen. "Warum … ich meine, eigentlich sollte doch alles perfekt sein."

Er leckte sich über die Unterlippe und hob dann die Hand zu ihrem Gesicht. Federleicht streiften seine Fingerspitzen ihre Wange.

Sie lächelte unsicher. "Ja, sollte es, aber wenn das hier vorbei ist, stecke ich ziemlich tief in der Scheiße." Sie glaubte nicht daran, sich jemals hiervon erholen zu können.

Sein Blick verfinsterte sich. "Und wann wird das deiner Meinung nach sein?"

Ihr Magen zog sich zusammen. "Ich hoffe nicht sehr bald … ich hab noch keine Strategie, wie ich mit einem gebrochenen Herzen überleben soll, wenn du genug von mir hast."

Endlich wurden seine Züge wieder weicher und seine Arme schlossen sich um ihre Mitte. Luna legte ihre Stirn an seine Brust.

"Ich habe nicht vor, dich wieder gehen zu lassen", murmelte er in ihre Haare.

"Du kannst nicht wissen, was noch kommt, wie wir uns entwickeln." Leider war sie sich ziemlich sicher, dass es auf Dauer nicht gut gehen konnte. Wie auch? Sie passte nicht in sein Leben. Alles war ihr fremd, und sie war sich sicher, dass Dylan irgendwann genug von ihr haben würde.

Er schwieg eine ganze Zeit lang, dann presste er sie fester an sich. "Diese Sache mit den Gefühlen … das ist ziemlich anstrengend."

Luna lächelte. "Das stimmt. Schaffen nur die Stärksten unter uns."

"Ich weiß schon, warum ich mich davon immer

lieber ferngehalten habe. Wenn ich verrückt werde, bist du schuld", sagte er mit rauer Stimme.

Sie legte den Kopf in den Nacken und sah ihn ernst an. "Das hier ist die letzte Abfahrt, die halbwegs sicher ist, Dylan. Was jetzt kommt, wird in einem Desaster enden." Allein die Worte reichten aus, um ihr Herz wieder schneller schlagen zu lassen. Sie waren gerade mal zwei Wochen zusammen, und sie hatte sich so tief in ihren Gefühlen verloren, dass ihr Magen sich verkrampfte.

Er presste seine Stirn an ihre. "Oder in einem Happy End. Wer nicht spielt, kann nicht gewinnen, Luna."

Sie biss sich auf die Unterlippe. "Na dann … mögen die Spiele beginnen." Es war zu spät. Ihr Herz hatte sich für ihn entschieden. Jetzt konnte sie nur noch auf Dylans Happy End hoffen.

Lächelnd schüttelte Dylan den Kopf.

DYLAN

Eine Hand um ihre Taille geschlungen hatte er Luna in sein Wohnzimmer geführt. Den Fernseher hatte er nur angeschaltet, um die komische Stille zu vertreiben, die sich zwischen ihnen ausgebreitet hatte.

Er saß auf dem Sofa, Luna lag neben ihm, den Kopf auf seinem Oberschenkel gebettet, und starrte in den Fernseher.

Die Unsicherheit, die ihn immer überfiel, wenn er an seine Gefühle für Luna dachte, schien auch sie fest im Griff zu haben. Damit hatte er nicht gerechnet. Luna wirkte immer so, als hätte sie alles im Griff, als wäre sie sich genau darüber im Klaren, was sie wollte.

Aber anscheinend hatte er sich getäuscht. Ihr Geständnis hatte ihm den Magen zusammengeschnürt. Sie hatte Angst, dass er sie verlassen würde? Dabei hatte sie ihm doch völlig den Verstand geraubt. Seit er sie kannte, konnte er an nichts anderes mehr denken. In seinem Kopf … und in seinem Herzen war nur noch Platz für Luna. Der Gedanke, dass sie nicht genauso empfinden könnte wie er, hatte ihn schier verrückt gemacht.

Die Erleichterung, die er verspürte, als sie ihn geküsst hatte, hatte ihm endgültig klargemacht, wie tief seine Gefühle für sie wirklich gingen. Er begehrte sie nicht nur, er war nicht nur in sie verliebt. Luna hatte sich Stück für Stück tief in sein Herz gegraben. Er liebte sie wirklich, auch wenn er bis zu diesem Zeitpunkt seine Gefühle nicht wirklich hatte einordnen können. Plötzlich war alles klar gewesen.

Langsam streichelte er durch ihre seidigen Haare. Sie bei sich zu wissen, sie berühren zu können und zu wissen, dass sie das Gleiche für ihn empfand, war für diesen Moment genug.

Er hatte in ihr etwas gefunden, woran er bislang noch nicht einmal geglaubt hatte. Ehrliche Liebe, wahrscheinlich war es sogar Liebe auf den ersten Blick. Diese perfekte Frau war das fehlende Puzzleteil in seinem Leben, von dem er bislang noch nicht einmal gewusst hatte, dass er es vermisste.

Luna drehte sich auf den Rücken und sah ihn aus ihren großen, blauen Augen, die seinen so ähnlich waren, ernst und entschlossen an.

"Wir passen nicht zusammen", sagte sie dann völlig unvermittelt.

Dylans Herz setzte einen Moment lang aus, nur um dann doppelt so schnell weiterzuschlagen. Waren sie sich nicht eben noch einig gewesen? Sie liebten sich und sie wollten zusammen sein. Genau das hatte sie doch gerade gesagt.

Er öffnete den Mund, um zu protestieren, da fuhr Luna fort: "Wir passen absolut nicht zusammen, aber das ändert nichts daran, dass ich dich will. Ich liebe dich, Dylan. Irgendwie werden wir das hinbekommen." Vorsichtig lächelte sie ihn an.

Dylans Herz machte vor Erleichterung einen weiteren Satz. Er legte sich spiegelverkehrt zu ihr, auf seinen Bauch auf das große Sofa und brachte sein Gesicht dicht über ihres. Dann küsste er sie falsch herum auf den Mund. Es fühlte sich so komisch an, dass er lächeln musste.

"Egal wie, wir bekommen das hin", antwortete er.

Luna griff nach seinem Nacken und zog ihn zu einem weiteren verkehrten Kuss zu sich.

"Egal wie, wir bekommen das hin", wiederholte sie dann und streichelte sanft über seinen Nacken.

7 PÄRCHEN-MODUS

DYLAN

Fertig angezogen lag er auf Lunas Bett, während sie den Reißverschluss an der Seite ihres sehr kurzen, schwarzen Kleides hochzog.

Die letzten Tage waren sie ein wenig vorsichtig miteinander umgegangen. Dass Luna noch unsicherer sein konnte als er selbst, hätte er nicht gedacht. Von sich konnte er zumindest behaupten, dass das sein erster Versuch war und er absolut keinen Plan hatte, wie man eine richtige Beziehung führte.

Und Luna? Nun ja, immer wenn er versuchte, in diese Richtung weiterzufragen, lenkte sie das Thema so geschickt um, dass es ihm erst auffiel, wenn es schon lange vorbei war.

"Bist du bald so weit?", fragte er ungeduldig, als sie sich wieder vor dem Spiegel drehte. Diese Prozedur schien ein wenig zu dauern und er langweilte sich dabei zu Tode. Das war der Grund, warum seine Gedanken all diese wirren Dinge mit ihm machten.

"Du kannst auch einfach schon mal vorgehen und wir kommen nach", sagte sie und zupfte am Saum des Kleides.

"Ich schick dich bestimmt nicht mit einem Schlüssel da rein. Du bist meine Freundin, also stehst du nicht mit den anderen vor dem Haupteingang."

Es gefiel ihm, sie seine Freundin zu nennen. Das war so … Er hatte keine richtigen Worte dafür, seine Gefühle auszudrücken. Es fühlte sich einfach nur verdammt gut an.

Sean und Conner hatten ihn schon zur Genüge damit aufgezogen, dass er ständig sagte: "Meine Freundin Luna."

Sie sagte wieder irgendetwas, aber er konnte ihren Worten nicht folgen, da sie sich mit gestreckten Beinen nach vorn beugte, um die Riemchen ihrer High Heels zu schließen.

Zwischen ihren Beinen blitzte ein winziges Stückchen schwarzen Stoffs unter ihrem Kleid auf.

"Jesus, Babe. Mach das bloß nicht im Club", sagte er rau und setzte sich auf, um einen besseren Blickwinkel zu haben.

Mit gerunzelter Stirn drehte sie sich zu ihm um. "Was?"

"Das." Er deutete in ihre Richtung und dann auf ihre Schuhe.

Luna lachte. "Okay. Ich schau jetzt, wie weit Amira ist, dann können wir los", sagte sie und verließ das Zimmer.

Gerade noch rechtzeitig, bevor er sie zurück ins Bett gezerrt hätte.

Fynn, der sie schon von Dylan zu ihr nach Hause gefahren hatte, fuhr sie nun auch zum *Underground.*

"Normalerweise hält er weiter vorne an der Bar, und ich laufe den Rest, um keine Aufmerksamkeit zu erregen. Aber mit euch beiden lassen wir uns lieber gleich an der Hintertür absetzen." Dylan ließ eine Hand über ihren Oberschenkel wandern.

Theoretisch würde sie sich lieber wieder in sein Haus fahren lassen, praktisch mussten sie auf eine Willkommen-Daheim-Party.

Es war ihr erster wirklicher Auftritt als Pärchen, und Luna hatte keine Ahnung, was Dylan sich darunter vorstellte. Dementsprechend nervös war sie, als der Wagen in der kleinen Seitenstraße hielt.

"Das ist so cool", sagte Amira ehrfürchtig, als Fynn ihnen die Wagentür öffnete und ihnen beim Aussteigen half. "Davy hat mich nie abgeholt."

Dylans Finger auf ihren Oberschenkeln spannten sich an. Er schien schon mehr über Davy zu wissen als Amira und sie.

"Ich ruf dich dann an", sagte Dylan an Fynn gewandt und klopfte an die graue, unscheinbare Stahltür vor ihnen.

"Hey, Mason, die beiden gehören zu mir", sagte er zu dem breitschultrigen Mann, der durch den Türspalt sah. Dieser nickte und öffnete die Tür weiter, damit sie eintreten konnten.

Dylan ging voran, da nur er den Weg kannte. Amira hatte sich zwischen sie geschoben und Luna bildete das Schlusslicht.

Die enge Stahltreppe vibrierte vom Bass der Musik, und sie konnte kaum ihre eigene Hand vor den Augen erkennen, so schummrig war es in diesem Gang.

Dylan öffnete eine weitere Tür und wurde sofort in die Arme eines ihr unbekannten, dunkelhaarigen Mannes gezogen. Beinahe augenblicklich schluckte ihn die Menge. Luna entschied sich, Amira zu folgen, die zielstrebig auf den Tisch der Jungs zusteuerte. Die Stimmung schien ausgelassener als sonst. Die gute Laune war eindeutig ansteckend.

Da von Dylan weit und breit nichts zu sehen war, setzte sie sich zu Nate, neben dem noch ein kleines Plätzchen frei war. Ihn kannte sie zumindest, alle anderen waren ihr weitgehend unbekannt.

"Hi, Nate", sagte sie und lächelte ihn höflich an.

Nate erwiderte ihr Lächeln. "Hi, ihr seid also doch gekommen", antwortete er.

Bevor sie fragen konnte, warum nicht, fauchte das Mädchen auf Nates Schoß: "Hey! Das war mein Platz!"

Verwirrt blinzelte Luna, doch Nate ließ sich nicht aus der Ruhe bringen.

"Tanz ein bisschen, Süße", sagte Nate und tätschelte gönnerhaft ihren spindeldürren Oberschenkel.

Luna wäre ihm dafür an die Gurgel gegangen, aber das Mädchen kicherte nur und kam seiner Aufforderung nach.

"Ekelhaft", murmelte Luna.

Nate lachte und legte einen Arm auf die Rückenlehne hinter ihr. Sie sah ihn mit einer hochgezogenen Augenbraue an, doch ehe sie etwas sagen konnte, spürte sie, wie auf der anderen Seite jemand an ihren Haaren zupfte.

"Brauchst du wirklich beide Frauen, Nate?"

Luna drehte sich zu der Stimme um und schlug die Hand des Typen beiseite. Er sah sie überrascht an, als hätte sie nicht mehr alle Tassen im Schrank.

Dann grinste er und drehte seinen Charme auf Endstufe. "Oh, eine kleine Wildkatze. Ich mag es, wenn sie kratzen."

Luna schnaubte. "Und es gibt tatsächlich Frauen, die da drauf abfahren?", fragte sie ungläubig.

"Hör mal! Ich bin Tyron Hanson!"

Mit zusammengezogenen Augenbrauen wandte sie sich wieder an Nate. "Noch so ein Schauspiel-Riesen-Ego?"

Nate verzog leidend das Gesicht und nickte. "In drei Monaten wieder im Kino mit so einem Agentenfilm."

"Bist du der einzig Normale hier?", fragte Luna daraufhin.

Nate legte sich eine Hand auf die Brust. "Autsch. Mein aktueller Film läuft noch."

"Was tust du hier, wenn du uns nicht kennst?", fragte Tyron.

Luna sah ihn entgeistert an. "Warum sprichst du mit mir, wenn du mich nicht kennst?", fragte sie dann zurück.

Was ist nur los mit diesen Typen?

"Sie ist Dylans Freundin", beantwortete Nate Tyrons Frage.

Dieser schien die Antwort aber nicht ernst zu nehmen, denn er lachte nur. Seine fast schwarzen Augen funkelten dabei so entspannt, dass Luna sich beinahe vorstellen konnte, was die Frauen an ihm mochten. Also … mal abgesehen von diesem wirklich absolut beeindruckend muskulösen Körper, den sie nicht einmal übersehen könnte, wenn sie keine Augen im Kopf hätte.

Um sich abzulenken, entschloss sie sich, erst mal etwas zu trinken zu bestellen.

Sie lehnte sich nach vorn, tippte auf das Bedienfeld auf dem Glastisch und wählte ihr Getränk. Dann gab sie die Nummer ein, die Dylan ihr während der Fahrt gesagt hatte. Es fühlte sich komisch an, auf seine Rechnung zu bestellen, aber sie hatte absolut keine Lust, jetzt zur Bar zu laufen. Dylan hatte darauf bestanden, also warum sollte sie sein Angebot nicht annehmen? Mit Nate an ihrer Seite fühlte sie sich dann doch wohler.

Kurz darauf erschien die Bedienung und sah ein wenig verwirrt in die Runde. Luna hob ihre Hand, wurde aber konsequent ignoriert.

"Tessa, hier!", rief Nate und deutete auf Luna.

"Sie hat auf Dylan bestellt", sagte Tessa, als wäre Luna gar nicht anwesend.

"Geht klar", sagte Nate, woraufhin die Bedienung ihr den Wodka gab.

Sie hoffte wirklich, Dylan würde bald auftauchen. Ohne ihn war das alles hier noch skurriler als ohnehin schon.

Nate wurde von einer Frau auf die Tanzfläche gezogen und ließ sie mit dem Riesenego allein zurück.

Auch von Amira war weit und breit nichts zu sehen. Außer Sean kannte sie niemand mehr am Tisch, und dieser schien mehr als beschäftigt mit zwei Frauen zu sein.

Wo zum Teufel steckt Dylan?

"Also gut, du kennst mich nicht, aber das lässt sich ja ändern."

Luna sah Tyron mit zusammengezogenen Augenbrauen an.

"Ich glaube, ich habe kein Interesse."

"Tststs, Mädchen …", sagte er und fuhr mit seiner Hand über ihren Oberschenkel.

Sie wollte sie gerade abschütteln, als jemand anders sie beiseiteschlug. Dann wurde sie angehoben und fand sich kurz darauf auf Dylans Schoß wieder.

"Pfoten weg", knurrte Dylan und Tyron sah ihn überrascht an.

"Hey, Dylan! Schön, dich endlich zu sehen, Mann!"

"Hätte ich auch gesagt, bis du dich an mein Mädchen rangemacht hast."

Tyron grinste. "Sie war allein und sie hat tolle Beine."

"Ich weiß!" Dylan presste sie fester an sich. Dann sah er sie an. "Hast du ihm nicht gesagt, dass du *meine Freundin* bist?"

Luna lächelte. Sie mochte die Art, wie er es jedes Mal betonte.

"Nate hat es ihm gesagt. Ich bezweifle, dass Tyron und ich dieselbe Sprache sprechen", sagte sie und verdrehte dabei theatralisch die Augen.

Dylan schüttelte den Kopf und musste sich sichtlich ein Lächeln verkneifen.

"Ihn kennst du also?", fragte Tyron dann mit schräg gelegtem Kopf.

Vielleicht war auch einfach nur der Ausdruck *feste Freundin* nicht in seinem Wortschatz inbegriffen.

Dylan lenkte ihn mit einem Gespräch über seinen

Dreh in Ungarn ab, von dem Tyron sofort begeistert erzählte.

Nach der zehnten Analyse von Dreharten, von denen Luna überhaupt nichts verstand, entschuldigte sie sich bei Dylan und ging zur Toilette. Sie konnte Dylans Blick spüren, der sie verfolgte, bis sie in der Menge untertauchte.

Wie schon bei ihren letzten Besuchen bestand das Klientel hauptsächlich aus ziemlich vielen sehr schönen Frauen. Allesamt mehr als nur wunderschön, mit dem gewissen Etwas.

Wieder einmal fragte sie sich, was genau Dylan an ihr so gefiel, dass er sie unter all diesen Frauen herausgepickt hatte.

Auf ihrem Weg begegneten ihr viele falsche Lächeln und noch mehr glasige Blicke. Sie selbst war bestimmt kein Unschuldslamm, aber einige von ihnen wirkten definitiv wie Junkies.

Das Erste, was sie auf der Toilette sah, war eine Gruppe junger Frauen, die Koks von dem schwarzen, Marmorwaschtisch zogen. Luna ignorierte sie so gut es ging und war mehr als froh, dass die Gruppe kichernd den Waschraum verließ, während sie noch in der Kabine war.

Dann trat sie vor den Spiegel und wusch ihre Hände. Ohne ihre Freundinnen oder Dylan fühlte sie sich im *Underground* irgendwie fehl am Platz.

Seufzend trocknete sie ihre Hände ab und verließ den Waschraum.

Auf dem Rückweg durch die tanzende Menge stolperte sie beinahe in Davy … der eine ihr unbekannte Frau küsste.

Sie blinzelte, um sich ganz sicher zu sein, doch er war es wirklich.

"Hey, Luna!", sagte er grinsend. Um seinen Mund verteilt war knallroter Lippenstift.

"Davy … ich dachte … du und Amira?", stotterte sie perplex. Ihr Magen zog sich zusammen, als sie an ihre Freundin dachte. Wusste sie das hier?

"Ach ja, Dylan meinte schon, dass sie auch kommen würde", antwortete er, als wäre überhaupt nichts dabei.

"Und du …" Sie nickte in Richtung der Frau, die völlig ungeniert mit ihrer Hand über seinen Schritt rieb.

"So ist das Business, Süße. Mach dir nichts draus, einen Superstar hat man niemals für sich allein." Davys Grinsen wurde lasziv und er genoss die Berührungen sichtlich.

Lunas Magen krampfte sich zusammen bei dem Gedanken an Dylan, der vorhin Ewigkeiten verschwunden gewesen war. Davy wandte sich wieder dem Mädchen zu, als wäre Luna überhaupt nicht mehr da. Er küsste sie, während sie ihre Hand in seine Hose schob.

Zögernd ging Luna zurück zu ihrem Tisch. Auch wenn sie sich absolut nicht sicher war, ob das das Richtige war. Wollte sie wirklich sehen, was *dort* gerade vor sich ging?

Einige Meter vom Tisch entfernt blieb sie stehen und beobachtete das Schauspiel, das sich ihr bot.

Dylan saß noch immer am selben Platz und unterhielt sich angeregt mit Tyron. Neben ihn hatte sich eine Frau gesetzt, die immer wieder eine Hand auf seinen Arm oder Oberschenkel legte. Dylan schob sie jedes Mal beiseite.

Manchmal dauerte es einen Moment, als würde es ihm gar nicht auffallen, manchmal schob er sie sofort weg.

Luna biss sich auf die Unterlippe. Würde es immer so sein? Würde sich immer eine Frau an ihn heranschmeißen, sobald sie ihn für wenige Minuten allein ließ? Selbst wenn er sie wegschob, versetzte ihr der Anblick einen Stich ins Herz.

In diesem Moment drehte sich Dylan sichtlich verärgert zu der blonden Frau um, doch sie grinste ihn nur dämlich an.

Als er sich wieder Tyron zuwenden wollte, schweifte sein Blick zu ihr. Er runzelte die Stirn und bedeutete ihr, zu ihm zu kommen.

Luna reagierte nicht. Sie konnte sich nicht bewegen, war noch zu schockiert von Davy und der Erkenntnis, die sie gerade ereilt hatte.

Einmal mehr fühlte sie sich fremd an diesem Ort, bei diesen Menschen. Sie gehörte einfach nicht dazu, fand es nicht normal, dass junge Mädchen auf der Toilette Koks zogen oder Männer sich mit mehreren Frauen vergnügten.

Sie blieb einfach dort stehen und beobachtete, wie die Frau sich ein weiteres Mal an Dylan heranwarf. Da stand er auf, umrundete den Tisch und schob sich an den anderen vorbei zu ihr.

"Was ist los, Babe?", fragte er und die Sorge in seiner Stimme ließ ihre Augen brennen. Dylan war anders … oder? Er war nicht so wie seine Freunde … oder?

"Ich würde gern gehen", sagte sie leise, aber um eine feste Stimme bemüht.

Er sah sie weiter besorgt an. "Was ist passiert?"

Während er das sagte, tippte er bereits eine Nachricht auf seinem Handy.

"Nichts. Hast du Amira gesehen?", antwortete Luna und blinzelte hektisch, um das Brennen in ihren Augen zu vertreiben.

Dylan deutete nach rechts. "Sie tanzt mit Josh."

"Okay." Luna hatte keine Ahnung, ob sie erwähnen sollte, was sie gesehen hatte, oder besser nicht. So wie sie mit Josh tanzte, hatten sie und Davy vielleicht gar keine feste Beziehung.

Amira fing ihren Blick auf und Luna nickte zur Tür. Ihre Freundin schüttelte nur den Kopf und tanzte dann gut gelaunt weiter.

Sie würde in den kommenden Tagen in Ruhe mit ihr sprechen. Heute Abend schien sie Spaß zu haben, den wollte Luna ihr nicht mit so einer Nachricht verderben.

DYLAN

Luna wirkte seltsam verstört, und er hatte keine Ahnung warum. Er hatte mit Sicherheit nichts getan, was das hätte auslösen können. Leider konnte er für seine Freunde keine Hand ins Feuer legen. Ihnen würde er wirklich alles zutrauen.

Er hatte eine Viertelstunde lang versucht, Tyron zu erklären, warum Luna anders war. Ob er es wirklich verstanden hatte, bezweifelte Dylan stark. Genauso wie diese Frau neben ihm das Wort *vergeben* wohl nicht zu kennen schien. Er legte Luna einen Arm um die Hüfte und führte sie nach draußen. Fynn wartete bereits und sie konnten sofort in den Wagen steigen.

"Was ist passiert?", fragte Dylan leise, als Fynn losfuhr.

Luna schüttelte den Kopf. "Nichts." Dann schmiegte sie sich fest in seinen Arm, was ihm zumindest zeigte, dass nicht er es war, der etwas verbockt hatte.

Er küsste sie auf den Scheitel. "Du lügst mich an, Babe."

Sie seufzte und sagte dann leise: "Ich bin von all der Oberflächlichkeit heute Abend schockiert, das ist alles."

Er konnte sich vage vorstellen, was sie meinte. Sie war mit den Menschen im *Underground* einfach nicht zu vergleichen. Luna war ehrlicher, direkter. Sie hatte keine verborgenen Interessen oder Starallüren. Luna war einfach nur Luna, eines der Dinge, die er besonders an ihr schätzte.

Sie schwiegen den Rest der Fahrt, aber für Dylan war es kein angenehmes Schweigen. Luna schien tief in ihren Gedanken versunken zu sein, und er konnte nur hoffen, dass es keine negativen Auswirkungen für ihn hatte.

"Danke, Fynn", sagte er, als dieser sie vor Dylans Haus absetzte.

"Kann ich … irgendwas tun?", fragte Fynn, der die Stimmung wohl als ebenso gefährlich deutete.

Sie beobachteten, wie Luna zum Haus ging. Dylan schüttelte den Kopf. "Ich melde mich. Gute Nacht."

"Gute Nacht, Dylan."

Schnell joggte Dylan Luna hinterher, die gerade vor der großen weißen Eingangstür ankam. Er öffnete die Tür mit dem Zahlencode und legte ihr dann einen Arm um die Taille. Dylan führte Luna durch das Haus in sein Schlafzimmer, wo sie sich sofort wortlos auszog.

Nackt schlüpfte sie unter die Decke und Dylan tat es ihr gleich. Seine Klamotten warf er einfach auf den Boden. Sie war so still, so in sich gekehrt, dass es ihn völlig verunsicherte.

Er legte sich spiegelbildlich zu ihr ins Bett, sodass sie beide auf der Seite lagen und sich direkt in die Augen sahen. Er nahm ihr Kinn zwischen die Finger und fuhr mit seinem Daumen über ihre Unterlippe.

"Was ist los?", fragte er beunruhigt. Die Art, wie sie sich in sich zurückzog, passte ihm nicht.

Unzählige Gefühle blitzten in ihren Augen auf. Als könnte sie seinen bohrenden Blick nicht mehr ertragen, schloss sie die Lider und entzog sich ihm so vollkommen.

"Ich will einfach nur schlafen", sagte sie und klang dabei sehr erschöpft.

Er wollte sie nicht schlafen lassen, wollte nicht, dass sie, mit was auch immer grade in ihrem Kopf vor sich ging, allein war. Aber er konnte es nicht ändern, würde sie nicht dazu zwingen können, mit ihm zu reden.

"Okay … aber wir sprechen morgen?", fragte er vorsichtig. Er musste auf jeden Fall erfahren, was sie bewegte.

Sie nickte und Dylan zog sie an seine Brust. Eine Nacht würde er auch in Ungewissheit überstehen.

Als ihr Atem sich langsam beruhigte, schlief auch er mit einem sehr unguten Gefühl im Magen ein.

8 FRONTEN KLÄREN

DYLAN

Luna schlief noch, als er erwachte. Er bewegte sich nicht, wollte sie nicht wecken.

Immer wieder versuchte er herauszufinden, was am gestrigen Abend schiefgelaufen war, warum die Stimmung auf einmal gekippt war, aber er konnte sich absolut keinen Reim darauf machen. Es konnte ja wohl kaum an Caren gelegen haben, die sich an ihn rangemacht hatte, als Luna zurück zum Tisch gekommen war.

Klar, sie war ziemlich an ihm drangehangen, aber Dylan hatte sich nichts zuschulden kommen lassen. Er konnte schließlich nichts dafür, dass Caren so hartnäckig war.

Sie war eine der wenigen, mit der er über einen längeren Zeitraum hinweg etwas am Laufen gehabt hatte. Irgendwie schien es in ihrem kleinen Köpfchen noch nicht angekommen zu sein, dass es nun endgültig vorbei war.

Luna drehte sich in seinen Armen, dann lag sie mit dem Rücken zu ihm. Dylan schmiegte sich an sie. Da veränderte sich ihre Atmung. Er küsste sie sacht auf den Nacken.

"Guten Morgen, Babe."

"Guten Morgen." Luna streichelte federleicht über seinen Unterarm, auf dem ihr Kopf gebettet lag.

"Alles okay?", fragte er unsicher nach. Ihre Stimmung am vorherigen Abend lag ihm noch immer im Magen.

"Ich bin mir nicht sicher … ich habe Davy mit einer Frau gesehen", sagte sie gedankenverloren.

Sein Magen verkrampfte sich. Er hatte es befürchtet. "Es tut mir leid", sagte er, weil er keine Ahnung hatte, was er sonst sagen sollte.

"Ich weiß nicht, was ich Amira sagen soll", gab sie leise zurück. Ihre Stimme klang traurig und sehr zurückhaltend.

"Die Wahrheit am besten. Sie schien da sowieso mehr reinzuinterpretieren, als es wirklich ist."

Luna nickte, aber er hatte das Gefühl, dass das nicht alles war.

"Was hat er gesagt?", hakte Dylan nach und streichelte leicht über ihren Bauch.

"Nichts."

Das glaubte er nie im Leben. Doch solange sie ihn nicht ansah, wusste er nicht, was wirklich in ihr vorging.

Dylan drehte sie auf den Rücken und legte sich dann auf sie. Sanft küsste er ihre Lippen.

"Ich glaube dir nicht. Irgendwas ist passiert, und ich hasse es, dass ich absolut keine Ahnung habe, was."

Ein kleines Lächeln umspielte ihre vollen Lippen. "Mhm … läuft nicht nach deinen Regeln."

Dylan lächelte nicht. "Ausnahmsweise geht es mal nicht darum, was ich will oder nicht …" Er schluckte schwer. "Wenn es etwas ist, was dich von mir entfernt, würde ich es wirklich gern wissen."

Sie schloss die Augen, sperrte ihn aus und neigte den Kopf zur Seite. Sofort legte er seine Hände auf ihre Wangen und drehte ihn zurück. "Schließ mich nicht aus, Babe."

Sie öffnete ihre Augen. Sie glänzten und er sah ihre Angst darin. "Sag es mir", bat er.

Ihre Zunge befeuchtete ihre Lippen. "So ist das Business, Süße. Mach dir nichts draus, einen Superstar hat man niemals für sich allein."

Dylan biss die Kiefer zusammen. Er hatte befürchtet, dass Davy sein verdammtes Maul nicht halten konnte. Er würde diesen Wichser umbringen.

"Er hat keine Ahnung, wovon er redet, Luna. Ich liebe dich. Ich würde dich niemals betrügen", sagte er eindringlich. Sie musste ihn verstehen, musste kapieren, dass Davy mit ihm absolut nicht zu vergleichen war.

Bis Luna gekommen war, hätte er wahrscheinlich Davy zugestimmt, aber jetzt wusste er es besser. Er wusste, wie gut es sein konnte, wie viel mehr er haben konnte.

Sanft strich er mit seinen Lippen über ihre. "Ich liebe dich. Denk nicht mal daran, dass das, was Davy gesagt hat, auf mich zutreffen könnte, okay?"

"Okay." Dann küsste er sie wieder und versuchte all seine Liebe in diesen Kuss zu legen, ihr zu zeigen, wie viel sie ihm bedeutete.

Das kleine Lächeln, das daraufhin ihre Lippen umspielte, gefiel ihm schon viel besser.

"Sonst noch irgendwas?", fragte er nach.

Sie schüttelte den Kopf und streichelte über seinen Nacken. Ihre Berührungen fühlten sich verdammt gut an. Er barg sein Gesicht an ihrem Hals, genoss ihre streichelnden Finger und ihren süßen Geruch.

"Wo warst du eigentlich auf einmal, als wir im Club ankamen?", fragte er dann. Das hatte er sie schon den ganzen Abend fragen wollen. Eben waren Amira und Luna noch hinter ihm gewesen, dann waren sie auf einmal wie vom Erdboden verschluckt, nachdem er Liam begrüßt hatte.

Als sie anfing zu lachen, stützte er sich wieder auf seinen Unterarmen ab. Mit gerunzelter Stirn betrachtete er das vergnügte Funkeln in ihren Augen. "Was ist so witzig?", fragte er.

"Du! Du bist auf einmal in der Menge verschwunden und hast Amira und mich stehen gelassen, und du fragst mich, wo ich war?"

"Ich hab euch nicht stehen gelassen, ich hab nur Liam begrüßt!"

Belustigt zog sie eine Augenbraue nach oben. "Zwanzig Minuten lang?"

War das so lange gewesen? Er hatte doch nur Hallo gesagt und sich eine Kurzfassung von den letzten Wochen geben lassen.

"Wir haben uns nur kurz unterhalten ...", brummte er unwillig. Es war ihm wirklich nicht so lange vorgekommen.

"Also doch kurz unterhalten", bohrte sie weiter nach.

"Das tut nichts zur Sache", sagte er und fixierte dann ihre Lippen. Er konnte Besseres mit ihnen anstellen als dieses Gespräch.

"Du hast mich vergessen!", sagte sie anklagend.

Schockiert schnellte sein Blick zu ihren Augen. Als er das amüsierte Funkeln darin sah, beruhigte er sich wieder.

Gespielt ernst zog er eine Augenbraue nach oben. "Und womit hast du dir die Zeit vertrieben, während Liam mir sein Herz ausgeschüttet hat?"

Sie lachte und erzählte ihm dann von ihrer Zeit mit Tyron und Nate.

Fazit: Seine Freunde waren wirklich Idioten und er sollte ihnen dringend klarmachen, dass sie ein echtes Problem mit ihm bekommen würden, wenn sie Luna vergraulten.

Allen voran Davy!

Wenn dieser Arsch Luna noch einmal so verunsicherte, würde er ihm den Kopf abreißen! Für Dylan stand viel zu viel auf dem Spiel.

Auch wenn Luna sich wieder beruhigt zu haben schien und Späße mit ihm trieb, hatte er doch Angst, dass Davys Worte mehr Schaden angerichtet hatten, als sie zugab.

Er musste ihr einfach beweisen, dass sie für ihn so viel mehr war, als einer seiner Freunde jemals verstehen würde. Luna konnte sich seiner Liebe sicher sein, auch wenn sie es noch nicht voll und ganz glaubte. Irgendwann würde es so weit sein, und so lange musste er seinen dämlichen, unwissenden Freunden einfach einen Maulkorb verpassen.

Sie hasste, was sie aus Dylan gemacht hatte. Den ganzen Sonntag schlich er um sie herum, als hätte er ihr diese Worte gesagt und nicht Davy. Er war überfürsorglich und beobachtete sie, als könnte sie sich jeden Moment in Luft auflösen.

Nachdem sie ihm am Sonntagabend gesagt hatte, dass sie allein nach Hause wollte, um mit Amira zu reden, hatte er ausgesehen, als hätte sie ihn geohrfeigt. All ihren Beteuerungen, dass es nicht um ihn ging oder um das, was Davy gesagt hatte, zum Trotz, hatte er sich nicht mehr wirklich entspannt. Es war, als würde er nur auf den großen Super-GAU warten. Dabei war für Luna fast alles in Ordnung.

Dylan hatte recht. Er war nicht Davy und er hatte ihr Misstrauen nicht verdient. Es war ihre eigene Angst, die sie so in die Irre geführt hatte.

Zu Hause angekommen hatte sie all ihren Mut zusammengenommen und Amira auf Davy und sein Verhalten angesprochen.

Amira hatte die Information nicht sonderlich gut aufgenommen. Sie hatte geweint und geflucht. Schlussendlich hatte sie sich mit Chiara zusammen darauf verlegt, die Männerwelt komplett zu verfluchen. Auch an Dylan ließen die beiden kein gutes Haar, weil er schließlich zu den anderen gehörte und aus dem gleichen Holz geschnitzt war.

Das war der Zeitpunkt, an dem Luna sich zurückgezogen hatte. Sie hatte sowieso schon mit ihrer eigenen enormen Unsicherheit zu kämpfen. Noch mehr

Durcheinander in ihren Gefühlen konnte sie im Moment wirklich nicht gebrauchen. Und Dylan hatte das nicht verdient. Er hatte ihr keinen Anlass gegeben, an ihm zu zweifeln.

Nach einer heißen Dusche hatte sie sich ins Bett gelegt und seine Nummer gewählt. Seine Stimme zu hören, würde sie bestimmt wieder erden.

"Hey, Babe." Er klang wirklich erfreut, sie zu hören.

"Hey." Sie zog die Decke höher und kuschelte sich darin ein. Vielleicht bildete sie es sich nur ein, aber sie roch ein klein wenig nach Dylan.

"Alles geregelt?" Stoff raschelte im Hintergrund, und Luna stellte sich vor, dass er genauso wie sie im Bett lag.

"Mhm …"

"Hört sich nicht so gut an." Er klang ein wenig beunruhigt.

"Nein, alles okay. Sie tut mir nur leid", gab sie leise zurück. Es war die Wahrheit. Luna wusste nur allzu genau, wie Amira sich fühlte, und wünschte sich nichts mehr, als ihr helfen zu können.

"Kommst du morgen nach der Uni mit zu mir?", fragte er dann.

Nichts lieber als das. Sie wollte zurück in seine Arme, wollte ihn nah bei sich haben und wissen, dass alles gut werden würde. "Ja. Weißt du schon, wann du aushast?"

"Wenn alles glatt läuft, schon vormittags. Ich hab nur zwei Szenen zu drehen. Ich gehe noch ins Fitnessstudio und hol dich dann wieder gegen vier Uhr, okay?"

"Okay. Schreib mir, wenn es nicht klappt", sagte sie.

"Natürlich." Er zögerte einen Moment, dann atmete er lange aus. "Ich liebe dich, Luna."

"Ich dich auch. Gute Nacht", flüsterte sie.

"Nacht, Babe."

Sie legte auf und drehte sich dann auf die Seite, um einzuschlafen.

Ohne Dylan … ein komisches Gefühl, obwohl sie erst knapp drei Wochen zusammen waren, hatte sie sich schon an seine ständige Anwesenheit gewöhnt.

Lunas Laune war Montagmorgen nicht die beste. Sie hasste es, mit dem Bus zur Uni zu fahren, aber ihr Auto stand noch immer auf dem Parkplatz der Universität. Schlecht gelaunt ging sie die Stufen des Treppenhauses nach unten.

Wenn sie sich nicht beeilte, würde sie dem Bus in High Heels nachrennen müssen.

Sie öffnete die Haustür und blinzelte gegen die blendende Sonne an.

Das Erste, was sie sah, als sie nach draußen trat, war Dylans schwarzer Sportwagen.

Luna erstarrte mitten in der Bewegung. Was wollte er hier? Die Scheibe des Beifahrerfensters fuhr herunter.

"Komm schon, spring rein, ich bin spät dran", sagte er und sie hörte die Ungeduld in seiner Stimme.

Schnell lief sie zu ihm und stieg ein. Er zog sie am Nacken zu sich und gab ihr einen kurzen, aber heftigen Kuss.

"Was machst du hier?", fragte sie und schnallte sich an, während die Flügeltür nach unten glitt.

"Dich zur Uni bringen. Du hast doch deinen Wagen

nicht da und die Mädels beginnen montags später als du", sagte er, als wäre es völlig normal, dass er an alles dachte. Er fädelte sich in den Verkehr ein und fuhr in Richtung Campus.

Der Motor dröhnte so laut, dass sie das Hupen einiger Verkehrsteilnehmer, denen Dylan die Vorfahrt genommen hatte, kaum noch hörte.

"Musst du heute nicht früh zum Set, wenn du vormittags schon wieder Schluss hast?"

"Jep."

Luna runzelte die Stirn. "Kommst du dann nicht zu spät?"

Dylan grinste dieses für ihn typische, jungenhafte Grinsen. "Jep."

Warum grinste er dann? "Bekommst du keinen Ärger?"

"Bestimmt sogar." Er zwinkerte ihr zu. "Aber das ist es mir wert."

"Du bist unmöglich", beschwerte sie sich, konnte sich ein kleines Lächeln aber nicht verkneifen.

"Ich bin schwer verliebt."

Lächelnd schüttelte sie den Kopf. Er konnte ziemlich süß sein, wenn er wollte.

Nur wenige Minuten später lenkte er den Wagen auf den Uniparkplatz und hielt am Rand.

"Vielen Dank", sagte sie und schnallte sich ab.

Bevor sie ausstieg, küsste er sie noch einmal. "Bis später, Babe."

Ihr verliebtes Lächeln verrutschte sehr schnell, als sie die neugierigen Blicke sah, mit denen einige ihrer Kommilitonen den Lamborghini beobachteten. Schnell überquerte sie den überfüllten Campus und betrat das Wirtschaftsgebäude.

Mit gesenktem Kopf lief sie durch die Flure der Uni zu ihrer Vorlesung.

Sie versuchte sich einzureden, dass das Getuschel nicht daher rührte, dass jemand mitbekommen hatte, wie Dylan sie regelmäßig zur Uni fuhr und abholte. Ganz verwerfen konnte sie diesen Gedanken aber nicht. Wenn jemand sie direkt darauf ansprach, leugnete sie einfach alles.

Was hätte sie auch sonst tun sollen?

Mit Peter verabredete sie sich für den nächsten Nachmittag. Dylan hatte erwähnt, dass er laut Drehplan in den Abend hineinarbeiten würde, also passte es perfekt.

Peter versuchte sie ein wenig über Dylan auszuquetschen, aber sie schaltete auf stur. Es ging Peter bei Gott nichts an, was sie und Dylan miteinander verband.

Leider hatte Dylan mit seiner Aussage reichlich Stoff für Spekulation bei Peter hinterlassen. Als eingefleischter Dylan-Fanatiker nutzte Peter jede Gelegenheit, um sie mit Fragen über den Schauspieler zu löchern. Sie würde niemals etwas über Dylans Privatleben preisgeben, das musste Peter erst noch kapieren.

Bis es so weit war, musste Luna sich einfach gedulden. Peter würde nicht der Letzte sein, der sie wegen ihrer Beziehung löcherte. Bislang hatte noch niemand mitbekommen, dass sie zusammen waren, aber sollte es jemals so weit sein, würde Peter wahrscheinlich ihr kleinstes Problem sein.

DYLAN

Es war erst Dienstagnachmittag und die Woche ging ihm jetzt schon auf die Nerven. Er musste nicht nur an diesem Nachmittag arbeiten, sondern hatte auch am Donnerstag eine Abendszene zu drehen.

Er saß noch in der Maske und konnte an nichts anderes denken als an Luna, die mit diesem Typen an ihrer Seminararbeit bastelte.

Kurzerhand schrieb er ihr eine Nachricht.

`D: Wie läuft es?`

Es dauerte einen Moment, dann schrieb sie zurück.

`L: Gut.`

Das war bei Weitem nicht genug. Er wollte wissen, was genau sie trieben, was der Typ tat, wie Luna auf ihn reagierte …

`D: Was macht ihr?`

Er hatte die Nachricht kaum abgesendet, da konnte er förmlich spüren, wie sie die Augen verdrehte.

`L: Arbeiten.`

Quälte sie ihn absichtlich?

`D: Wo?`

Statt einer weiteren Nachricht klingelte sein Handy.

"Hey, Babe", meldete er sich, als er ihre Nummer auf dem Display sah.

"Du bist furchtbar!", beschwerte sie sich sofort.

"Warum?"

"Weil du mich nicht arbeiten lässt!"

Dylan verzog das Gesicht. Sie hatte recht, er war wirklich furchtbar. "Sorry."

Luna seufzte leidgeprüft. "Wir sind in der

Bibliothek. Ganz viele Menschen um uns herum. Peter starrt mich die ganze Zeit an, als wäre ich von einem anderen Stern, weil du ihm gesagt hast, dass wir zusammen sind."

Dylan lächelte in sich hinein. Der Gedanke gefiel ihm verdammt gut. "Das ist perfekt", sagte er gut gelaunt.

"Du bist unmöglich", beschwerte sie sich, aber sie hörte sich nicht wirklich genervt an.

"Ich kann nichts dafür. Es macht mich wahnsinnig, hier zu sitzen ..."

"Ich liebe dich, Dylan", unterbrach sie ihn. "Wenn du willst, kannst du nach dem Dreh noch vorbeikommen", sagte sie dann mit einem Lächeln in der Stimme. Irgendwie machte es das dann deutlich besser. "Ich liebe dich auch. Ich komme voraussichtlich gegen zehn Uhr."

"Okay. Ich freu mich." Sie klang, als würde sie es wirklich ernst meinen.

"Luna ...", sagte er leise.

"Hm?"

"Du solltest mich immer anrufen, wenn du mit diesem Typen unterwegs bist. Das macht es irgendwie besser", gestand er und kam sich dabei wirklich dämlich vor.

"Okay, wenn du mich dann arbeiten lässt, werde ich das tun." Er bemerkte deutlich die Belustigung in ihrer Stimme.

"Hört sich nach einem Deal an", gab er grinsend zurück. Dann verabschiedete sie sich leider viel zu schnell und Dylan blieb mit seinen Gedanken allein zurück. Zumindest würde er sie später noch sehen.

LUNA

Den Mittwochabend hatten sie gemeinsam bei Dylan verbracht. Sie hatten zusammen gekocht – oder besser gesagt, Luna hatte gekocht und Dylan hatte sich von hinten an sie geschmiegt.

Seine Nackenküsse hatten sie aber durchaus motiviert. Dass er nicht kochen konnte, glaubte sie ihm aufs Wort. In Dylan-Land bestellte er sich einfach etwas zu essen oder aß direkt am Set.

Irgendwie fühlte es sich aber gut an, so normale Dinge mit ihm zu tun. Eigentlich fühlte sich alles, was sie zusammen mit Dylan tat, absolut richtig an.

"Erde an Luna!" Peter lachte über seinen eigenen Witz. Sie fand es nicht wirklich witzig, schließlich musste sie sich ihre ganze Kindheit lang Scherze über ihren Namen anhören. Luna – der Mond. Mittlerweile mochte sie ihren Namen, als Kind war es einfach nur anstrengend gewesen.

"Was?", fragte sie ein wenig barscher, als es angebracht gewesen wäre. Dieser Donnerstag nervte sie enorm. Peter nervte sie. Die tuschelnden Kommilitonen nervten sie. Chiara und Amira nervten sie. Alles in allem war Luna sogar von sich selbst genervt.

"Wo bist du heute nur mit deinen Gedanken?", fragte Peter und tippte mit dem Stift auf die Unterlagen vor ihnen.

Bei Dylan und dem hervorragenden Sex in seiner Küche gestern Abend.

Das würde sie vor Peter natürlich niemals aussprechen.

"Die Arbeit in Interpretation klassischer Musik macht mir Sorgen", sagte sie ausweichend.

"Ich kann dir helfen, wenn du willst." Peters Augen funkelten.

"Nein, danke." Noch mehr Zeit zusammen mit Peter würde Dylan wohl nicht gut aufnehmen. "Ich muss kurz telefonieren", sagte sie dann.

Sie hatte Dylan sowieso versprochen, ihn anzurufen, das war die passende Gelegenheit, um von Peter und seinen Fragen wegzukommen. Schnell ging sie vor die Tür und wählte seine Nummer.

Fast schon augenblicklich nahm Dylan ihren Anruf entgegen. "Hey, Babe." Sie liebte seine dunkle, raue Stimme, die ihr regelmäßig eine Gänsehaut bescherte.

"Hey. Ich bin mit Peter in der Bibliothek und er nervt mich", antwortete sie ehrlich.

Dylan lachte. "Das höre ich gern."

Auch Luna musste lächeln. Sie liebte es, wenn er so ausgelassen war. Langsam, aber sicher normalisierte sich ihre Beziehung wieder. "Ich liebe dich", sagte sie und erinnerte sich dabei an das Strahlen, das immer in seine Augen trat, wenn sie ihm das sagte.

"Ich liebe dich auch." Das Lächeln in seiner Stimme war nicht zu überhören.

"Später bei mir?", fragte sie.

"Ja, ich muss aber schon um vier wieder raus." Im Hintergrund entstand ein lautes, schepperndes Geräusch, und Dylan wartete, bis es vorbei war, ehe er weitersprach: "Wir drehen morgen eine Szene bei Sonnenaufgang. Dafür kann ich dich dann von der Uni holen und übers Wochenende zu mir nach Hause schleppen."

"Hört sich nach einem Plan an", gab sie zurück. Ein Wochenende weg von ihrem Alltag klang sogar perfekt.

Wieder wurde es laut im Hintergrund, und Luna fragte sich, wie es auf so einem Set wohl zuging. Als der Lärm verklang, hörte sie eine Frau nach Dylan rufen.

"Einem sehr guten Plan sogar! Ich muss los, Babe. Bis später", sagte er ein wenig abgelenkt und legte auf, nachdem sie sich von ihm verabschiedet hatte.

DYLAN

Als er am Freitag den Drehplan für die kommende Woche bekam, stöhnte er gequält auf. Montag und Donnerstag hatte er wieder Termine am späten Nachmittag. Früher waren ihm die Nachmittagsstunden lieber gewesen, weil er am Abend dann trotzdem mit seinen Freunden feiern konnte. Aber das war vor Luna. Jetzt wollte er die Nachmittage und Abende lieber mit ihr verbringen.

Außerdem hieß das, dass er nach dem Dreh zu ihr fahren musste, wenn er sie sehen wollte, was im Moment nicht sehr angenehm war. Die Stimmung in der WG war … nun ja, noch immer nicht die beste. Wenn es sich vermeiden ließ, würde er einem weiteren Aufeinandertreffen mit Chiara und Amira lieber aus dem Weg gehen.

Um sich die Zeit zu vertreiben, bis Luna Schluss hatte, ging er ins Fitnessstudio und absolvierte seinen Trainingsplan.

Die letzte Station hatte er auf dem Laufband, das er

mit der entsprechenden Steigung und Geschwindigkeit programmierte.

Sean gesellte sich auf das Laufband neben ihm und nahm die Einstellungen an seinem vor.

"Hey, so sieht man dich auch mal wieder", grüßte Sean ihn.

"Jep. Muss was für meinen Traumkörper tun", gab Dylan grinsend zurück.

"Wie, andauernder Bettensport reicht nicht? Soll doch angeblich bestes Kardiotraining sein", witzelte Sean.

Dylan verdrehte nur die Augen.

"Wir gehen heute Abend ins *Underground*. Kommst du mit?", fragte Sean, als Dylan ihm nicht antwortete.

"Nein." Dylan drehte die Geschwindigkeit auf seinem Band nach oben.

"Warum nicht?"

"Weil ich euch Trottel nicht noch einmal auf Luna loslasse."

Sean hob die Hände zu einer beschwichtigenden Geste. "Ich hab überhaupt nichts gemacht!"

"Ja, du ausnahmsweise mal nicht. Aber Tyron gräbt sie an und Davy kann sein verfluchtes Maul nicht halten", schnauzte er. Er würde diesen Mistkerl noch erwürgen müssen.

Sean schwieg eine Weile, dann sagte er: "Aber Football am Dienstag steht, oder?"

"Ich weiß noch nicht. Ich frag Luna, was sie vorhat." Wenn sie wieder an diesem Projekt arbeitete, konnte er genauso gut zum Footballabend gehen.

"Die hat dich ja ganz schön unter der Fuchtel", grummelte Sean.

"Siehst du, und solange du solche Sachen sagst, hast du nichts verstanden, und Luna bleibt schön weg von dir."

Dann starrte Dylan stur geradeaus. Er hatte keinen Bock, mit Sean über Dinge zu diskutieren, von denen er keine Ahnung hatte.

Er war zu früh dran, als er auf dem Parkplatz der Universität ankam. Eine Weile saß er einfach nur da und trommelte mit seinen Fingern auf dem Lenkrad herum.

Dann erspähte er Lunas Wagen auf dem Parkplatz. Er würde ihn bei den Wachleuten registrieren lassen, dann konnte Luna am Montag nach der Uni einfach bei ihm auf ihn warten. Mit dem Handy in der Hand stieg er aus und ging zu ihrem Wagen. Ein paar Fotos vom Auto, vom Kennzeichen und eines von Luna sollten genügen.

"Was machst du da?"

Dylan wirbelte herum. Eine schlanke Brünette mit eindeutig künstlichen Brüsten musterte ihn argwöhnisch, doch dann hellte ihr Gesicht sich auf.

"Dylan Jones? O mein Gott! Das glaube ich jetzt nicht!", kreischte sie.

"Sch!", machte Dylan und sah sich dann nervös um, ob es jemand mitbekommen haben könnte.

Kichernd trat sie näher. "Können wir ein Selfie machen?"

Im Moment würde er ihr sein Auto schenken, wenn sie nur keine Aufmerksamkeit erregte. Ungeduldig nickte er. "Sag niemandem, dass ich hier bin, dann ja."

Sie strahlte ihn an und zog ihr Handy hervor. Dylan

legte ihr einen Arm um die Schulter. Dann lächelte er in die Kamera, bis sie ein gutes Bild hatte.

"O mein Gott! Danke, danke, danke!", sagte sie leiser, aber Dylan war es dennoch nicht wohl dabei.

"Schon okay. Denk an unseren Deal", sagte er und schenkte ihr sein bestes Ladykiller-Lächeln.

Sie nickte eifrig und sah ihn dabei sehr verzückt an. Eilig verzog er sich zurück in seinen Wagen, bevor noch jemand auf ihn aufmerksam wurde.

Luna kam kurz darauf und setzte sich strahlend neben ihn. Dann gab sie ihm einen flüchtigen Kuss. Zu flüchtig, wenn es nach ihm ging.

"Wochenende! Weg hier!", sagte sie ausgelassen und schnallte sich an.

Dylan konnte ihr nur zustimmen. Endlich hatte er Luna wieder für sich.

"Kannst du deine Arbeit nächste Woche auf Montag und Donnerstag verlegen? Da hab ich spät."

Im Augenwinkel sah er, wie Luna das Gesicht verzog. *Nicht gut.*

"Sorry, Peter ist nächste Woche nur Montag und Dienstag in der Stadt. Er hat irgendeine wichtige Familienangelegenheit. Wir mussten die Termine auf die beiden Nachmittage legen", sagte sie und klang genauso wenig erfreut wie er.

Er stöhnte auf. "Okay. Kommst du danach zu mir? Ich lasse dein Auto registrieren, dann kannst du kommen und gehen, wie du willst." Dem Footballabend mit den Jungs stand also nichts mehr im Wege … auch wenn er ihn lieber mit Luna verbracht hätte. So konnten die Jungs zumindest nicht meckern, dass er sich nicht mehr blicken ließ.

"Hört sich gut an, dann komme ich mir auch nicht mehr wie ein Verbrecher vor, wenn ich mich außerhalb deines Hauses bewege", sagte sie und verzog das Gesicht.

Dylan lachte laut auf und nahm sich vor, die Bilder gleich bei Ankunft beim Wachdienst abzugeben.

Die Fahrt dauerte nicht lange und Dylan parkte den Wagen auf einem der wenigen Parkplätze hinter dem Wachgebäude.

Luna stieg mit ihm aus, so konnte sie die Wachleute gleich kennenlernen.

Es waren durchweg nette Typen, doch wenn man sie nicht kannte, konnten sie beängstigend wirken. Genau das war ja auch ihr Job. Und sie machten ihn wirklich gut. Dylan wohnte schon seit mehreren Jahren in der Siedlung und hatte nie Probleme mit Groupies oder Einbrechern. Wer nicht hierhingehörte, kam hier auch nicht rein.

Luna schienen die Wachleute und die Wachstation allerdings nichts auszumachen.

Neugierig sah sie sich in dem kleinen Gebäude um, das neben der Wache auch einen kleinen Bäcker und einen Ministore für den täglichen Bedarf enthielt. Von Milch über Zigaretten, der Zeitung und Brot gab es hier alles zu kaufen.

Luna füllte gut gelaunt alle Formulare aus. Ihre Unterschrift auf den Zugangspapieren zu sehen, gab Dylan ein seltsam befriedigendes Gefühl, als würde sie jetzt offiziell zu seinem Leben gehören.

"Deine Freundin?", fragte Darren, einer der Wachleute, mit hochgezogener Augenbraue.

Dylan zuckte die Schulter.

"Kann auch den Besten passieren, habe ich mir sagen lassen." Er hatte nicht das Bedürfnis, über seine Liebe zu Luna zu sprechen.

Darren lachte. "Scheint ernst zu sein." Er nickte zu den Formularen.

"Ist es", bestätigte Dylan und hoffte, dass Luna bald fertig wurde.

"Damit brichst du meiner Tochter das Herz", sagte Darren grinsend.

Dylan lachte, weil er sich nur zu gut an das zwölfjährige Mädchen erinnerte, das ihn aus riesigen, dunkelbraunen Augen anhimmelte.

"Sorry, nichts zu machen", gab er grinsend zurück und legte seine Arme um Luna, als diese zu ihm trat.

Sie würde er gegen nichts und niemanden eintauschen.

9 MISSVERSTÄNDNISSE

LUNA

Unwillig tastete sie nach ihrem Handy, hob ab und hielt es sich ans Ohr.

"Ja?", flüsterte sie noch völlig verschlafen ins Telefon. Das Klingeln hatte sie wirklich grausam aus einem sehr tiefen, traumlosen Schlaf geweckt.

"Süße? Wo bist du?" Amiras Stimme klang aufgelöst und Lunas Magen verkrampfte sich sofort. Sie blinzelte, um das letzte bisschen Schlaftrunkenheit loszuwerden und sich voll auf ihre Freundin zu konzentrieren.

"Bei Dylan. Was ist los?", murmelte sie und schlüpfte vorsichtig aus dem Bett. Sie wollte Dylan auf keinen Fall wecken.

"Kann ich dich abholen? Ich will nicht am Telefon darüber reden ..." Die Art, wie Amira herumdruckste, sagte Luna, dass es etwas wirklich Schlimmes sein musste. Auf Zehenspitzen schlich Luna sich aus dem Zimmer.

DYLAN

Am nächsten Morgen wurde er unsanft durch das andauernde, nervtötende Läuten seines Telefons geweckt.

Noch halb blind tastete er nach seiner Jeans, die er am Abend in aller Eile neben dem Bett hatte fallen lassen. Wenn es um Luna oder um Sex mit Luna ging, war Geduld nicht gerade seine Stärke. Da erst fiel ihm auf, dass sich gar nichts neben ihm rührte. Verwirrt sah er sich um, sie war nicht in seinem Bett. Wann hatte sie sich rausgeschlichen?

Ohne auf das Display zu sehen, ging er ran. "Ja?"

"Was zum Teufel denkst du dir dabei?", schrie Tarik, sein Manager. In diesem Ton sprach er selten mit ihm, also musste er etwas wirklich verbockt haben. Hatte er einen Drehtermin verpasst?

"Ähm ... wobei?", hakte Dylan nach, konnte sich aber nicht wirklich konzentrieren, weil Luna fehlte. Wo war sie?

Er wollte gerade aufstehen, als Tarik sagte: "Jeden Tag mutterseelenallein auf einem Uniparkplatz herumzulungern um deine heimliche Geliebte zu treffen!"

Die Worte ließen ihn erstarren. "Was?", fragte er in der Hoffnung, etwas falsch verstanden zu haben.

"Mach dein Tablet an, dann siehst du es sofort. Bist du verrückt geworden? Weißt du, wie das hätte ausarten können?" Mit einem unguten Gefühl im Magen schaltete er sein Tablet und dann das Internet ein, um die Nachrichten anzusehen.

"Ich melde mich gleich wieder, Tarik." Schnell legte er auf und klickte auf die lokalen News.

Er verzog das Gesicht, als ihm die Schlagzeilen sofort entgegensprangen. "Dylan Jones mit neuer Flamme."

Er klickte auf den ersten Link und erstarrte. Das war nicht Luna auf dem Bild, sondern die Brünette vom Uni-Parkplatz.

Ein Foto, wie sie dicht vor ihm stand und zu ihm auf lächelte. Ein weiteres Bild, wie er seinen Arm um ihre Schulter legte, als wären sie ein Pärchen, obwohl sie eigentlich nur ein Selfie gemacht hatten.

"Seit einigen Tagen wurde uns berichtet, dass Dylan Jones regelmäßig an der Hollywood Academy of Music and Arts gesichtet wurde. Wir sind diesen Gerüchten für euch nachgegangen …", begann der Text, der sich dann in endlosen Mutmaßungen ergoss.

"Shit!"

Dann dämmerte ihm etwas, was sein Herz augenblicklich rasen ließ. Langsam drehte er sich wieder zu Lunas Bettseite um.

Sie war weg. Ein Blick in den Raum genügte, um zu sehen, dass auch ihre Klamotten weg waren. Sein Körper verspannte sich und seine Hände umklammerten das Tablet.

Sie war weg. Einfach weg. Keuchend sprang er auf und rannte in den Flur. "Luna!"

Nichts.

Seine Hände wurden schweißnass und seine Gedanken rasten. Sie konnte doch nicht wirklich glauben, was dort stand! Aber warum hätte sie sich sonst so heimlich davonschleichen sollen?

Schnell lief er zurück ins Schlafzimmer. Mit zitternden Fingern zog er sich Jeans und Shirt über, dann rannte er in Windeseile barfuß die Treppe hinunter.

"Luna!", schrie er, ein letzter Versuch, aber sie war nicht da. Das Haus lag beinahe unheimlich still da, als wäre sie niemals hier gewesen.

Er zog sein Handy aus der Hosentasche und wählte ihre Nummer. Nichts, sie ging nicht ran. Es läutete durch, bis die Mailbox ansprang.

Ihm wurde speiübel bei dem Gedanken, dass sie wirklich weg war. Verzweifelt rieb er sich über den Kopf, in dem es mittlerweile pochte. Mit jedem viel zu schnellen Schlag seines Herzens schmerzte sein Kopf stärker.

Krampfhaft überlegte er, was er jetzt tun sollte. Er musste sie erreichen, sie finden, ihr erklären, dass alles nicht so war, wie es aussah. Seine Gedanken rasten so schnell, dass er nicht wusste, was er als Erstes tun sollte.

Die Angst, sie für immer zu verlieren, lag wie ein riesiger Fels auf seinem Brustkorb und nahm ihm die Luft zum Atmen. Sein viel zu schneller Atem brachte kaum Sauerstoff in seinen Körper. Nur sein Brustkorb hob und senkte sich so hektisch, als wäre er über Kilometer hinweg gerannt.

Einen Moment stand er unschlüssig im Eingangsbereich, dann schnappte er sich mit zitternden Fingern seine Autoschlüssel und rannte barfuß zur Garage. Luna würde nach Hause gehen, er musste nur zu ihr fahren und ihr alles erklären. Er versuchte sich selbst zu beruhigen, aber es half nichts.

LUNA

"Es muss eine Erklärung für all das geben", sagte Luna zum wiederholten Mal.

Äußerlich war sie ganz ruhig, doch ihr Herz raste seit dem Moment, in dem Amira ihr die Tageszeitung vor die Nase gehalten hatte. Auf dem Bild war Dylan mit einer ihr unbekannten Brünetten abgebildet. Sie lächelte strahlend zu ihm auf, während er den Arm um ihre Schulter gelegt hatte.

Allein der Gedanke, dass Dylan sie betrügen könnte, ließ ihren Magen verkrampfen und ihre Kehle ganz trocken werden. Warum sollte er all das tun? Warum sollte er sich solche Mühe mit ihr geben, wenn es ihm schlussendlich doch nicht ernst war?

Amira drückte sanft ihre Hand. "Was für eine Erklärung, Süße?"

Die Berührung schien Luna in diesem Moment unerträglich. Um sich ihrer Freundin nicht allzu offensichtlich zu entziehen, griff Luna nach der heißen Schokolade, die sie sich bestellt hatte. Ihre Hand zitterte, als sie die bunt gemusterte Tasse zu ihren Lippen führte.

Das kleine Café ganz in der Nähe von Dylans Wohnsiedlung gefiel ihr wirklich gut. Mehr als dreißig Gäste hatten nicht Platz darin, und die Speisekarte umfasste auch nicht einmal zwanzig Gerichte, aber alles war mit Liebe zum Detail hergerichtet. Von den karierten Stofftischdecken, bis hin zu den Serviettenhaltern, aus denen leise Countrymusik erklang, passte alles perfekt zusammen.

Sie ließ den Blick durch den Raum wandern, hauptsächlich, um nicht Amiras mittleidige Miene sehen zu müssen. Dass ihre Freundin keinerlei Genugtuung dabei empfand, doch recht gehabt zu haben, was Dylan Jones betraf, machte das alles nur ein klein bisschen besser.

Über dem Tresen, an dem einige Trucker saßen und ihr Frühstück einnahmen, hing ein alter Fernseher. Genau in diesem Moment wurden auch dort die Fotos von Dylan und seiner neuen Flamme gezeigt.

Mit einem Unterschied. Der Bildausschnitt zeigte nicht nur die Oberkörper der beiden, sondern auch viel vom Hintergrund.

Die Bilder von Dylan wurden auf dem Parkplatz der Uni aufgenommen!

Die Zahnräder in Lunas Kopf begannen sich zu drehen. Es konnte nicht sein. Nie im Leben wäre ihr entgangen, wenn er eine Geliebte am Campus gehabt hätte.

"Komm mit mir nach Hause. Chiara wartet auf uns, wir machen uns einen schönen Tag auf dem Sofa. Eis und ein paar gute Filme …"

Amira unterbrach sich, als Luna aufstand und zum Zeitschriftenständer ging. Sie musste dieses Bild noch einmal sehen, musste erkennen, was sie übersehen hatte.

Ihr Herz schlug rasend schnell, nun aber nicht mehr, weil sie Angst hatte, Dylan an eine andere Frau zu verlieren, sondern weil sie das erste Mal seit einer Dreiviertelstunde wieder Hoffnung hatte.

"Luna, was ist los?", fragte Amira, die ihr gefolgt war.

Luna riss eine der Zeitungen aus dem Ständer, die ihr die komplette Story versprachen, und blätterte auf die richtige Seite.

Da war es wieder, das Bild mit Dylan und der Fremden. Sein Lamborghini stand nur wenige Meter entfernt, an der gleichen Stelle, an der er immer hielt, wenn er Luna von der Uni abholte.

Luna versuchte die Fremde zu erkennen, war sich aber ziemlich sicher, die Frau noch nie gesehen zu haben. Also konzentrierte sie sich auf Dylan. Er sah aus wie immer. Muskelshirt und tief sitzende Jeans. Allerdings trug er weder Hoodie noch Cap noch eine Sonnenbrille, was ziemlich deutlich zeigte, dass er nur kurz ausgestiegen war.

Wenn Luna sich richtig erinnerte, waren es die Klamotten, die er auch am Tag zuvor angehabt hatte, als er sie abgeholt hatte. Zumindest dieser Teil der Story stimmte also. Dylan war an diesem Tag mit der Frau fotografiert worden.

Dann entdeckte sie, dass Dylan sein Handy in der Hand hielt, was auch selten vorkam. Er musste also gerade noch telefoniert haben oder eine Nachricht geschrieben haben. Vielleicht hatte er auch ein Foto von sich und der Fremden gemacht … aber warum?

"Hey, ist das nicht dein Auto?", fragte Amira in dem Moment und deutete auf den Wagen, vor dem Dylan stand. Tatsächlich, das war er, ihr alter Toyota. In diesem Moment erinnerte sie sich an die Bilder, die Dylan bei der Security abgegeben hatte.

"Das ist es und Dylan hat gestern Fotos davon gemacht", sagte sie lächelnd und erzählte Amira dann die Geschichte mit der Einfahrtsgenehmigung.

"Und was macht sie dann da?", fragte Amira, anscheinend noch immer skeptisch.

Luna zuckte die Schultern. "Ich weiß es nicht, aber ich werde Dylan fragen, und er wird mir antworten." Sie atmete tief durch. "Ich vertraue ihm", gestand sie schließlich und lächelte ihre Freundin unsicher an.

Der Ausdruck auf Amiras Gesicht wurde weich, dann umarmten sie sich. "Ich freue mich sehr, Süße. Chiara und ich werden einfach ein bisschen länger skeptisch bleiben, falls er dir auf der Nase herumtanzt und du vor lauter rosa Brille nichts mehr siehst."

Luna drückte sie fest an sich. "Danke." Jemand musste ja objektiv bleiben, sollte Luna den Überblick verlieren.

"Wir sind immer füreinander da, das weißt du doch", flüsterte Amira.

Luna nickte und löste sich dann langsam aus der Umarmung. "Ich muss zurück. Ich will nicht, dass Dylan wach wird, bevor ich wieder da bin."

Er würde sich nur unnötig Sorgen machen, wenn er sie nicht erreichen konnte, weil ihr Akku leer war. Die Internet-Recherche, die sie wegen des Fotos betrieben hatte, hatten die letzten Prozente Akkuleistung im Nu aufgebraucht.

Amira bot ihr an, sie zurück zur Wohnanlage zu fahren, was Luna gerne annahm. Zumindest bis zum Wachhaus konnte Amira sie fahren; da ihr Wagen nicht registriert war, musste Luna den Rest des Weges zu Fuß zurücklegen.

Sie beglichen die Rechnung und gingen dann nach draußen zu Amiras Wagen.

Seine Finger zitterten so stark, dass er kaum den Gang des Wagens einlegen konnte. Während er darauf wartete, dass das Garagentor sich endlich öffnete, versuchte er sich bereits die passenden Worte zurechtzulegen.

Nur wie zum Teufel sollte er Luna das Foto erklären? Sie würde ihm bestimmt nicht allzu viele Chancen geben, also musste er schnellstmöglich auf den Punkt kommen, ohne die dämlichen Worte: "Es ist nicht so, wie es aussieht!", zu benutzen.

Endlich hatte sich das Garagentor weit genug geöffnet. Rückwärts schoss er aus der Einfahrt. Er durfte Luna einfach nicht verlieren. Nein, er würde sie nicht verlieren! Niemals würde er sie gehen lassen. Er musste sie finden, dann konnte er alles wieder ins Reine bringen, auch wenn er sie dazu zwingen musste, ihm zuzuhören.

Beinahe wäre er mit Nates gelbem Ferrari zusammengestoßen, der in diesem Moment in seine Einfahrt bog.

Ungeduldig hupte er, doch Nate machte keine Anstalten, wegzufahren. Im Gegenteil, Nate stieg sogar aus und sah ihn reichlich verwirrt an.

Dylan stieg ebenfalls aus. "Fahr sofort weg! Ich muss los!", schrie er aufgebracht.

Er musste Luna finden und zu sich zurückholen. Allein der Gedanke, dass sie überhaupt gegangen war, ließ seinen Magen zusammenkrampfen. In diesem Moment öffnete sich Nates Beifahrertür und Luna stieg aus dem Wagen. Sie sah ihn mit gerunzelter Stirn an.

Die Erleichterung, die ihn überschwemmte, ließ seine Knie weich werden. Mit wenigen großen Schritten war er bei ihr und riss sie in seine Arme.

Solange er sie nah bei sich spürte, war alles ein klein bisschen besser. Er musste sie einfach nur so lange festhalten, bis er ihr alles erklärt hatte. Sie würde es verstehen, sie musste es verstehen.

Das Hämmern in seiner Brust war beinahe schmerzhaft und seine Kehle so zugeschnürt, dass er kaum ein Wort herausbrachte.

"Es ist nicht die Wahrheit, Luna. Das war nicht so. Verlass mich nicht", keuchte er und presste sie noch fester an sich. Seine Arme zitterten vor Anspannung.

"Dylan …" Ihre Stimme klang fast ängstlich.

"Lass es mich dir erklären. Ich schwöre, ich kenne sie gar nicht, ich …"

"Dylan!" Weniger ängstlich und deutlich energischer dieses Mal. Er musste sich beeilen, musste ihr klarmachen, dass sie das alles falsch verstand, dass er sie nicht gehen lassen konnte.

"Bitte, Luna, tu mir das nicht an. Ich habe nichts getan, ich …"

"Dylan!", schrie sie und schlug ihm fest auf den Rücken.

Geschockt über die Heftigkeit, löste er seinen Griff ein klein wenig.

Nicht zu sehr, er würde sie nicht gehen lassen, bevor sie sich alles angehört hatte … und danach auch nicht. Niemals.

Sie griff nach seinem Kinn und zwang ihn, sie anzusehen.

Sein Herz raste so schnell, dass er ihre Worte kaum

noch verstehen konnte. Der Gedanke, sie würde gehen, versetzte ihn regelrecht in Panik.

"Es ist alles okay, Dylan." Sie lächelte sanft. Ein Luna-Lächeln. So weich und liebevoll, wenn auch mit diesem kleinen Hauch Unsicherheit, der sie immer zu umgeben schien.

"Aber du … du warst weg." Er verstand sie nicht. Wie konnte alles okay sein, wenn sie vor ihm davonlief?

"Und jetzt bin ich zurück und es ist okay, Dylan." Ihre Hand fuhr langsam und beruhigend über seinen Rücken.

"Ich bin verrückt geworden … wegen dir!"

Lunas Augen tasteten sein Gesicht ab, aber er hatte nichts zu verbergen.

Was auch immer sie in seinem Gesicht lesen konnte, es war die reine Wahrheit. Er liebte sie und er war krank vor Sorge gewesen.

"Ich weiß, und es tut mir auch leid, dass du jetzt wegen mir diesen Ärger hast. Ich habe zur Versöhnung ein paar Croissants mitgebracht", sagte sie lächelnd und hob eine Tasche von dem kleinen Laden im Wachhaus nach oben.

Irgendwas an dieser Story stimmte nicht, es steckte mehr dahinter, aber für den Moment war er einfach nur froh, sie bei sich zu haben.

Er presste sie wieder fest an sich und atmete tief ihren schon vertrauten Geruch ein.

"Ich habe keinen Ärger wegen dir." Das stimmte so nicht, aber damit musste Luna sich bestimmt nicht befassen. "Ich … ich hatte nur Angst, dass du gegangen bist", flüsterte er in ihr Ohr.

"Ich verspreche dir, ich gehe nirgendwohin", sagte sie besänftigend.

Nur ganz langsam wurde sein Herzschlag ruhiger. Sie würde nicht gehen, sie war nicht verletzt oder eifersüchtig. Sie verstand ihn. Wie ein Mantra wiederholte er die Gedanken in seinem Kopf und seine Panik legte sich ein wenig.

Es war noch nicht alles klar, es gab noch einiges zu besprechen, aber das Wichtigste war, dass Luna bei ihm war und bei ihm blieb.

Als er den Blick zu Nate wandern ließ, bemerkte er, dass Nate sie mit gerunzelter Stirn beobachtete. Er sah aus, als hätte er ein großes Rätsel zu lösen.

"Und wie passt du in das ganze Bild?", fragte Dylan und musterte seinen Freund skeptisch.

"Ich hab ein Mädchen zum Taxistand gebracht und Luna gesehen, wie sie von der Pforte zu dir lief, da dachte ich, ich nehme sie mit. Warum hast du keine Schuhe an?"

Dylan nickte und presste ein "Danke" hervor. Er wollte die Jungs nicht in Lunas Nähe haben, aber es würde sich auf Dauer nicht vermeiden lassen. Die Frage ignorierte er einfach. Nate würde niemals verstehen, was er in den letzten Minuten durchgemacht hatte.

Nate klopfte mit seinen Fingerknöcheln auf das Wagendach und verabschiedete sich, dann lenkte er den Wagen rückwärts aus Dylans Einfahrt.

"Ich geh schon mal rein und mache Kaffee, während du den Wagen in die Garage stellst, okay?", fragte Luna und lächelte ihn aufmunternd an.

Dylan nickte, auch wenn er sie eigentlich noch nicht wieder loslassen wollte.

Seine Gefühle waren noch immer aufgewühlt, als sie sich von ihm löste und zurück ins Haus ging. Er konnte ihr nur nachsehen.

Es fühlte sich an, als wäre er dem Tod gerade noch mal von der Schippe gesprungen. Er hatte wirklich gedacht, dass er sie verlieren würde. Dieser Gedanke war unerträglich.

In Zukunft würde er noch viel besser darauf achten, dass absolut nichts sie dazu veranlassen würde, an ihm zu zweifeln. Dieser kleine Vorgeschmack, wie es wäre, sie zu verlieren, reichte sein Leben lang.

Erst als die Haustür hinter ihr ins Schloss fiel, stieg er in den Wagen und fuhr ihn zurück in die Garage.

LUNA

Sie hörte die Verbindungstür zur Garage zuschlagen, kurz darauf spürte sie Dylan, der sich von hinten an sie presste.

"Ich hatte Angst, dass du wirklich weg sein könntest", murmelte er an ihrem Ohr und küsste sich dann ihren Hals entlang.

Luna lächelte und genoss seine Nähe. Nachdem Amira sie am Wachhaus abgesetzt hatte, war Luna das erste Mal der Gedanke gekommen, was diese Bilder wohl für Dylan bedeuteten. Wie viele Probleme ihm so ein kleiner Besuch an der Uni einbringen konnte. Beinahe sofort hatte sie ein schlechtes Gewissen bekommen. Das alles war nur passiert, weil Dylan sie immer wieder zur Uni gefahren hatte. In dem kleinen Shop an der Pforte hatte sie ein paar Kleinigkeiten fürs Frühstück besorgt, ehe sie Nate getroffen hatte.

"Du bist zu gut für mich, das weiß ich, und deshalb will ich dich erst recht nicht verlieren", sagte er leise und küsste sich dann verführerisch ihren Hals entlang.

Ihr wurde warm ums Herz. Wie konnte dieser Riesenmacho nur so süße Sachen sagen?

Sie spürte ihn in ihrem Rücken, einen großen, starken Körper, seine Lenden an ihrem Hintern. Seine Nähe gab ihr Kraft, bestätigte ihr, dass alles zwischen ihnen war, wie es sein sollte.

"So leicht wirst du mich nicht los", neckte sie ihn, um von den tiefen Gefühlen in ihrem Inneren abzulenken. Ihr Lachen ging in ein Stöhnen über, als er seine Hand in ihre Nicki-Shorts schob.

"Ich bin halb wahnsinnig geworden", raunte er und streichelte langsam über ihre Spalte, ehe er zwei Finger in sie gleiten ließ.

Zu einer Antwort war sie nicht fähig, seine Berührungen ließen keinen klaren Gedanken zu.

"Du warst einfach weg." Sein Tonfall war anklagend, aber seine Hände und Lippen unendlich zärtlich. "Mach das nie wieder", murmelte er und küsste ihren Hals. Er schob ihr Shorts und Slip von den Hüften, dann öffnete er seine eigene Hose.

Stöhnend lehnte sie sich gegen ihn, während er sich das Kondom überzog.

Die Spitze seines Schwanzes drückte sich langsam in sie. Seine Arme schlossen sich um ihre Mitte und er presste sie fest an sich. Es fühlte sich unglaublich gut an, so gehalten zu werden, während er sie völlig ausfüllte.

Sofort begann er sich hart in ihr zu bewegen und mit jedem Stoß tief in sie einzudringen. Sein Griff um ihre

Mitte war fest. Ein ums andere Mal stieß er in sie, füllte sie aus und steigerte ihre Erregung immer weiter.

Das Ziehen in ihrem Unterleib war kaum auszuhalten, und sie sehnte sich nach der Erlösung, die nur Dylan ihr schenken konnte.

"Sag es mir", keuchte er, ohne mit seinen heftigen Stößen aufzuhören.

Sie hörte seine Worte, aber deren Sinn drang nicht durch den Nebel der Lust, der sich um sie herum verdichtete. Sie konnte nur an ihren nahenden Höhepunkt denken.

Dylan griff nach ihrem Knie und legte es auf die Arbeitsplatte, wodurch er noch tiefer in sie stoßen konnte. Die Empfindungen, die er damit auslöste, waren beinahe zu viel für sie. Er stieß noch härter in sie, dehnte sie noch mehr und war ihr noch näher. Es war beinahe zu viel und doch gerade genug.

"Sag es mir, Babe. Sag mir, dass du mich nicht verlässt", forderte er, während seine Hände sich fest in ihrer Taille und ihrer Kniekehle verkrallten.

"Ich werde dich nicht verlassen", keuchte sie und legte dann stöhnend ihren Kopf an seine Schulter. Es fühlte sich so verdammt gut an.

Er beschleunigte seine Stöße und schob seine Hand von ihrem Bauch zur Klit. Die kreisenden Bewegungen steigerten ihre Erregung ins Unermessliche. Ihr Unterleib krampfte sich zusammen und ihr Knie drohte nachzugeben. Keuchend stützte sie sich mit den Händen an der Arbeitsplatte ab.

"Dylan!" Sie schrie ihren Höhepunkt heraus und spürte, wie er sich kurz darauf hinter ihr versteifte und ebenfalls stöhnend kam.

Langsam ließ er ihr Bein hinabgleiten und schmiegte sich dann eng an sie, ohne sich aus ihr zurückzuziehen. Seine Wärme in ihrem Rücken fühlte sich unglaublich gut an. Sie hätte ewig so stehen bleiben können, fühlte sich vollständig und herrlich satt.

"Ich liebe dich", flüsterte er an ihrer Schulter und küsste sie dann wieder auf den Hals. Seine Bartstoppeln kratzten über ihre Haut und jagten ihr Schauer über den Rücken.

Viel zu schnell zog er sich aus ihr zurück und half ihr beim Anziehen.

"Bin gleich wieder da", sagte er und gab ihr einen hauchzarten Kuss auf die Lippen. "Ich kann es kaum erwarten, diese lästigen Gummis loszuwerden und endlich in dir zu kommen."

Luna versteifte sich, doch Dylan lachte nur. "Keine Sorge, ich habe den Test schon gemacht. Die Ergebnisse müssten nächste Woche bereits kommen." Dann wandte er sich ab und verschwand ins Badezimmer. Irgendwie musste sie ihm begreiflich machen, dass das für sie nicht infrage kam. Aber wie sollte sie das tun, ohne ihm von ihrer Vergangenheit zu erzählen?

Scheiße!

DYLAN

Luna hatte den Tisch bereits gedeckt, als er zurück in die Küche kam. Aus dem Kühlschrank holte er noch frische Erdbeeren. Die würden gut zu den Croissants passen. Er küsste sie in den Nacken, dann setzte er sich neben sie.

Er wollte ihr nicht gegenübersitzen, wollte nah bei ihr sein und sie jederzeit berühren können.

"Warum warst du wirklich am Wachhaus?", fragte Dylan.

Er war sich nicht sicher, ob er die Antwort hören wollte, aber es sollte keine Geheimnisse zwischen ihnen geben.

Luna lächelte ihn schief an. "Seit wann bist du so aufmerksam?"

Er legte ihr einen Arm um die Schultern und zog sie an sich, bis er sie auf die Schläfe küssen konnte.

"Seit mir klar geworden ist, wie schnell ich dich verlieren könnte", flüsterte er. Sein Herz zog sich bei dem Gedanken zusammen. Er wollte sich nie wieder so hilflos fühlen.

"Amira hat mich wegen der Schlagzeile angerufen. Wir haben uns getroffen und darüber gesprochen."

Er nahm ihr Kinn in die Hand und zwang sie, ihn anzusehen. Unsicherheit und Schuldgefühle standen in ihrem Blick, wenn er sich nicht täuschte.

"Ich hätte dich wirklich beinahe verloren, nicht wahr?", flüsterte er. Sein Herz schlug schneller bei der Erkenntnis, wie knapp davor er gestanden hatte, sie für immer zu verlieren.

Ihr Lächeln war vorsichtig. "Ich habe die ganze Zeit überlegt, was an dem Bild, an der Story nicht stimmen kann. Ich war mir fast sicher, dass es so einfach nicht sein kann."

"Dein *Fast* bricht mir das Herz, Babe", murmelte er und presste sie an sich.

Sie hatte noch immer nicht verstanden, wie viel sie ihm wirklich bedeutete.

"Es tut mir leid."

Dylan schüttelte den Kopf. "Es muss dir nicht leidtun, du bist zurückgekommen, das ist alles, was zählt."

Luna entspannte sich in seinen Armen und ließ sich einfach nur von ihm halten. Dann fragte sie: "Wer ist die Frau überhaupt."

Dylan zuckte mit den Schultern. "Ein Fan. Sie hat mich um ein Foto gebeten, als ich die Bilder für die Durchfahrtsgenehmigung von deinem Auto gemacht habe."

Luna nickte und richtete sich auf. Nur widerwillig ließ er sie los.

"Ich schwöre, ich lasse keine Frau mehr auf einen Meter an mich heran, wenn mir sofort ein Strick daraus gedreht wird", brummte er unwillig. Bislang musste er sich nie Gedanken darüber machen, aber nun hatte er einfach zu viel zu verlieren.

"Es ist dein Job, Dylan, ich verstehe das", sagte Luna und begann zu frühstücken. Dass sie es noch nicht wirklich verstand, zeigte dieser Morgen. Aber er würde zu verhindern wissen, dass so etwas noch einmal passierte.

"Wirst du viel Ärger wegen den Bildern bekommen?", fragte sie dann unvermittelt.

Dylan verzog das Gesicht. Er musste dringend seinen Manager zurückrufen. Tarek würde mehr als nur stinksauer sein, aber es gab definitiv Wichtigeres in Dylans Leben. Luna zum Beispiel. "Das wird schon, aber ich werde dich eine Zeit lang nicht mehr abholen können", antwortete er missmutig.

Luna sah ihn fragend an. "Nach diesen Bildern wird

es von Paparazzi an der Uni nur so wimmeln."

Luna nickte. "Kein Problem … theoretisch habe ich ja ein Auto, ich muss nur Montag irgendwie hinkommen."

"Fynn kann dich fahren", sagte Dylan und strich etwas Marmelade auf ein Croissant.

"Wenn ich mit deinem Bodyguard dort auftauche, wird es so aussehen, als wäre ich deine Freundin."

Dylans Blick verfinsterte sich. "Du bist meine Freundin!" Er beobachtete sie genau, wie sie scheinbar sorglos ihr Croissant bestrich.

"Aber das muss ja nicht jeder wissen", sagte sie dann einfach so.

Mit einem Scheppern knallte er das Messer auf den Tisch. "Das muss verdammt noch mal jeder wissen!", knurrte er.

Sie sah ihn an, als hätte er nicht mehr alle Tassen im Schrank. Dann winkte sie vor seinem Gesicht hin und her. "Dein Kopf funktioniert aber noch ganz richtig, oder?"

"Warum soll nicht jeder wissen, dass du vergeben bist? Ich teile dich nicht, mit niemandem!"

Luna seufzte, als wäre er schwer von Begriff, dabei war sie es doch, die hier sinnloses Zeug brabbelte!

"Denk doch mal nach, Dylan …", sagte sie ruhig, aber Dylan wollte ihre komischen Theorien gar nicht hören.

"Kommt nicht infrage. Die sollen überhaupt nicht erst auf die Idee kommen, dass sie eine Chance bei dir hätten."

"Dylan …", setzte sie erneut an, aber er ließ sie nicht ausreden.

"Nein!"

Seufzend schloss sie die Augen.

Was soll das nun wieder?

"Hör zu, ich …"

"Nein, ich will es gar nicht hören. Ich …" In diesem Moment stopfte sie ihm einfach ein Croissant in den Mund und stoppte damit jedes weitere Wort.

"Du hörst mir jetzt zu. Wenn du dein angekratztes Ego einmal runterfährst und logisch nachdenkst, verstehst du, dass es einfach nicht funktioniert. Ich kann nicht in Ruhe an der Uni studieren, wenn jeder weiß, dass ich deine Freundin bin."

Dylan biss von dem Croissant ab und legte den Rest zurück auf den Teller. Während er kaute, ließ er sich ihre Worte genau durch den Kopf gehen.

"Ich werde natürlich jedem sagen, dass ich einen Freund habe, nur eben nicht, wer er ist", fuhr sie dann ruhiger fort.

Er grinste halbwegs zufrieden, als er hörte, wie sie ihn als ihren Freund bezeichnete. Das gefiel ihm immer noch verdammt gut. Und sie hatte recht, ob es ihm nun gefiel oder nicht, ihrer Logik konnte er nicht widersprechen.

"Hör auf, so selbstgefällig zu grinsen, oder ich revidiere meine Aussage", sagte sie, aber auch Luna lächelte. Sie sah unglaublich schön aus, wenn ihr Gesicht auf diese ganz spezielle Art weich wurde. "Wirklich, Dylan, ich kann nicht normal weitermachen, wenn du das an die große Glocke hängst."

Widerwillig nickte er. "Okay. Du hast recht. Ich überlege mir was, okay?" Irgendwie würde es doch machbar sein können, dass jeder wusste, dass Luna vergeben war, ohne sie so in den Mittelpunkt des öffentlichen Interesses zu rücken.

Sie sah ihn sehr skeptisch an, also konnte nichts Ordentliches dabei herauskommen. Er wäre beleidigt, wenn er sich in den letzten Wochen nicht wirklich wie ein liebeskranker Vollidiot aufgeführt hätte. Luna brachte eben etwas in ihm zum Vorschein, von dem er bis dato noch überhaupt nicht gewusst hatte, dass es in ihm schlummerte. Diese Teenagerphase hatte er irgendwie übersprungen.

"Hab ein bisschen Vertrauen in mich, Babe." Er nahm eine Erdbeere und hielt sie ihr vor den Mund. Zögerlich biss sie ab und musterte ihn, als könnte sie die Lösung in seinem Gesicht finden.

Konnte sie ruhig. Er lächelte nur unbeschwert. Da war nichts, weil er ja selbst noch keine Ahnung hatte, was er vorhatte.

Alles, was er sicher wusste, war, dass er den perfekten Weg finden würde, ihre und seine Bedürfnisse zu befriedigen … auf jedem erdenklichen Gebiet.

10 HAPPY

DYLAN

Schlecht gelaunt saß er am Football-Dienstag bei Sean auf dem Sofa. Es gefiel ihm ganz und gar nicht, dass er Luna nicht mehr zur Uni fahren konnte. Es war immer so … normal gewesen. Dinge, die normale Pärchen eben taten. Es gefiel ihm, all diese normalen Pärchen-Sachen mit Luna zu machen.

Nun gut, eigentlich gefiel ihm alles, was mit Luna zu tun hatte. Außer wenn sie ihre Abende mit Peter und der Seminararbeit verbrachte. Das gefiel ihm ganz und gar nicht.

Sie konnte ihm noch so oft versichern, dass sie kein Interesse an ihm hatte. Die Art, wie Peter sie ansah, passte ihm einfach nicht.

"Was ist los mit dir? Du siehst aus, als hätte jemand eine Beule in deinen Wagen gemacht", sagte Conner und stupste ihn leicht mit dem Ellenbogen an.

Dylan zuckte nur unbestimmt mit den Schultern. Die Jungs würden ihn sowieso nicht verstehen.

In diesem Moment klingelte sein Telefon und seine Laune besserte sich schlagartig. "Hey, Baby", meldete er sich. Ihre Anrufe an diesen Abenden waren sein einziger Lichtblick.

"Hey, melde mich zu Report", sagte sie und er hörte das Lächeln in ihrer Stimme.

"Alles klar bei dir?", fragte er ebenfalls lächelnd. Jetzt erst fiel ihm die nahezu gespenstische Stille um ihn herum auf. Einer dieser Idioten hatte sogar den Ton des Fernsehers abgedreht, damit sie ihm lauschen konnten.

"Ja, alles bestens. Wir sind in der Bibliothek und kommen gut voran. Ich denke, noch eine Woche, dann haben wir es geschafft."

Als er sich im Raum umsah, bemerkte er, dass sie ihn alle genau beobachteten, als wäre er ein Insekt, das es zu erforschen galt. "Ah, okay, gut", sagte er abwesend. Die Blicke waren ihm dann doch ein wenig unangenehm. War er wirklich genauso wie dieser Haufen Verrückter gewesen?

"Irgendwie habe ich mehr Begeisterung erwartet, so sehr, wie dich diese Treffen stören", gab sie zurück. Dylan konnte sich ihr Stirnrunzeln geradezu vorstellen.

"Nein, nein, das ist wirklich großartig, Babe." Bei dem letzten Wort zuckte er zusammen, weil Aaron und Jamie leise zu lachen begannen.

"Okay … na ja, ich muss dann auch mal wieder rein, damit wir fertig werden", antwortete sie hörbar verwirrt.

"Gut, du kommst dann später, oder?" Diesmal erklang das Lachen aus einer anderen Ecke des Raumes.

"Ja, ich denke, so in zwei Stunden. Ich liebe dich."

Im Raum hätte man eine Stecknadel fallen hören können. Das sagte deutlich, dass die Jungs nicht nur ihn, sondern auch sie hören konnten.

"Dylan?"

Er würde sich jetzt wirklich gern in Luft auflösen, weil er genau wusste, was seine nächsten Worte auslösen würden. "Ich liebe dich, Babe." Sie verabschiedete sich, dann legte er auf. Er hielt den Blick stur auf sein Handy gerichtet.

Als würde das etwas ändern!

Sean machte Kussgeräusche und die ganze Gruppe brach in schallendes Gelächter aus.

Seufzend lehnte er sich zurück. Das würde einer der schlimmsten Abende seines Lebens werden. Keiner dieser Spaßvögel konnte auch nur ansatzweise verstehen, wie er sich fühlte, und sie würden sich den ganzen Abend über ihn lustig machen.

"Also los, bringen wir es hinter uns. Raus mit eurem dummen Gequatsche, dann können wir uns wieder dem Football zuwenden", knurrte er.

Dass die anderen daraufhin nur noch mehr lachten, verhieß absolut nichts Gutes.

LUNA

Kurzfristig hatte sich das Getuschel um sie und Dylan auf den Unifluren gelegt. Alle hatten sich auf das Foto gestürzt, das von Dylan und der Brünetten geschossen worden war. Erst recht, nachdem die Frau ihr Selfie, das sie zusammen mit Dylan gemacht hatte, in den sozialen Netzwerken verbreitet hatte.

Luna war sehr erleichtert, sich nur noch mit Peter auseinandersetzen zu müssen, der ja die Wahrheit kannte. Leider war Dylan absolut nicht ihrer Meinung gewesen. Im Gegenteil, er war mehr als nur sauer über diese ganzen Spekulationen um ihn und die Frau.

Am Mittwochabend hatte er dann freudestrahlend verkündet, dass er eine Pressemitteilung herausgegeben hatte, die die ganze Situation klarstellte.

Er konnte absolut nicht verstehen, dass Luna das total gegen den Strich ging. Sie hatten sich kurz ziemlich heftig deswegen gestritten, bis er schließlich eingesehen hatte, dass es nicht der beste seiner Einfälle gewesen war.

Der Donnerstag an der Uni glich einem Spießrutenlauf. Spätestens jeder dritte Student hatte sie drauf angesprochen, ob die Gerüchte, dass sie und Dylan zusammen waren, der Wahrheit entsprachen. Sie würde Peter umbringen, denn er war der Einzige, der diese Gerüchte in Umlauf gebracht haben konnte.

DYLAN

Luna war sauer, als sie am Donnerstagabend zu ihm kam. Mittlerweile hatte er eingesehen, dass es nicht gerade seine beste Idee gewesen war, die Pressemitteilung herauszugeben, aber diese Tussi hatte ihm den letzten Nerv geraubt! Als wäre sie auch nur annähernd mit Luna zu vergleichen!

"Es war furchtbar!", maulte sie und stocherte in den Nudeln, die er vom Set mitgebracht hatte. Das hatte sie ihm schon am Mittag am Telefon gesagt, als sie ihn mehr als nur schlecht gelaunt angerufen hatte.

"Es tut mir leid, Babe. Ich hab mich darum gekümmert, okay? Morgen wird alles wieder in Ordnung sein."

Zumindest für sie. Widerwillig hatte er der Kampagne zugestimmt, die Tarik schon seit zwei Wochen von ihm wollte, um seinen Film noch besser zu promoten. Nichts funktionierte besser als ein Gerücht über eine Affäre zwischen den Hauptdarstellern eines Liebesfilms.

Nur wusste dann leider immer noch niemand, dass Luna ihm gehörte. Darum würde er sich als Nächstes kümmern.

"Meistens, wenn du so etwas sagst, wird es danach noch schlimmer ...", murmelte sie und sah ihn zweifelnd an.

Dylan verdrehte die Augen. "Hab ein bisschen Vertrauen in mich, Babe." Dann kramte er die Bilder von Sharon und ihm hervor. Luna sollte sie sowieso vorher sehen, nicht, dass sie noch falsche Schlüsse aus dieser Promotiongeschichte zog.

"Hier, die Bilder werden heute Nacht noch in den sozialen Netzwerken platziert. Damit wird jeder denken, ich hätte was mit Sharon, und sie lassen dich wieder in Ruhe."

Luna lächelte ihn aufrichtig an und gab ihm dann einen kleinen Kuss. "Danke, Dylan."

Wie kam es nur, dass Luna diese ganzen Dinge so viel professioneller sehen konnte als er? Für sie reichte es vollkommen, dass sie wusste, was vor sich ging. Dylan wollte ihre Beziehung lieber in die ganze Welt hinausschreien. Sobald sie mit dem Studium fertig war, würde er das ändern.

Dann gab es keine Ausreden mehr und bis dahin musste er sich einen Notfallplan überlegen!

<u>LUNA</u>

Der Freitag an der Uni verlief wieder deutlich ruhiger. Wenn überhaupt, bekam sie nur mittleidige Blicke, als wäre sie das Mädchen, das vom Popstar fallen gelassen wurde.

Vielleicht würde sie das eines Tages auch sein, aber dann musste sie ihren Kummer wenigstens nicht auch noch mit der Öffentlichkeit teilen.

Samstagabend bestand Dylan darauf, dass sie zum Essen ausgingen. Luna hatte nicht wirklich Lust darauf, vor allem aus Angst, dass sie jemand zusammen sehen würde und sie sich in irgendeiner Zeitung wiederfand. Aber Dylan war absolut nicht umzustimmen und bestand auf dieses Date.

Er wollte auf jeden Fall all die Dinge tun, die man als Paar nun mal machte, und ein Essen bei Kerzenschein schien für ihn zwangsläufig dazuzugehören.

Er hatte ihr sogar ein knielanges, dunkelblaues Kleid besorgt, da er in irgendeinen noblen Schuppen gehen wollte, wo man in Shorts nicht gern gesehen war.

"Nicht einmal Dylan Jones darf in Shorts rein?", fragte sie spöttisch.

"Ich könnte es darauf anlegen, aber ich möchte nicht mehr Aufmerksamkeit als nötig." Dann grinste er schelmisch. "Deshalb ist dieses Kleid auch so lang."

Luna verdrehte die Augen.

Die meisten ihrer eigenen Kleider waren kürzer. Irgendwie wirkten ihre Beine dann immer länger … zumindest bildete sie sich das ein.

"Und da wird uns wirklich niemand sehen?", hakte sie noch einmal nach, während Fynn den Wagen schon vor dem riesigen Glasgebäude hielt.

Als normal würde sie dieses Date wirklich nicht bezeichnen. Das Gebäude protzte nur so vor Luxus, sie ging mit Dylan Jones essen und hatte einen Bodyguard, der sie zum Restaurant fuhr. Nein, eindeutig kein normales Date!

Fynn hielt ihnen die Wagentür auf und Dylan half ihr beim Aussteigen. Er führte sie durch die riesigen Glastüren, die von Männern in Hoteluniform aufgehalten wurden.

"Es muss dir wirklich peinlich sein, mit mir gesehen zu werden", sagte er gut gelaunt. Luna verdrehte über seinen neckenden Ton nur die Augen. "Nein, Babe. Das ist ein exklusiver Club. Da kann niemand sein, der ein Foto machen könnte. Entspann dich", sagte er dann und lächelte sie beruhigend an. Er legte eine Hand auf ihren unteren Rücken und führte sie zu einem komplett verspiegelten Fahrstuhl, der sie zum Restaurant im obersten Stock bringen würde.

"Das ist irgendwie gruselig, oder?", fragte sie, als der Fahrstuhl sich in Bewegung setzte.

Dylan küsste sie auf die Schläfe. "Ich mag es, dich von allen Seiten zu sehen. Ich überlege, mein Schlafzimmer so machen zu lassen."

Geschockt sah sie zu ihm auf und Dylan lachte laut los. "Ich kenne sowieso schon jeden Zentimeter deines Körpers, Babe."

Sie verzog das Gesicht. "Aber nicht gleichzeitig … das ist noch viel gruseliger!"

Er lachte noch immer, als die Fahrstuhltüren sich öffneten.

"Mr. Jones, Ihr Tisch steht bereit, Sir." Der Kellner hatte Dylan sofort erkannt und bedeutete ihnen, ihm zu folgen.

Das Restaurant sah wirklich nobel aus. Kellner in schwarzen Anzügen, weiße Tischdecken und Stoffservietten.

Wahrscheinlich sollte sie einige dieser Menschen kennen, die hier an den Tischen saßen, ihre Freundinnen würden es bestimmt. Luna entdeckte kein bekanntes Gesicht, dafür nickte Dylan vielen im Vorbeigehen freundlich zu.

Dylan ließ es sich nicht nehmen, ihr selbst den Stuhl zurechtzurücken. Es fühlte sich gut an, als wäre sie jemand wirklich Wichtiges für ihn.

"Woher kannst du das?" Fast schon beeindruckt lächelnd sah sie zu ihm auf.

"Was?", fragte er verwirrt und setzte sich ebenfalls an den Tisch.

"So ein … Gentleman sein. Ich meine, du hast doch gesagt, du hattest noch nie eine Freundin", sagte sie.

Dylan grinste schief. "Was nicht bedeutet, dass ich nicht weiß, wie man eine behandelt."

"Und das weißt du woher?", hakte sie neugierig nach.

"Von meinen Eltern. Sie sind eindeutig ein Vorzeigepaar und meine Mum hat mich gut erzogen."

Luna horchte auf. Er hatte noch nie über seine Familie gesprochen. "Wo leben sie?"

"Auf Hawaii. Sie sind schon vor ein paar Jahren dorthin gezogen. Als ich immer berühmter wurde, ist ihnen der ganze Trubel irgendwann zu viel geworden. In zwei Monaten habe ich Drehschluss, dann können wir hinfliegen, wenn du willst."

Luna verschluckte sich an dem Wasser, das sie in diesem Moment trank. Er wollte sie seiner Familie vorstellen? Doch Dylan lachte nur. "So schlimm ist das jetzt auch nicht, oder?"

Doch, irgendwie schon … denn das bedeutete, dass er von ihr früher oder später dasselbe erwarten würde.

"Klar, warum nicht", murmelte sie und war froh, dass in diesem Moment der Kellner kam, um ihre Bestellung aufzunehmen.

Dylan bestellte einen Wein und der Kellner erläuterte danach das Tagesmenü, für das sich sowohl Dylan als auch sie selbst sich entschieden.

Der Wein wurde gebracht und Dylan probierte ihn. Nachdem er genickt hatte, schenkte der Kellner ihnen ein. Dann hob Dylan sein Glas. "Auf uns", sagte er leise. Seine Augen funkelten auf diese eine ihm ganz eigene Art.

"Auf uns", gab Luna lächelnd zurück. Sie setzte ihr Glas an und trank einen Schluck.

Vielleicht hatte Dylan recht. Es war ein wunderbarer Abend, und sie konnte ihn bei einem romantischen Essen mit dem Mann, den sie liebte, verbringen. Hier oben, fern von all den Paparazzi, würde sie den Abend wirklich genießen können.

"Ich hab noch was für dich." Dylan kramte in seiner Jackentasche und zog ein kleines, quadratisches Samtkästchen hervor.

Luna verschluckte sich beinahe an ihrem Wein. Das war nicht, was sie dachte … oder?

Nein, nein, nein!

Er öffnete die kleine Schachtel und ein Platin-Ring mit einem zierlichen Diamanten kam zum Vorschein.

Das Weinglas rutschte aus ihrer Hand und zerbrach klirrend am Boden. Doch das Geräusch nahm sie nur durch Watte wahr, so tief saß der Schock.

Das konnte doch nicht sein Ernst sein! Sie waren gerade mal fünf Wochen zusammen! Sie versuchte tief Luft zu holen, aber ihr Atem schien nicht bis in ihre Lungen vordringen zu wollen.

Besorgt sah Dylan sie an. Sein Mund bewegte sich, aber sie hörte nur das Rauschen ihres Blutes in ihren Ohren.

Den Kellner, der erschien, um die Sauerei zu entfernen, nahm sie kaum wahr. Sie konnte nichts anderes tun, als mit rasendem Herzen Dylan anzusehen, der noch immer auf sie einsprach.

Dann stand er auf, packte sie um die Taille und zog sie auf die Dachterrasse. Die Blicke der anderen Gäste und des Personals folgten ihnen, während er sie durch die Glastür nach draußen schob. Die kühle Luft half ihr sofort, ihre Gedanken wieder ein klein wenig besser sortieren zu können.

Wie konnte er das nur machen? Wie konnte er nur auf die Idee kommen, eine Heirat nach fünf Wochen wäre völlig in Ordnung? Natürlich liebte sie ihn, aber sie kannten sich doch kaum!

Auf einmal wog sein Arm um ihre Taille schwer wie Blei. Sie fühlte sich gedrängt und erdrückt. Schnell machte sie sich von ihm los.

"Das ist nicht dein Ernst!", keuchte sie und deutete dabei anklagend auf Dylan.

"Was denn?", fragte er sichtlich verwirrt.

"DAS!" Ihre Stimme klang verdächtig nach einem hysterischen Kreischen, als sie auf das Restaurant zeigte.

"WAS?" Dylan sah sie an, als hätte sie nicht mehr alle Tassen im Schrank. So fühlte sie sich auch.

"Ich kann dich nicht heiraten!" Wenn überhaupt, sah er jetzt noch verwirrter aus.

"Das habe ich dich auch nicht gebeten", sagte er und zuckte mit den Schultern. "Aber schön zu wissen, wie furchtbar begeistert du reagiert hättest."

"Wir sind gerade mal fünf Wochen zusammen, Dylan!", erwiderte sie.

Er warf die Hände in die Luft. "Ich frage dich doch gar nicht, ob du mich heiraten willst!"

Einen Moment lang starrten sie sich schweigend an. Dann ließ Luna die Schultern sinken. Sie musste sich beruhigen. "Was war das dann?" Sie deutete zurück zum Lokal.

"Ein Geschenk", sagte er und verschränkte die Arme vor der Brust.

Plötzlich sah er so aus, als würde sie ihn in die Defensive drängen. Augenblicklich verspannte sie sich wieder. Was zum Teufel hatte Mr. Ego nun schon wieder vor?

"Dein *Geschenk*, sieht einem Verlobungsring verdammt ähnlich", brummte sie unwillig und versuchte sich selbst zu beruhigen. Er wollte ihr keinen Antrag machen, also gab es auch keinen Grund, auszuflippen.

"Weil es einer ist, ohne einer zu sein", sagte er, ohne sie direkt anzusehen. Genau genommen mied er ihren Blick sogar geflissentlich.

"Wenn du noch mehr in Rätseln sprichst, kannst du bei einer dieser Astrohotlines im Fernsehen arbeiten!", zischte sie und wünschte sich wirklich, dass Dylan nicht immer alles komplizierter machen würde, als es sowieso schon war.

Dylan funkelte sie wütend an. "Die Verkäuferin sagte, es sei einer, aber ich habe ihn nicht deshalb gekauft."

Luna stöhnte. "Warum dann?"

"Als Geschenk", gab er zurück, als wäre sie begriffsstutzig, dabei war er es doch, der vollkommen wirres Zeug redete.

"Man verschenkt so einen Ring nicht, ohne dass er eine Bedeutung hat, Dylan! Dir muss doch klar sein, wie das aussieht!" Dieser Mann trieb sie wirklich in den Wahnsinn. Ständig tat er Dinge, die sie absolut nicht verstand.

"Natürlich hat er eine Bedeutung!", blaffte er unwillig.

"Und zwar?", fragte sie herausfordernd. Plötzlich wirkte er unsicher und rieb sich über den Nacken.

"Dylan", forderte sie.

Er seufzte. "Na ja, ich dachte, wenn er aussieht wie ein Verlobungsring, wäre er das optimale Besetzt-Zeichen."

Fassungslos starrte sie ihn an. "Das ist nicht dein Ernst."

Er zuckte hilflos mit den Schultern und sah dabei irgendwie süß aus.

Ganz langsam entspannten sich ihre Muskeln wieder. Er war verrückt, aber zumindest nicht verrückt genug, zu denken, dass sie nach fünf Wochen heiraten konnten.

"Ich kann ja nicht rumlaufen und ihnen sagen, dass du mir gehörst … ich sagte doch, ich lass mir was einfallen."

Luna konnte ein Lächeln nicht unterdrücken. "Hättest du einfach etwas gesagt, hätten wir dieses Drama echt vermeiden können", sagte sie und lehnte sich gegen das Balkongeländer.

Er sah sauer aus. "Es sollte eine Überraschung sein. Woher sollte ich denn wissen, dass du allein bei dem Gedanken, mich zu heiraten, so ausrasten würdest!"

Herausfordernd hob sie eine Augenbraue. "Und was hättest du gemacht, wenn ich dir freudestrahlend um den Hals gefallen wäre und Ja gesagt hätte?"

"Ähm … ja … so weit habe ich nicht geplant", brummte er.

Luna lachte. "Du bist verrückt, weißt du das?"

Schief grinste er zurück. "Ich bin nicht gut in diesen Dingen, oder?"

"Nein, wirklich nicht", gab sie zu. Genau genommen war er eine echte Katastrophe in diesen Dingen. Wahrscheinlich passten sie deshalb so gut zueinander.

"Könntest du jetzt herkommen, mich küssen und mir sagen, dass du mich trotzdem liebst?", bat er und grinste sie auf diese ihm eigene, absolut nicht zu widerstehende Art an.

"Natürlich tue ich das", sagte sie sanft, ging zu ihm und schlang ihre Arme um seine Mitte.

Er küsste sie zärtlich auf die Lippen.

"Das ist gut, ich finde, meine Bemühungen sollten zumindest honoriert werden", antwortete er selbstsicher.

Lächelnd schüttelte sie den Kopf. "Du bist wirklich verrückt. Durch und durch", sagte sie und küsste ihn noch einmal.

"Ich werte das als gut-verrückt." Er grinste und ließ seine Hände von ihrer Taille zu ihrem Hintern wandern. Es fühlte sich aber viel zu gut an, um ihn wirklich von dieser Ablenkung abzuhalten.

"Dein Ego ist unerschütterlich, Dylan Jones." Aber das machte ihn nicht weniger liebenswert.

"Und jetzt sag mir, dass du meinen Besetzt-Ring tragen wirst." Er klang einschmeichelnd, aber sie wusste ganz genau, dass er so lange in sie bohren würde, bis sie ihm diesen Wunsch erfüllte. Einen Wunsch, den sie ihm sowieso niemals abstreiten würde, weil sie es genauso sehr wollte wie er selbst.

Sie lehnte ihre Stirn an seine Brust. Sie liebte ihn wirklich. Sie liebte einen Idioten. Und weil sie sich dessen bewusst war, nickte sie und genoss es, wie sein großer Körper sich erleichtert entspannte.

11 VERGANGENHEIT

DYLAN

Viel besser könnte sein Leben gar nicht mehr sein. Er hatte einen tollen Job, eine perfekte Familie, einmalige Freunde und jetzt auch noch Luna. Luna machte sein Leben komplett … wenn sie denn gerade da war.

Ungeduldig wartete er darauf, dass sie endlich zu ihm nach Hause kam. Wenn alles gut lief, war an diesem Tag ihr letztes Treffen mit Peter. Er hasste Peter. Aus keinem besonderen Grund, Peter hatte ihm theoretisch nichts getan, außer dass er viel zu viel Zeit von Luna in Anspruch nahm. Und das wiederum war Grund genug, ihn nicht zu mögen. An einem Donnerstagabend hätte er Luna lieber für sich, als sie mit diesem Idioten zu teilen.

Nur noch heute!, beruhigte er sich selbst.

Er lehnte sich auf dem tiefen Ledersofa zurück und starrte auf den Fernseher.

Eine Frau tanzte an einer Poledance-Stange, während die beiden gealterten Agenten in dem

Tanzschuppen ihren nächsten geheimen Fall besprachen. Erst lauschte er noch der Unterhaltung der Agenten, dann verwandelte sich die blonde Frau an der Stange in Luna, und er stellte sich vor, er würde an diesem Tisch sitzen. Den zweiten Mann würde er leider umbringen müssen, aber dann könnte er sich ganz auf Luna und ihren sinnlichen Tanz konzentrieren.

"Ich bin zurück!" Lunas Stimme hallte vom Flur zu ihm herüber und riss ihn aus seiner Betrachtung des Filmes im Fernseher.

"Wohnzimmer!" Er öffnete seine Hose, um ein wenig Platz für seinen vom Kopfkino schon fast steifen Schwanz zu schaffen.

Lächelnd betrat sie das Wohnzimmer. Er drehte den Kopf, um sie mit seinen Blicken verfolgen und schließlich über seine Schulter hinweg beobachten zu können.

In dem kurzen, trägerlosen, gelben Sommerkleid sah sie anbetungswürdig aus. Okay, eigentlich sah sie immer wirklich anbetungswürdig aus, aber an Tagen wie diesem, wenn er auf sie warten musste, war es noch viel schlimmer.

Er griff in seine Hose und rückte seinen Schwanz zurecht. "Hey, Baby", sagte er mit rauer Stimme.

Sie stellte ihre Tasche auf den großen Esstisch und begann wie jeden Tag ihre Unterlagen zu sortieren.

Über die Rückenlehne des Sofas hinweg beobachtete er sie dabei und freute sich darüber, wie der kleine Diamant ihres Ringes an ihrem Finger in der Abendsonne glitzerte.

Es war ein kleiner Trost dafür, dass er nicht der ganzen Welt sagen konnte, dass sie ihm gehörte.

Eines Tages würde er ihr einen richtigen Verlobungsring mit einem großen Diamanten schenken und sie bitten, seine Frau zu werden. Wenn sie erst einmal seinen Namen trug, wären alle Zweifel beseitigt.

"Ich habe schon fast nicht mehr damit gerechnet, aber wir haben es tatsächlich geschafft", erzählte sie begeistert.

Dylan konnte nur ihren verführerischen Arsch in diesem kurzen Kleid bewundern. Langsam massierte er seinen Schaft, während er ihrer Stimme lauschte, ohne ein einziges ihrer Worte zu verstehen.

Sie drehte sich zu ihm um und hob eine Augenbraue. "Hast du mir zugehört?"

Er grinste. "Ich kann mich nicht konzentrieren, wenn ich blaue Eier habe", sagte er entschuldigend.

"Soll das heißen, wir müssen erst Sex haben, bevor du mir zuhören kannst?" Sie klang eindeutig belustigt, also ließ er sich nicht von seinem Vorhaben abbringen.

"Das würde die Sache wesentlich einfacher machen", gab er grinsend zurück. "Komm zu mir, Babe."

Luna schüttelte den Kopf. "Du bist ein Macho!" Dennoch schwang sie ihre schönen vollen Hüften in seine Richtung.

Zwischen seinen gespreizten Beinen blieb sie stehen. Sie sah so verführerisch aus, dass er seine Hände nicht bei sich behalten konnte. Sanft streichelte er über die Außenseiten ihrer Oberschenkel.

"Du bist heißer, als gut für mich ist, Luna. Dreh dich für mich", raunte er.

Aufreizend langsam drehte sie ihm ihre verführerische Rückseite zu.

Er schob das enge Kleid nach oben und bewunderte ihren prallen Arsch, der kaum von dem kleinen String bedeckt wurde.

Dann beugte er sich nach vorn und küsste ihn ausgiebig, während er sich Shorts und Hose über die Knie schob.

Er fuhr die Länge seines Schwanzes auf und ab, während er ihr den String nach unten zog und dann ihre feuchte Spalte streichelte. Er konnte es kaum erwarten, endlich in ihr zu sein.

An ihren runden Hüften drehte er sie zu sich um und zog sie mit einem kräftigen Ruck auf seinen Schoß. Sie keuchte erschrocken auf, als sie rittlings auf ihm landete.

"Ich hab dich vermisst", raunte er und befreite ihre Brüste vom Kleid. Dann saugte er einen der harten Nippel in seinen Mund.

Luna stöhnte und bog sich ihm entgegen. Er spürte die Nässe an seinem Schwanz, was ihn nur noch heißer auf sie machte.

Er musste jetzt unbedingt in ihr sein, sie spüren und alles genießen, was sie ihm gab. Eine Hand unter ihren Hintern gelegt, hob er sie ein Stückchen an und positionierte die Spitze seines Schwanzes an ihrer Öffnung.

Langsam schob er sich in sie. Es fühlte sich so verdammt gut an, so heiß, so nass, so eng. Er packte ihre Hüften und drückte sie tiefer. Dann plötzlich erstarrte sie.

"Kondom", krächzte sie und versuchte sich wieder zu erheben.

Dylan hielt sie fest.

"Die Tests sind da, ich bin sauber, alles okay."

"Nein." Das einzige Wort, das er in diesem Moment wirklich nicht hören wollte.

"Luna", stöhnte er gequält, weil sie sich so verdammt gut anfühlte. "Komm schon, Babe, es kann doch nichts passieren", beschwor er sie. Lockend ließ er sein Becken kreisen, versprach ihr stumm, wie unglaublich gut es werden konnte. Beinahe augenblicklich verschleierte sich ihr Blick, und er sah, wie verdammt heiß auch sie auf ihn war. Er beugte sich nach vorn und saugte abermals an einem ihrer Nippel. Eine Hand schob er auf ihre Klit und stimulierte sie vorsichtig mit den gleichen kreisenden Bewegungen, die seine Hüften vollführten.

Luna keuchte und ihre Hände krallten sich in seine Schultern.

Fast schon unbewusst begann sie ihr Becken zu bewegen. Ihre inneren Muskeln massierten seine Schwanzspitze so hart, dass er an ihrer Brust stöhnen musste. Er legte den Kopf zurück an die Rückenlehne und sah sie unter halb geschlossenen Lidern an. Lange würde er sich nicht mehr zurückhalten können. Er musste sie einfach haben, jetzt sofort, ohne Aufschub.

Vorsichtig hob er ihr sein Becken entgegen, stieß in sie und genoss die heiße, samtige Enge in ihr. Luna stöhnte laut auf und ihr Unterleib krampfte sich zusammen.

"Ich will nicht, dass du in mir kommst", keuchte sie. Er verstand nicht warum, aber er hätte so ziemlich allem zugestimmt, nur um endlich in ihr zu sein.

"Versprochen", stöhnte er und stieß noch tiefer in sie.

Im gleichen Atemzug ließ sie sich mit einem Ruck auf seinen Schwanz fallen, nahm ihn bis zur Wurzel in sich auf und hielt ihn in einem festen Griff gefangen.

"Gott, verdammt!", keuchte er und krallte sich in ihren Hüften fest, damit sie sich nicht weiterbewegen konnte. Sie fühlte sich einfach zu verdammt perfekt an.

"Dylan", stöhnte sie und ließ ihr Becken auf ihm kreisen. Es machte ihn verrückt und raubte ihm jede Selbstbeherrschung.

Er schlang seine Arme um ihre Mitte und drehte sie auf den Rücken, dann begann er schnell und heftig in sie zu stoßen.

Ihre Beine schlangen sich augenblicklich um seine Hüften und ihre Fingernägel kratzten scharf über seinen Rücken. Der leichte Schmerz turnte ihn nur noch mehr an.

Immer schneller stieß er in sie, war völlig machtlos gegen dieses atemberaubende Gefühl. Es raubte ihm den Verstand und ließ nur noch für den Gedanken Platz, mehr davon zu bekommen. Mit jedem berauschenden Stoß, mit dem er seinen Schwanz tief in ihr versenkte, stieg seine Gier nach ihr ins Unermessliche. Als sie kam, krampften sich ihre Muskeln fest um ihn herum zusammen und rissen ihn augenblicklich mit über die Schwelle zu seinem Orgasmus.

Laut stöhnte er ihren Namen, stieß ein ums andere Mal in sie und ergoss sich schließlich in brennend heißen Schüben in ihr.

Seine Arme zitterten vor Anstrengung, dann ließ er sich langsam auf sie sinken. Sein Herz hämmerte schnell in seiner Brust und sein Atem kam in unregelmäßigen keuchenden Stößen.

Ihre Pussy zuckte noch immer, und er konnte sich nicht beherrschen, noch ein paarmal in ihre nasse Hitze zu stoßen und sich fest in sie zu pressen. Es fühlte sich so verdammt gut an.

Plötzlich bemerkte er, wie sie unter ihm erstarrte. Dann pressten sich ihre Hände gegen seine Brust, bis er nachgab und sich auf die Ellenbogen aufrichtete.

Ihre Augen waren weit aufgerissen und sie sah ihn panisch an. "Das hast du nicht getan", flüsterte sie, doch Dylan verstand nicht, was sie meinte. Dann schlug sie ihm auf die Brust. "Das hast du nicht getan!", schrie sie. Von der Heftigkeit ihrer Reaktion erschrocken, zog Dylan sich aus ihr zurück.

Langsam dämmerte ihm, was er ihr noch vor wenigen Minuten versprochen hatte. Sie hatte ihn gebeten, nicht in ihr zu kommen, und er hatte es dennoch getan.

Erneut schlug sie ihm auf die Brust. "Du hast es versprochen! Wie konntest du nur!", schrie sie und schob sich unter ihm hervor.

"Es … es tut mir leid, Babe. Ich habs vergessen. Ist doch nicht schlimm, du nimmst doch die Pille und …" Doch anstatt sich zu beruhigen, schien sie nur noch hysterischer zu werden. Sie schlug nach ihm und sprang dann plötzlich auf. Sie rannte so schnell aus dem Zimmer, dass er keine Chance hatte, nach ihr zu greifen. Er rappelte sich auf und folgte ihr augenblicklich. Zwei Stufen auf einmal nehmend, rannte er die Treppe hinauf.

Doch als er im Schlafzimmer ankam, war sie nirgends zu sehen. Da hörte er, wie die Dusche angestellt wurde.

"Luna?", fragte er laut und klopfte an die Badezimmertür.

Sie antwortete nicht. Was zum Teufel lief gerade schief? Es war doch alles halb so schlimm. Das Rauschen der Dusche hörte er durch die geschlossene Tür und, wenn er ganz genau hinhörte, auch ihr leises Schluchzen. Irgendwas war voll und ganz in die Hose gegangen.

"Luna!", rief er beunruhigt und klopfte fester gegen die Tür.

"Geh weg!", schrie sie und ihre Stimme klang von Tränen erstickt.

Niemals. Was auch immer gerade passierte, er war sich sicher, dass er sie dadurch verlieren konnte.

Allein der Gedanke sorgte dafür, dass sich seine Kehle zuschnürte und sein Herz zu rasen begann. Er würde nicht mehr ohne sie sein. Er konnte nicht mehr ohne sie sein.

"Luna, mach auf, oder ich trete die Türe ein!", schrie er, jetzt selbst der Verzweiflung nahe.

Sie antwortete nicht, aber ihr Schluchzen schien lauter. Sein Atem ging schwer. Die Hilflosigkeit erdrückte ihn.

Verzweifelt spähte er durch das Schlüsselloch und sah sie in der begehbaren Dusche am Boden sitzen. Sie hatte das Gesicht in den Händen verborgen und ihr Körper bebte.

Er konnte keinen Moment länger warten, musste jetzt sofort zu ihr. Erst warf er sich mit der Schulter gegen die Tür; den Schmerz, der dabei durch seinen Körper schoss, ignorierte er. Er wollte zu ihr, sie in den Arm nehmen und ihr versichern, dass er alles wieder hinbekommen würde. Nach zwei weiteren Versuchen mit der Schulter trat er einige Male heftig mit dem Fuß dagegen. Sie bewegte sich kaum, hatte aber zumindest einen kleinen Spaltbreit nachgegeben.

Hektisch sah er sich im Zimmer um, er brauchte etwas, mit dem er die Tür aufstemmen konnte. Sein Blick irrte umher, bis er am Fenster hängen blieb. Dann riss er die massive Vorhangstange herunter und benutzte sie, um die Tür aufzuhebeln.

Endlich gab das Schloss nach und die Tür flog auf. Keuchend stand er im Türrahmen und sah auf Luna herab, die ihn mit weit aufgerissenen Augen ansah.

Ihre verweinten Augen waren rot geädert und geschwollen. Noch immer saß sie am Boden, die Beine fest an ihre Brust gezogen. Nie im Leben hatte ihm ein Anblick mehr Schmerz bereitet. Er rannte zu ihr und ließ sich neben ihr auf die Knie fallen. Sofort schob sie ihn abwehrend von sich, machte mehr als deutlich, dass sie ihn nicht in ihrer Nähe haben wollte.

"Geh weg!" Ihre Stimme war mehr Flehen als Befehl, was ihn nur umso härter traf.

Seine Augen brannten, als er seine Hände abermals nach ihr ausstreckte. Er wollte sie halten, ihr helfen und ihr versichern, dass alles wieder in Ordnung kommen würde.

"Luna", sagte er verwirrt, als sie von ihm weg, in die Ecke der Dusche rutschte. Sie sah so verzweifelt und durcheinander aus, dass sich sein Herz verkrampfte.

Neben ihr lag die Handdusche. Die großflächige Regendusche von der Decke war ebenfalls eingeschaltet. Als er ihr hinterherrutschte, kam auch er unter den Strahl. Das Wasser war eiskalt.

"Luna, was ist los?", fragte er verzweifelt und schob sich näher zu ihr.

"Lass mich in Ruhe." Sie klang so erschöpft, dass sich ihm der Magen zusammenzog.

"Nein. Lass mich dir helfen."

"Lass mich", schluchzte sie. Sie zitterte am ganzen Körper. Ob vor Kälte oder Angst wusste er nicht.

Er drehte das Wasser auf Warm, dann griff er, ungeachtet ihrer nach ihm schlagenden Hände, nach ihr und zog sie ganz nah an sich.

"Sch." Er presste sie fest an seine Brust. Ihre Reaktion brachte ihn so sehr aus der Fassung, dass er kaum noch Luft bekam.

"Es tut mir so leid, Babe. Es tut mir so unendlich leid", flüsterte er.

Egal, ob er sie verstand oder nicht, es war seine Schuld, dass sie sich so schrecklich fühlte. Es war ganz allein seine Schuld, dass sie weinte und schluchzte. Er presste sie fest an sich, hielt sie, auch wenn sie immer wieder mit ihrer kleinen Faust gegen seine Brust schlug. Er wollte sie dazu zwingen, ihm zu sagen, was los war, was vor sich ging. Ihre Verzweiflung brachte ihn um. Die Angst, sie zu verlieren, ließ sein Herz unregelmäßig schlagen und seinen Magen zu einem festen Knoten werden.

Irgendwann wurde ihre heftige Gegenwehr schwächer. Leider war er sich sicher, dass sie nur erschöpft war und sich nicht wirklich beruhigt hatte. Er zog sie zwischen seine Beine, streichelte ihren Rücken und ließ sie weinen.

"Warum hast du das getan?", flüsterte sie zwischen zwei Schluchzern.

"Es tut mir so leid, Babe. Aber es ist nichts passiert, es ist alles okay."

Sie stemmte sich wieder fester gegen ihn. "Das weißt du nicht! Das weißt du verdammt noch mal nicht!", zischte sie und wieder begann ihr Körper zu zittern.

Er fühlte sich vollkommen hilflos, hatte keine Ahnung, was er als Nächstes tun sollte. "Egal, was ist, wir finden eine Lösung", flüsterte er und küsste sie auf den Scheitel.

"Ich werde ihn nicht umbringen, ich werde ihn nicht noch mal umbringen." Sie bebte am ganzen Körper. Dylan verstand sie nicht, kein einziges Wort von dem, was sie da schluchzte.

"Wen, von wem redest du, Babe?", sagte er leise. Er musste sie verstehen, wenn er sie nicht verlieren wollte. Er konnte sie nicht gehen lassen, also musste er wissen, was sie meinte.

"Das Baby … ich kann es nicht wieder töten." Schmerzhaft krallte sie sich an seiner Schulter fest.

"Welches Baby, Luna. Wovon redest du?", fragte er eindringlich.

"Er war doch noch so klein und ich habe ihn umgebracht."

Ihre Worte ergaben keinen Sinn. Nicht für ihn. "Ich verstehe dich nicht, Luna", flüsterte er benommen. Er wollte ihr helfen, hatte aber keine Ahnung, wie er ihr diesen Schmerz nehmen sollte.

Eine Weile schluchzte sie einfach nur. Dylan hielt sie fest und ließ sie weinen. Er fühlte sich grauenhaft. Egal, woher das hier kam, er hatte es ausgelöst, weil er sein Versprechen nicht gehalten hatte.

Als ihr Weinen weniger wurde, zog er Lunas Kleid aus. Anschließend sein Shirt. Dann stand er mit ihr in den Armen auf, schaltete die Dusche ab und trug Luna zum Bett.

Mit ihr zusammen legte er sich hin und deckte sie beide zu. Sie waren nass, und Luna sollte nicht frieren, doch sie jetzt endlos abzutrocknen, kam auch nicht infrage.

"Was ist passiert, Babe?", flüsterte er und drückte sie eng an seine Brust. Er wusste nicht, ob sie noch immer weinte oder ob es Wasser war, das auf seine Brust tropfte.

"Ich habe ihn umgebracht." Ihre gewisperten Worte raubten ihm den Verstand.

"Wen, Luna?"

"Mein Baby", hauchte sie. "Ich habe sein Herz schon schlagen hören, trotzdem habe ich es umgebracht." Sie weinte wieder heftiger, aber es schien, als hätten diese Worte den Damm gebrochen. "Er war erst elf Wochen in meinem Bauch und ich habe ihn umgebracht. So klein, doch sein Herz war so stark."

Dylans Magen verknotete sich. Warum hatte sie das getan, wenn sie es nicht wollte? Warum hatte sie einer Abtreibung zugestimmt?

Er traute sich nicht zu fragen, wollte dieses bisschen Vertrauen, das sie ihm schenkte, nicht erschüttern.

"Ich habe ihn umgebracht", flüsterte sie erneut.

"Hast du nicht, Babe."

Was sollte er sagen? Er kannte sich absolut nicht aus mit diesem Thema, wusste nicht, wie er sie beruhigen konnte.

"Ich habe es zugelassen. Auch wenn ich es nicht wollte, ich habe mich nicht gewehrt. Ich bin schuld, dass der kleine Junge die letzten sechs Jahre nicht erleben konnte."

Er presste sie fester an sich. "Es ist nicht deine Schuld." Sechs Jahre … also war sie gerade einmal 16 gewesen, als sie die Abtreibung hatte vornehmen lassen.

"Aber ich habe es zugelassen", wiederholte sie. Es schien, als wäre sie in dieser Erinnerung gefangen.

"Du warst selber noch fast ein Kind, es war nicht deine Entscheidung, Luna", sagte er fest, versuchte sie ebenfalls davon zu überzeugen.

"Ich hätte mich früher von meinen Eltern lösen können, hätte ihnen sagen müssen, dass ich nicht das Recht habe, einen Menschen zu töten." Ihre Stimme zitterte.

"Luna … du warst noch zu jung. Woher hättest du das wissen sollen? Wie hättest du es ohne deine Eltern schaffen sollen?"

Sie schluchzte auf. "Er hat es nicht geschafft, weil seine Eltern … Timothy und ich … wir haben ihn im Stich gelassen. Wir haben ihn umgebracht. Ich habe …"

"Hör auf!", unterbrach er sie. "Es ist nicht deine Schuld! Du warst doch selbst noch ein Kind. Du hast es nicht besser gewusst."

Eine Weile weinte sie wieder leise. Dylan blieb nichts anderes übrig, als sie einfach nur zu halten und ihr beizustehen.

Irgendwann begann sie leise zu erzählen. Von ihrem ersten Freund, diesem Timothy, Captain der Footballmannschaft. Sie wurde schwanger und hatte es viel zu spät bemerkt. Ihre Eltern waren ausgeflippt. Sie war vollkommen allein. Ihre Eltern, Timothy und seine Eltern, alle hatten auf sie eingeredet und ihr immer wieder gesagt, dass sie das Kind abtreiben müsste. Sie hatten ihr gesagt, dass sie keine Chance hätte, erst ihre Ausbildung beenden müsste. Sie hatten so lange auf sie eingeredet, bis Luna schließlich dem Druck nachgegeben hatte.

Wut stieg in ihm auf. Wie hatten sie Luna nur zu dieser Entscheidung drängen können? Ihre Eltern hätten wissen müssen, was sie ihr damit antaten.

Luna bereute die Abtreibung. Tag für Tag bereute sie, dass sie dieses zerbrechliche Wesen in ihr getötet hatte. Hin- und hergerissen zwischen Wut und Mitgefühl lauschte er ihren Worten. Leise erzählte sie ihm von dieser schrecklichen Zeit und der Narbe auf ihrer Seele.

Dylans Herz schmerzte unglaublich. Er konnte sich nicht vorstellen, was sie seit sechs Jahren mit sich herumtrug. Ohne Hilfe, ohne Unterstützung. Für alle war das Thema mit der Abtreibung abgeschlossen, nur für Luna nicht. Sie quälte sich seitdem mit dem Gedanken, ihren eigenen Sohn getötet zu haben.

Als sie eine Weile schwieg und nur noch stumm vor sich hin weinte, schob er eine Hand unter ihr Kinn. Er drückte ihren Kopf in den Nacken und sah ihr fest in die Augen. "Es ist nicht deine Schuld, Luna. Du kannst ihnen allen die Schuld dafür geben, aber nicht dir, hörst du?"

Mehr Tränen stiegen in ihre Augen. "Ich kann das nie wieder tun, Dylan", flüsterte sie mit brüchiger Stimme.

Sanft küsste er sie auf ihre Lippen. Wie kam sie nur auf so eine Idee? Er würde niemals etwas von ihr erwarten, was ihr solch große Schmerzen bereitete.

"Ich würde das niemals von dir verlangen. Sollte es so kommen, dass du ein Baby von mir erwartest, würde ich alles tun, was nötig ist. Aber ich würde niemals von dir fordern, dass du es abtreiben lässt."

Lunas Unterlippe zitterte und weitere Tränen liefen über ihre viel zu blassen Wangen. Was ihre Eltern ihr damit angetan hatten, war unbegreiflich. Wie hatten sie Luna nur so im Stich lassen können?

Verzweifelt suchte er nach Worten. Was konnte er sagen, dass es ihr besser ging? "Ich schwöre es dir, Luna. Bei allem, was mir heilig ist. Ich werde dich nicht im Stich lassen. Egal, was passiert, du kannst auf mich zählen", sagte er so eindringlich wie möglich. Sie musste ihn verstehen, sie musste ihm einfach glauben und darauf vertrauen, dass er alles in seiner Macht Stehende tun würde, um sie glücklich zu machen.

Sie vergrub ihr Gesicht an seiner Brust. Ihr Körper bebte noch immer und die Tränen schienen kein Ende zu finden.

Es gab nichts mehr zu sagen. Er hatte ihr alles gegeben, was er konnte. Jetzt blieben ihm nur noch seine Arme, mit denen er sie halten konnte, und die Hoffnung, dass sie ihm glauben würde. Sie musste ihm einfach so weit vertrauen, dass er sein Wort hielt und bei ihr blieb, egal, was geschehen würde.

Vielleicht würde es auch einfach eine Zeit dauern, bis sie ihm glaubte. Vielleicht würde er ihr Tag für Tag beweisen müssen, dass sie sich auf ihn verlassen konnte.

Aber Luna war es wert, um sie zu kämpfen, sie war jede noch so große Hürde wert, die er für sie überwinden musste.

Stunden später wurde ihr Atem gleichmäßiger und sie fiel endlich in einen unruhigen Schlaf. Dylan lag noch lange wach und dachte darüber nach, was ihr angetan wurde.

Ihr Schmerz zerriss ihm das Herz und seine Gedanken wollten einfach nicht zur Ruhe kommen. Wie auch, wenn sie so sehr litt? Hatte sie deshalb damals behauptet, sie hätte keine Familie? Hatte sie mit ihrer Familie abgeschlossen und sich vollständig von ihnen gelöst?

Er könnte es verstehen. Sie hatten Luna im Stich gelassen, als diese sie am dringendsten gebraucht hätte, also verdienten sie sie nicht.

Ab sofort würde Dylan ihr eine Familie geben. Eine, auf die man sich wirklich verlassen konnte. Ihn selbst, seine Eltern und seine Freunde. Egal, wie bescheuert diese Idioten waren, sie waren loyal und würden es auch Luna gegenüber sein, wenn sie erkannten, dass Luna unwiderruflich an Dylans Seite gehörte.

Luna würde nie wieder das Gefühl haben müssen, allein zu sein und niemanden zu haben, der zu ihr stand, ganz egal, welche Entscheidungen sie traf.

Sanft streichelte er über ihre seidenweichen Haare. Luna war so viel mehr, als er auf den ersten Blick erkannt hatte. Sie war nicht nur eine wunderschöne, toughe Frau, sondern auch eine zarte Seele, die im tiefsten Inneren unglaublich stark war.

Dylan schlief noch tief und fest, als Luna am nächsten Tag erwachte.

Sie fühlte sich ausgezehrt und ausgehöhlt. Der emotionale Zusammenbruch am Vorabend hatte alles hervorgebracht, was sie seit Jahren tief in sich verschlossen hatte.

An manchen Tagen war der Verlust des kleinen Jungen ganz fern und sie konnte frei atmen. An anderen Tagen fühlte sie sich von ihrer Schuld verfolgt und sah in jedem kleinen Kind, das ihr begegnete, diesen einen Jungen, der heute noch leben könnte, wenn sie stärker gewesen wäre. Wenn sie es geschafft hätte, sich gegen ihre Eltern durchzusetzen.

Diese eine Entscheidung hatte etwas in ihr zerbrochen. Es war unwiderruflich kaputtgegangen. Es hatte nicht nur ihre Beziehung zu Timothy zerstört, sondern auch die zu ihren eigenen Eltern.

Seit diesem Tag konnte sie nichts als Verachtung für die Menschen empfinden, die sie zu diesem Schritt gedrängt hatten.

Sie hatte kein Wort mehr mit einem von ihnen gesprochen, konnte sie kaum ansehen, ohne zwischen Hass und Schmerz zerrissen zu werden.

Sobald es ihr möglich gewesen war, hatte Luna sie alle hinter sich gelassen und jeglichen Kontakt abgebrochen.

Das Schlimmste war aber, dass sie sich selbst dabei verloren hatte. Mit dem kleinen Jungen war ein Stück von ihr gegangen. Zurückgeblieben war nur eine Narbe auf ihrer Seele, die nie wieder verschwinden würde.

"Du steckst schon wieder mittendrin, oder?", flüsterte Dylan.

Nach dem gestrigen Abend wunderte es sie nicht, dass er sie so leicht lesen konnte. Er hatte den dunkelsten Fleck auf ihrer Seele gesehen. Irgendwie fühlte sie sich jetzt nackt vor ihm.

"Es wird nie ganz weggehen", gab sie genauso leise zurück, ohne zu ihm aufzusehen.

Seine warme, weiche Hand streichelte über ihren Rücken.

"Ich kann die Vergangenheit nicht ändern, Babe, aber ich kann dir versprechen, dass die Zukunft niemals das Gleiche für dich bereithalten wird. Nicht, solange du mich bei dir sein lässt", sagte er eindringlich.

Ihre Augen brannten, aber es fühlte sich nicht so an, als könnte ihr Körper weitere Tränen produzieren. Sie nickte stumm, schmiegte sich an ihn und genoss die Wärme und das kleine bisschen Sicherheit, das er ihr bot. Ihr war durchaus klar, dass die Wahrscheinlichkeit, trotz Pille schwanger zu werden, verschwindend gering war. Aber die Möglichkeit bestand.

Dylan küsste sie auf den Scheitel. "Eines Tages möchte ich ein Baby von dir, Luna. Sollte Gott uns dieses Wunder früher zuteilwerden lassen, dann werde ich mich freuen. Ich werde niemals von dir verlangen, dass du es abtreibst, nur weil es nicht in meinen Zeitplan passt, okay?", fragte er ernst.

Ihr Herz krampfte sich bei seinen Worten zusammen. Dachte er das wirklich so?

Sie sah zu ihm auf, musste in seinen Augen sehen, dass er es ernst meinte. Eine steile Falte hatte sich zwischen seinen Augenbrauen gebildet, und er sah sie an, als würde er versuchen, seinen Willen auf sie überzuleiten. Sie glaubte ihm. Jedes einzelne Wort.

"Okay", flüsterte sie.

Er zog sie wieder an sich, und sie meinte, seine Erleichterung körperlich spüren zu können. Im Gegensatz zu ihr war Dylan ein wundervoller Mensch, jemand, der das Wunder in jedem Baby erkannte. Sie hatte zu lange gebraucht, um es zu verstehen. Hatte dieses Leben zu leichtfertig beendet.

Vielleicht hatte er recht, vielleicht war sie einfach nur zu jung gewesen. Aber das half ihr nicht im Geringsten. Schlussendlich war es ihre eigene Entscheidung, ob nun beeinflusst durch ihre Eltern oder eben nicht.

12 NARBEN

DYLAN

Zwei Wochen waren seit Lunas Zusammenbruch vergangen. Zwei Wochen, in denen sie immer wieder einmal abwesend gewirkt hatte. Es brach ihm jedes Mal das Herz.

Meistens fiel sie in dieses Loch, wenn sie miteinander geschlafen hatten. Es kam ihm schlimmer vor, wenn sie sich zärtlich liebten. Dann schienen ihre Emotionen noch viel aufgewühlter zu sein, als wenn sie hart und ungestüm miteinander Sex hätten.

Es war Wochenende und sie saßen gemeinsam beim Frühstück. Ihre Stimmung war seit einigen Tagen fröhlich, also entschied er sich, ein nicht gerade einfaches Thema anzusprechen.

"Ich habe ein wenig im Internet gesurft", sagte er und tat so, als würde er sich intensiv mit seinem Toastbrot beschäftigen.

Dabei interessierte ihn der Toast im Moment einen Scheißdreck! Selbst wenn man ihn damit vollstopfen würde wie eine Mastgans, müsste er ihn wieder auskotzen.

"Wonach denn?", fragte sie und inspizierte die Wurstplatte.

Dylan biss sich auf die Unterlippe und atmete tief durch.

Jetzt oder nie!

"Ich habe eine Therapeutin rausgesucht, die auf Fälle wie deinen spezialisiert ist."

Die Zeit schien stillzustehen und Luna gab keinen Ton von sich. Er musste sich zwingen, aufzusehen. Die Gabel auf halbem Weg zur Wurstplatte verharrend, starrte sie ins Nichts.

Dylan nahm all seinen Mut zusammen und räusperte sich. "Es ist wichtig, Luna. Für dich … für uns", sagte er leise.

Sie lehnte sich zurück und legte die Gabel in Zeitlupe neben ihrem Teller ab.

Dann hob sie ganz langsam den Blick. Ihre blauen Augen fanden seine und ihre Blicke verhakten sich ineinander. Sie atmete schnell, ihr Brustkorb hob und senkte sich heftig. Dylan selbst tat sich schwer, nicht ebenso schnell zu atmen, aber er wollte ruhig wirken, ihr Sicherheit geben.

"Du hast recht", sagte sie und leckte sich dann nervös über die Lippen. "Ich brauche Hilfe."

Ganz langsam entspannte er sich. "Ich will nur, dass es dir gut geht, Babe. Das ist alles. Ich will, dass du dein Leben vollkommen genießen kannst. Ohne Angst, ohne Schuldgefühle."

Luna nickte und er sah den feuchten Glanz in ihren Augen.

"Ich will nicht, dass du so traurig sein musst", flüsterte er und streckte die Hand nach ihr aus. Eine Träne rollte über ihr Gesicht, dann kam sie um den Tisch herum und setzte sich auf seinen Schoß.

Dylan presste sie fest an sich, wie er es immer tat, wenn es ihr schlecht ging. Er hielt sie dann einfach nur fest an sich gedrückt, das schien ihr in diesen Momenten am besten zu helfen.

"Wie kann ein Mann nur so verdammt perfekt sein wie du", wisperte sie an seinem Ohr.

Lächelnd küsste er ihre Schläfe. "Ich bin alles andere als perfekt, aber für dich möchte ich es werden."

Das war genau das, was er sich jeden Tag aufs Neue vornahm. Er wollte der Mann sein, der für Luna perfekt war. Jemand, der ihrer würdig war und mit dem sie den Rest ihres Lebens verbringen wollte.

Er sollte so sein, dass sie ihn eines Tages heiraten würde und sie eine eigene kleine Familie hatten. Für sie wollte er sein, was sein Dad für seine Mum war. Die Liebe ihres Lebens.

"Ich werde am Montag einen Termin vereinbaren", sagte sie wenige Minuten später.

Er lächelte sie an. Luna war unglaublich stark, und mit ihr zusammen würde er alles schaffen. Er freute sich bereits auf den nächsten Abend. Seine Eltern waren zu Besuch gekommen, um Luna kennenzulernen.

Als er ihnen vor knapp zwei Wochen bei einem ihrer Skype-Gespräche von Luna erzählt hatte, wollten sie sich nicht davon abbringen lassen, Luna so schnell wie möglich persönlich kennenzulernen. Und zwei Wochen später waren sie bereits in der Stadt.

Mittlerweile konnte er sich wirklich auf das

Zusammentreffen freuen. Im ersten Moment hatte er leichte Panik bekommen. Nicht aus Sorge, dass sie von Luna nicht genauso hingerissen sein würden wie er, sondern weil er Angst hatte, dass sie Luna zu sehr bedrängen würden.

Als er von Luna erzählt hatte, hatte seine Mum plötzlich Tränen in den Augen gehabt und wirre Dinge gefaselt, von wegen, sie hätte sich solche Sorgen um ihn gemacht und dass er jetzt endlich zur Vernunft gekommen wäre.

Dylan verzog das Gesicht bei dem Gedanken daran.

"Alles okay?", fragte Luna und musterte ihn eingehend.

"Alles okay … versprich mir, dass du dich nicht von meinen Eltern verunsichern lässt", sagte er und versuchte dabei zu lächeln.

Die Art, wie Luna ihre schmalen Augenbrauen zusammenzog, sagte ihm, dass er seinen Job für einen Schauspieler nicht sonderlich gut machte.

"Ich bin nicht aus Zucker, Dylan … und wo wir schon mal dabei sind, es wäre schön, wenn du aufhören würdest, mich so zu behandeln." Mit ihrem Zeigefinger fuhr sie dabei die Konturen seines Gesichts nach. Ein kleines, weiches Lächeln umspielte ihre Mundwinkel.

"Du bist unglaublich schön", murmelte er und küsste ihre Fingerspitze, als sie erneut über seine Lippen fuhr.

"Lenk nicht vom Thema ab, Mr. Hollywood", neckte sie ihn.

"Ich versuche es, zählt das?", fragte er. Sie so entspannt zu sehen, zu wissen, dass sie sich bei ihm wohlfühlte, machte alles irgendwie besser. Er wollte nicht übervorsichtig mit ihr umgehen, aber ihr

Zusammenbruch war auch an ihm nicht spurlos vorübergegangen. Er versuchte es vor ihr zu verbergen … mit eher mäßigem Erfolg. Luna war ihm einfach zu wichtig, um sich keine Sorgen um sie zu machen.

"Es ist ein Anfang." Lachend schmiegte sie sich an ihn. Wieder fröhlich, wieder ausgelassen, so, wie er Luna am liebsten hatte.

LUNA

Nervös zupfte sie am Sonntagabend am Saum ihres Kleides. Sie hatte das Dunkelblaue gewählt, das Dylan ihr vor wenigen Wochen geschenkt hatte. Sie würden auch in dasselbe Restaurant gehen, in dem Dylan ihr den Besetzt-Ring geschenkt hatte. Lächelnd sah sie auf den feinen Platinreif hinunter.

"Er steht dir gut."

Sie hob den Blick und sah, dass Dylan sie vom Türrahmen aus beobachtet hatte. Langsam kam er auf sie zugeschlendert. Seine Hände hatte er tief in den Taschen seiner Anzughose vergraben und das weiße Hemd stand am Kragen wenige Knöpfe offen. Er sah zum Anbeißen aus, wie immer.

Bei ihr angekommen, schlang er seine Arme um ihre Mitte. "Ich bin froh, dass du ihn trägst", murmelte er in ihr Ohr und küsste sie dann auf den Hals.

"Ich dachte, damit hast du lediglich bewiesen, dass du immer bekommst, was du willst." Sie konnte sich nur allzu gut an seine Worte erinnern.

Dylan lachte auf. "Bei dir muss ich mir alles hart erkämpfen. Das macht mich nur umso stolzer, wenn ich dann einen Sieg erringe. Bist du bereit?"

Nein, das war sie eigentlich nicht. Aber Dylan hatte ihr versprochen, dass das nicht hieß, dass er auch unbedingt ihre Familie kennenlernen wollte. Er hatte eingesehen, dass ihre Eltern für Luna keine Familie mehr waren.

"Lass uns gehen, sonst kommen wir zu spät", sagte sie und zwickte ihn leicht in seinen Knackarsch.

DYLAN

Fynn hielt den Wagen vor dem *Finest Club*, in dem auch das Restaurant lag, in dem sie sich mit seinen Eltern treffen wollten.

So ruhig wie möglich stieg er aus dem Wagen und half dann Luna beim Aussteigen. Er war ein kleines bisschen nervös. Immerhin würden gleich die wichtigsten Menschen in seinem Leben zum ersten Mal aufeinandertreffen.

Um sich selbst zu beruhigen, küsste er Luna. Die vertraute Berührung und ihr absolut unvergleichlicher Geschmack erdeten ihn.

"Bereit?", fragte sie lächelnd, als wüsste sie genau, dass in seinem Inneren ein Sturm tobte.

"Natürlich."

"Deine schauspielerischen Leistungen waren schon mal besser, Mr. Jones."

Er gab ihr einen Klaps auf den Hintern, woraufhin sie nur laut auflachte.

"Das sieht gut aus, mein Junge." Eine schwere Hand landete auf seiner Schulter.

Schnell drehte er sich um und nahm seinen Vater in die Arme.

Die Sonne in Hawaii hatte seine Haut braun gebrannt und bildete einen umso stärkeren Kontrast zu den bereits grauen Haaren.

"Hey, Dad." Er löste sich von seinem Vater. "Das ist Luna", sagte er dann breit grinsend und ein klein wenig stolz, seinem Vater diese wunderschöne Frau an seiner Seite vorstellen zu können.

"Dylan!" Seine Mum zog ihn in ihre Arme, dann stellte er Luna ihr ebenfalls vor.

Fynn räusperte sich neben ihm und deutete auf einige Schaulustige, die das Treiben beobachteten. "Lasst uns lieber reingehen", drängte Dylan die anderen. Sie kamen seiner Aufforderung sofort nach.

Den Weg nach oben machten seine Eltern ihm und Luna Komplimente. Lunas Wangen waren schon ganz rot, also entschloss er sich, seine Eltern mit seiner Arbeit ein wenig abzulenken.

Es funktionierte … zumindest, bis sie alle am Tisch saßen und ihre Getränke hatten.

"Ich freue mich so für euch!", sagte seine Mutter mit glänzenden Augen.

"Mum!", beschwerte sich Dylan, als Luna schon wieder rot anlief.

"Ach, was denn! Ich freue mich eben. Ich habe mir immer Sorgen gemacht, dass all dieser Trubel um deine Karriere dir den Blick auf das Wesentliche vernebelt!"

Dann verstrickte sie Luna in ein Gespräch über ihr Studium und Dylan atmete erleichtert auf.

"Ein tolles Mädchen", sagte sein Dad und klopfte ihm wohlwollend auf die Schulter.

"Das ist sie", gab Dylan zurück und drückte Lunas Hand unter dem Tisch.

"Und wie soll es mit euch weitergehen?", fragte sein Dad dann leise nach. Dass es Dylan ernst mit Luna war, musste er nicht erwähnen. Sie war die erste Frau, die er seinen Eltern jemals vorgestellt hatte, also war allen klar, dass sie etwas Besonderes war.

"Solange Luna studiert, genauso wie jetzt auch", antwortete er. Auf den fragenden Blick seines Vaters hin sagte Dylan: "Das Studium könnte ein wenig unangenehm werden, wenn jeder wüsste, dass wir zusammen sind ..."

Sein Vater runzelte unwillig die Stirn. "Na und? Wenn etwas anstrengend ist und man es dennoch macht, erkennt man seinen waren Wert!", sagte er bestimmt.

Er hatte recht, dennoch wollte Dylan Luna nicht mehr aufbürden als nötig. Sie musste seinetwegen ohnehin schon eine Menge Abstriche machen.

Viele ganz alltägliche Sachen waren mit ihm einfach nicht möglich, und er ärgerte sich über diese verpassten Möglichkeiten.

Dylan war fest entschlossen, Lunas Leben so perfekt wie möglich zu machen. Er wollte ihr ganz normale Dates und Urlaube bieten, wollte zusammen mit seinen Freunden und ihr abhängen und Nachmittage am Strand genießen.

Wenn das bedeutete, dass er noch nicht der ganzen Welt verkünden durfte, dass Luna ihm gehörte, dann sollte es eben so sein.

Alles Weitere würde sich noch früh genug ergeben und sie konnten später immer noch alles in vollen Zügen genießen.

Nach einem wunderschönen, aber auch sehr anstrengenden Abend lagen sie zusammen im Bett.

"Deine Eltern sind toll", sagte sie leise, während sie Dylans Küsse auf ihrem Nacken genoss. Sie verbrachten jede freie Minute miteinander und dennoch konnte er seine Finger nicht von ihr lassen.

An ihrem Nacken spürte sie Dylans Lächeln. "Ja, das sind sie. Ein wenig peinlich manchmal, aber sonst nahezu perfekt."

Lunas Wangen wurden schon wieder rot, als sie daran dachte, wie Dylans Mum ihre Hand beim Verlassen des Restaurants genommen hatte und mit ein wenig schriller Stimme gefragt hatte: "Ist das etwa ein Verlobungsring?!" Weder sie noch sein Vater hatten Dylans stammelnder Erklärung, dass es sich eher um eine Art größerer Freundschaftsring handelte, Glauben geschenkt.

"Peinlich ist nicht das richtige Wort …", versuchte sie seine Eltern in Schutz zu nehmen.

"Du musst es nicht schönreden, Babe. Du kannst dich jetzt sowieso nur noch damit abfinden, dass du ihre Schwiegertochter in spe bist und ab sofort zur Familie gehörst." Sie hörte die Zufriedenheit in seiner Stimme, die sie auch fühlte.

Sie wäre mehr als glücklich, Teil dieser Familie zu sein, die mit ihrer eigenen nicht zu vergleichen war.

Sie drehte sich auf den Rücken und küsste Dylan auf den Mund. Seine Lippen waren warm und weich. Wie immer erwiderte er den Kuss sofort, ehe er sich zwischen ihre gespreizten Schenkel schob.

"Danke für diesen Abend, Dylan", sagte sie und streichelte über seine Wange.

Das Lächeln, das auf seinen Zügen lag, war unendlich weich. "Was auch immer dich glücklich macht, Babe, du sollst es haben." Dann küsste er ihren Hals und lenkte ihre Gedanken in ganz andere Bahnen. Sie würde niemals genug von seinen Lippen und seinen Händen auf ihrem Körper bekommen.

Sie schlang ihre Beine um seine Mitte und presste ihn fest an sich.

"Ich weiß, was uns beide in diesem Moment ziemlich glücklich machen könnte", flüsterte sie und knabberte dann an seinem Ohrläppchen.

Dylan lachte rau auf. Dann gab er ihr einen leidenschaftlichen Kuss, der ihr Herz schneller schlagen ließ.

13 SCHIEFGEGANGEN

<u>LUNA</u>

Das Klingeln ihres Handys riss sie aus einem tiefen Schlaf. Umständlich schälte sie sich aus Dylans Klammergriff.

"Wo willst du hin?", brummte er unwillig. Sie antwortete nicht, angelte nur neben dem Bett nach ihrem Handy und kuschelte sich zurück in seine Arme, während sie auf Annehmen drückte. "Hallo?"

"Wie zum Teufel konntest du uns das verschweigen!", kreischte Amira ins Telefon. Ihre Stimme war so laut, dass sogar Dylan unwillig die Augen öffnete.

"Wovon redest du?", fragte Luna und rieb sich über die müden Augen.

"Du bist verlobt?", fragte Amira, wobei es eher wie eine Anklage klang.

"Nein, wie kommst du darauf?", fragte Luna. Ihre Gedanken waren aber schon wieder bei Dylan, dessen Lippen über ihren Hals wanderten.

"Weil es in allen Zeitungen steht!", sagte Amira und Luna erstarrte sofort.

"Wie bitte?" Sie schob Dylan von sich, der sie daraufhin nur mit gerunzelter Stirn ansah.

"Ja, genau! Ein Bild von dir, Dylan und seinen Eltern, denen du gerade deinen Verlobungsring zeigst!"

"Es stimmt nicht, Amira. Den Ring hat Dylan mir schon vor einiger Zeit geschenkt … einfach so … wir waren gestern nur beim Essen."

Kurz herrschte Stille am anderen Ende der Leitung, dann atmete Amira lange aus.

"Okay. Also, nicht, dass ich es dir nicht gönnen würde, aber eine Information, die nicht aus der Zeitung kommt, hätte ich einfach erwartet", sagte ihre Freundin dann deutlich ruhiger.

Luna lächelte. "Wenn ich mich einmal mit Dylan verloben sollte, werdet ihr beiden die Ersten sein, die es erfahren. Versprochen."

"Wenn also … nur eine Frage der Zeit, hm?", hakte Amira nach.

Luna sah in Dylans sehr zufriedenes Gesicht, der ihre Unterhaltung genauestens belauscht hatte.

"Ja, so ist es. Ich liebe Dylan."

Seine Augen funkelten vergnügt und er zog sie auf seine Brust.

"Meine Beinahe-Verlobte muss jetzt Schluss machen, Amira. Kann sie dich später zurückrufen?", rief Dylan ins Telefon.

Amira lachte laut auf. "Alles klar, schau dir nur lieber die Nachrichten an, ehe du zur Uni gehst, Luna. Bis später!" Dann machte sie noch ein Küsschen-Geräusch und legte auf.

Luna setzte sich auf, und Dylan stöhnte, als sie dabei seine Morgenlatte berührte. Sie ignorierte ihn, als er nach ihren Hüften griff und sie fest auf seinen Schwanz drückte.

"Leg das Handy weg, Babe", sagte er rau und rieb sich leicht an ihr.

Luna grinste nur und öffnete Google, um die lokalen News zu suchen. Und tatsächlich. Ein Foto von Dylans Eltern, ihr und Dylan vor dem *Finest Club*.

"Verdammt", murmelte sie und hielt Dylan das Handy entgegen.

Der zuckte nur mit den Schultern. "Jetzt können wir eh nichts mehr daran ändern." Er griff in ihren Nacken und zog sie zu einem langen Kuss zu sich hinunter. Luna gab sich geschlagen. Er hatte recht. Daran ließ sich jetzt nichts mehr ändern, alles Weitere musste sie einfach aushalten.

Wenn sie sich schon diesem Spießrutenlauf an der Uni stellen musste, konnte sie wenigstens die guten Seiten einer Beziehung mit Dylan Jones ebenso genießen.

Also schmiegte sie sich eng an ihn und genoss seine Küsse und Berührungen.

DYLAN

Alles in allem hatte Luna die Schlagzeilen über ihre vermeintliche Verlobung sehr gut aufgenommen. Besser als seine Freunde und Arbeitskollegen. Den ganzen Vormittag lang musste er das immer selbe Gespräch führen.

Irgendjemand: "Du bist verlobt?!"

Dylan: "Nein."

Irgendjemand: "Was war das dann?"

Dylan: "Ich habe meine Verlobte in spe meinen Eltern vorgestellt."

Irgendjemand: "Du bist bald verlobt?"

Dylan: "Hoffentlich."

Irgendjemand: Hier bitte beliebige Flüche einsetzen.

Mit am schlimmsten war das Telefonat mit seinem Manager, der ihm endlos Vorträge darüber hielt, wie schlecht das für seine Karriere war und was er alles aufs Spiel setzte.

Eine Zeit lang hatte Dylan ihm zugehört, war dann aber zunehmend wütender geworden.

Es ging hier nicht um seine verdammte Karriere, sondern um den Rest seines Lebens, den er an Lunas Seite verbringen wollte.

Gegen Ende des Gesprächs war Dylan so sauer, dass er seinem Manager die Pistole auf die Brust gesetzt hatte. Sinnbildlich versteht sich. Luna war ab sofort auch offiziell Teil seines Lebens.

Entweder würden Tarik und seine Fans damit klarkommen oder er würde sich aus dem Geschäft zurückziehen. Genug Rücklagen hatte er auf jeden Fall dafür gebildet.

Daraufhin folgten weitere Flüche und schlechte Zukunftsprognosen. Und dann endlich das Versprechen, dass Tarik sich darum kümmern würde, dass seine Karriere auch mit den neuen Voraussetzungen weiterlaufen würde.

Auf dem Weg zu seinem Drehtag waren so viele Reporter, dass er sich ein klein wenig Sorgen um Luna machte. Da er selbst bereits mittags wieder auf direktem Weg nach Hause fuhr, bat er Fynn, Luna von der Uni abzuholen.

Dylan hatte ein schlechtes Gewissen, weil er nicht früher daran gedacht hatte, dass diese Geier bestimmt auch auf Luna losgehen würden.

Jetzt konnte er nur hoffen, dass sie den Tag bislang unbeschadet überstanden hatte, solang die Geier auf seiner Fährte waren.

LUNA

Wenn sie noch ein einziges Mal gefragt wurde, ob sie das auf dem Bild in den Zeitungen war, ob sie wirklich mit Dylan Jones verlobt war oder ob sie jemanden ein Autogramm von Dylan besorgen konnte, würde sie durchdrehen.

Ein klassischer Amoklauf schien im Moment eine ziemlich verlockende Alternative. Bei dem Gedanken musste sie lächeln.

"Schön, jemanden zu sehen, der gute Laune hat." Überrascht sah Luna auf, als sie Fynns Stimme hörte.

Sie grinste. "Keine Sorge, nur ein kurzer Anflug von Wahnsinn, der mich zum Lächeln bringt." Dann legte sie den Kopf schief. "Was tun Sie hier?"

"Dylan hat sich Sorgen um Sie gemacht. Ich soll Sie von der Uni abholen", antwortete Fynn.

Luna atmete erleichtert auf. Von ihrem Vorlesungssaal aus hatte sie bereits einen ganzen Haufen Reporter auf dem Parkplatz gesehen.

Der Sicherheitsdienst hatte den Zugang zur Uni abgeriegelt. So war sie zumindest im Gebäude vor ihren Fragen sicher.

"Danke. Aber wie sollen wir da durchkommen?", sagte sie und nickte in Richtung der Parkplätze.

Fynn lächelte. "Ich habe die Limousine in der Garage für die Professoren parken können. Dylans Manager hat dafür gesorgt, dass Sie für Ihr letztes Jahr hier dort unten einen Parkplatz bekommen."

Sie war sich nicht sicher, ob sie erleichtert sein sollte oder nicht. Dass Dylan so weit dachte, konnte nur bedeuten, dass er nicht sehr bald mit Ruhe um ihre Person rechnete. Fynn bedeutete ihr, ihm zu folgen. "Wie lang wird das so gehen?", fragte sie.

Während er ihr die Tür zum Treppenhaus aufhielt, zuckte er mit den Schultern. "Schwer zu sagen. Ein paar Wochen. Wenn vorher ein guter Skandal kommt, könnte es auch schneller vorübergehen."

Als er ihre besorgte Miene sah, lächelte er beschwichtigend. "Keine Sorge, Dylan wird alles dafür tun, dass Sie so wenig Probleme wie möglich haben."

Auch hierbei war sie nicht sicher, ob ihr das nicht eher Sorgen bereiten sollte. Dylan dachte manchmal einfach in anderen Dimensionen.

Fynn öffnete eine der hinteren Türen und hielt sie für Luna offen. Lächelnd stieg sie in den Fond des Wagens. Vor nicht allzu langer Zeit war ihr das noch komisch vorgekommen, jetzt fühlte es sich bereits beinahe normal an, herumchauffiert zu werden.

Fynn stieg ebenfalls ein und startete den Motor, dann steuerte er das Auto aus der Tiefgarage und in Richtung Dylans Zuhause.

Mit dem gestrigen Abend hatte ihr Leben sich endgültig komplett verändert. Aber sie hatte keine Angst mehr. Mit Dylan an ihrer Seite würde sie all die Veränderungen in ihrem Leben schon irgendwie hinbekommen.

Es würde verdammt turbulent werden, aber wenn sie dafür den Mann ihrer Träume haben konnte, war es das auf jeden Fall wert.

Dylan öffnete die Haustür, als Fynn den Wagen in die Einfahrt fuhr. Er sah ein wenig zerknirscht aus, wie er da so am Türrahmen lehnte.

"Alles okay, Babe?", fragte er und schloss sie in die Arme, als sie bei ihm ankam.

Sie grinste ihn schief an. "Wird schon wieder werden." Er wirkte erleichtert. Dann küsste er sie ausgiebig.

Als er sie nach drinnen führte, fragte er: "Wie wäre es mit einer Entspannungsmassage?"

Mit einer hochgezogenen Augenbraue sah sie ihn an. "Es war wirklich nicht so schlimm, Dylan. Mach dir keine Sorgen, ich bin nicht aus Zucker, erinnerst du dich?"

Er rieb sich über den Nacken. "Vielleicht … also gegebenenfalls hat mein Manager eine Strategie entwickelt, die dir nicht ganz so gut gefallen könnte …"

Misstrauisch sah sie ihn an. Die Art, wie er das sagte, gefiel ihr überhaupt nicht. "Rück schon raus mit der Sprache", sagte sie und versuchte ruhig zu atmen.

"Also … na ja … er meinte, gegebenenfalls wäre eine Aschenputtelstory am besten für meine Karriere …", stotterte Dylan und sah überallhin, nur nicht zu ihr.

"Aschenputtelstory?", fragte sie fassungslos. Das konnte doch nicht sein Ernst sein. Viel abgedroschener ging es doch kaum.

"Du weißt schon. Der Hollywood-Superstar und die Stipendiatin …", murmelte er und schien genau zu wissen, wie furchtbar sie das fand.

"Dylan!", stöhnte sie gequält.

"Es tut mir leid, Babe."

Sie versuchte sich zu beruhigen und tief durchzuatmen. Es war schließlich nur das, was die Medien aufgetischt bekommen sollten, nicht das, was Wirklichkeit war.

"Ich kann es eh nicht ändern, oder?", fragte sie und ließ sich aufs Sofa fallen.

"Na ja … vielleicht könnte er sich noch etwas anderes überlegen …" Dylan klang nicht so, als würde er das ernsthaft glauben.

"Dann bin ich jetzt also Aschenputtel?" Diese Vorstellung gefiel ihr ganz und gar nicht.

"Es wird gar nicht so schlimm. Bald haben die Medien einen anderen Skandal, auf den sie sich stürzen können."

Sie hoffte es, und immerhin hatte Fynn das auch schon gemeint, also würde sie den beiden Glauben schenken.

"Und du meinst im Ernst, dass du dich mit einer kleinen Massage aus all dem herauswinden kannst?", fragte sie gespielt ernst. Eine Massage hätte durchaus seine Vorzüge, aber sie wollte ihn noch ein klein wenig zappeln lassen.

"Na ja, ich dachte eher an einen Wellness-Urlaub auf Hawaii."

Luna lächelte ihn an. Sie wusste genau, warum er Hawaii ausgewählt hatte. Er wollte zu seiner Familie, wollte, dass sie sich besser kennenlernen konnten, fernab von all dem Trubel und den Paparazzi. Es war eine seiner genialsten Ideen. Nach dem, was sie heute an der Uni gesehen hatte, war es das Beste, erst einmal etwas Gras über die Geschichte wachsen zu lassen. "Wann geht es los?"

"Wie wäre es mit jetzt?", fragte er und ein vorsichtiges Lächeln umspielte seine vollen Lippen. Sie konnte sich nicht entscheiden, ob sie den großspurigen Macho lieber mochte oder diese Variante von ihm. Liebevoll, fürsorglich und immer darum bemüht, dass sie sich wohlfühlte.

"Jetzt hört sich verdammt gut an", sagte sie lächelnd und küsste ihn dann leidenschaftlich.

Mit Dylan an ihrer Seite würde vieles sehr viel schwerer werden, aber sie konnte sich sicher sein, dass er alles in seiner Macht Stehende tun würde, um sie glücklich zu machen.

"Ich liebe dich, Dylan", flüsterte sie nahe an seinen Lippen.

"Ich liebe dich noch mehr, Babe."

14 EPILOG

DYLANS GEBURTSTAG
SECHS MONATE SPÄTER

LUNA

Luna war mehr als nur aufgeregt. Die Jungs hatten Dylan schon den ganzen Tag lang entführt, wofür Luna wirklich dankbar war.

Sie hatte noch verdammt viel vorzubereiten gehabt, da wäre er ihr definitiv nur im Weg umgegangen. Amira und Chiara hatte sie dazu überreden können, am Abend mit ihr ins *Underground* zu gehen, wo Dylans Überraschungsparty steigen würde. Auch wenn es eigentlich keine wirkliche Überraschung sein würde.

Es war ein ganzes Stück Arbeit gewesen, die beiden zu überreden, aber Luna wollte nicht den ganzen Abend allein herumsitzen.

Dylan würde an seinem Geburtstag bestimmt nonstop von irgendjemandem in Beschlag genommen werden. Sie kannte das bereits von diversen anderen Partys. Er war einfach ein heiß begehrter Typ, und wenn man mit einem Mann wie Dylan Jones zusammen war, musste man zumindest an solchen Veranstaltungen damit rechnen, dass man ihn nicht für sich allein haben würde.

Sie dachte an Davys Worte. "So ist das Business, Süße. Mach dir nichts draus, einen Superstar hat man niemals für sich allein." Er hatte recht behalten, wenn auch in einem anderen Zusammenhang, als Davy es damals gemeint hatte.

Luna und ihre Freundinnen ließen sich vom Taxi zur Rückseite des Clubs bringen. Es war das erste Mal, dass die beiden sie wieder ins *Underground* begleiteten. Eigentlich komisch, wenn man bedachte, dass sie es war, die sich am Anfang geweigert hatte, wieder in diesen Club zu gehen.

Nun ja, mit Dylan hatte sich alles geändert. Sie klopfte an die vertraute graue Stahltür des alten Fabrikgebäudes. Dylan hatte ihr schon vor einiger Zeit eine Goldcard besorgt. Normalerweise brauchte sie sie nicht, da sie wenn, dann zusammen hierhin gingen.

"Hey, Luna", begrüßte Mason, der Türsteher, sie.

Wie es aussah, würde sie die Goldcard auch in Zukunft nicht benutzen müssen, egal, ob mit oder ohne Dylan, Mason erkannte sie bereits.

"Hallo, Mason, das sind meine Freundinnen", grüßte Luna freundlich zurück.

"Dann immer rein mit euch. Heute ist viel los, hab schon gehört, dass Dylan Geburtstag feiert."

Sie gingen an ihm vorbei den dunklen Flur entlang zu der engen Treppe.

Mason hatte nicht übertrieben. Es war wirklich extrem voll. Einzig der große Tisch der Jungs war noch leer und abgesperrt. Sie gingen hinüber, und Luna öffnete die Kordel, um Amira und Chiara hineinzulassen.

"Hey! Der Platz ist nicht für euch!", zischte ein Mädchen mit grellroten, schlauchbootgroßen Silikonlippen.

Luna zog nur eine Augenbraue nach oben und ignorierte sie. Sie hatte schnell gelernt, dass das der beste Umgang mit den Groupies war, wenn man nicht zu deren persönlichem Feindbild werden wollte.

Statt dem Groupie Beachtung zu schenken, zupfte Luna ihr schwarzes lockeres Minikleid zurecht und setzte sich dann vorsichtig hin. Schlauchboot-Barbie wandte sich keifend an die Bedienung, die ihr knapp zu verstehen gab, dass alles in Ordnung sei.

"Hey, Mädels, Nate hat schon angerufen, dass sie auf dem Weg sind."

"Danke, Tessa. Bringst du uns eine Runde Wodka-Bull?"

Tessa nickte. "Auf Dylan?"

Lunas Nicken fiel widerstrebend aus. Sie hatte sich noch nicht so ganz daran gewöhnt, sich alle Drinks von Dylan bezahlen zu lassen, aber er wollte es so.

Kurz darauf brach ein Riesentrubel aus. Es stand völlig außer Frage, wer den Raum betreten hatte.

Es dauerte eine ganze Weile, bis die Jungs am Tisch ankamen.

Dylan küsste sie stürmisch auf den Mund. "Hey, Babe!", rief er ausgelassen und zog sie dann schwungvoll auf seinen Schoß.

Bei der Bewegung konnte Luna ein schmerzhaftes Zusammenzucken gerade noch unterdrücken.

"Das war der Wahnsinn! Wir waren Tandem-Fallschirmspringen!"

Seine beinahe kindliche Begeisterung konnte sie in diesem Fall nicht teilen. Allein bei dem Gedanken daran, was ihm alles hätte passieren können, drehte sich ihr der Magen um.

Die Jungs erzählten begeistert, während ihre ersten Getränke kamen.

Amira und Chiara schienen sich zwar nicht sehr wohlzufühlen, schlugen sich aber tapfer. Sie war den beiden mehr als nur dankbar, da ihr durchaus bewusst war, wie schwer es für sie sein musste.

Kurz darauf vergrub Dylan sein Gesicht an ihrem Hals und küsste sie auf den Nacken. "Nur dich habe ich vermisst."

"Einen Tag mit deinen Freunden tut dir gut", gab sie lächelnd zurück und streichelte über seinen muskulösen Arm.

Es stimmte, manchmal hatte sie fast schon ein schlechtes Gewissen, weil sie ihn so sehr in Anspruch nahm. Freunde waren wichtig, und Dylan sollte sie nicht wegen ihrer Beziehung aus den Augen verlieren.

Seine Hand wanderte an der Außenseite ihres Oberschenkels nach oben. Luna stoppte sie, bevor sie an ihrem Hintern ankommen konnte. Dann stand sie auf und zog ihn mit nach oben. "Komm, du bekommst noch dein Geschenk von mir", sagte sie zwinkernd.

"Ich will es auch sehen!", rief Sean.

Luna lachte. "Ich glaube nicht, aber das kann Dylan später entscheiden", gab sie zurück.

Ungeduldig zog sie ihn hinter sich her über die Tanzfläche. Seinen nach ihr greifenden Händen auszuweichen, war dabei gar nicht so einfach.

"Reiß dich zusammen, Dylan", sagte sie lachend und schlug seine Hand weg.

Dylan lachte aus vollem Hals. "Wenn sich dein sexy Arsch so nah vor mir bewegt, kann ich einfach keine Garantie für meine Hände übernehmen!"

Wie mit Tessa abgesprochen, führte sie ihn in den Waschraum des Personals und sperrte hinter ihnen ab. Dylan grinste dreckig. "Willst du dich an meinem Geburtstag an mir vergehen?"

Sie legte den Kopf schief. "Vielleicht, wenn dir dein Geschenk gefällt."

"Wenn es damit endet, dass ich in dir sein werde: ganz bestimmt sogar!"

Sie drehte sich zum Spiegel und stützte sich mit einer Hand auf dem Waschtisch ab. Sie konnte genau sehen, wie er ihre Rückseite musterte.

Dass er sie noch immer so sehr begehrte, machte sie unglaublich an. Ein Blick von ihm genügte und zwischen ihren Beinen fing es augenblicklich zu kribbeln an. Dylan Jones hatte ihr vollkommen den Verstand geraubt.

Langsam ließ sie eine Hand zu ihrem Oberschenkel wandern, dann griff sie aufreizend langsam nach dem Saum des Kleides.

Sein heißer Blick folgte ihrer Bewegung genau. Sie sah, wie sein Adamsapfel auf und ab hüpfte, als er hart schluckte.

Er atmete schwerer, während sie das Kleid in Zeitlupe nach oben zog.

Als sie ihren Hintern entblößt hatte, klappte sein Mund auf, und er starrte unentwegt auf ihren Arsch.

"Ist das … ist das …?", stotterte er. Seine Augen waren weit aufgerissen.

"Ja, ein Tattoo." Grinsend beobachtete sie, wie er langsam näher kam.

"Das ist … das ist …"

Luna lachte, weil er tatsächlich seine Fähigkeit zu sprechen eingebüßt hatte. Das war mehr, als sie erwartet hätte.

"Deine Unterschrift", beendete sie den Satz für ihn. "Ich habe mich daran erinnert, dass es dir sehr gut gefallen hat."

Wie hätte sie diesen Morgen auch jemals vergessen können?

Wenn es nach ihr ging, würde Sean das Original niemals zu Gesicht bekommen. Es reichte bei Weitem, dass er Dylans erste Unterschrift auf ihrem nackten Hintern gesehen hatte.

Fast schon ehrfürchtig legte er seine Hände auf ihren Hintern. "Wow!"

Luna lachte leise, so sprachlos hatte sie ihn noch nicht erlebt.

"Gefällt es dir?", fragte sie feixend, denn sein Gesichtsausdruck sprach Bände.

"Ich liebe es. Ich liebe dich und ich liebe deinen Arsch und ich liebe meinen Stempel auf deinem Arsch", sagte er, fiel hinter ihr auf die Knie und küsste besagtes Körperteil zärtlich. Sanft fuhr er die Konturen nach. Genauso schnell war er wieder auf den Beinen, wirbelte sie zu sich herum und küsste sie stürmisch auf die Lippen.

Atemlos und vor Erregung ganz kribbelig löste sie sich aus seinem Kuss.

"Es ist nicht so leicht, dir etwas zu schenken, was du nicht schon hast." Sie zwinkerte ihm glücklich zu.

"Es ist perfekt", gab er lächelnd zurück und drehte sie dann wieder zum Spiegel. "Ich muss dich jetzt so nehmen, dabei meine Unterschrift anstarren, die für mich das Versprechen ist, dass du mich eines Tages heiraten wirst."

Ihr wurde warm ums Herz. Er schaffte es immer wieder, die richtigen Worte zu finden, um sie unendlich glücklich zu machen.

"Ja, das werde ich." Er schloss für einen Moment die Augen.

Die Hände an ihre Hüften gelegt, beugte er sich nach vorn und küsste ihren Nacken.

Sie liebte es, wenn er das tat. Ihr ganzer Körper begann dann zu kribbeln und die Liebe, die er für sie empfand, war beinahe greifbar. Noch vor wenigen Monaten hätte sie es niemals für möglich gehalten, aber Dylan Jones war perfekt für sie.

"Ich liebe dich, Luna", sagte er noch einmal, als er ihren Blick im Spiegel fand. Unglaublich blaue Augen, die ihre eigenen blauen mit ihrem Blick gefangen hielten.

"Ich liebe dich auch. Für immer."

--ENDE--

LESEPROBE
FIRE&ICE 13 – ALEX ALTERA

1 WIEDERSEHEN

CAT

Mühsam schluckte Cathrin Black gegen die Übelkeit an, die beim Landeanflug des Flugzeugs in ihr aufstieg. Es war nicht so, dass ihr das Fliegen generell etwas ausmachte, es war mehr das Reiseziel, das dieses Unwohlsein in ihr auslöste.

Sie blickte hinunter auf ihre zitternden Finger und konnte noch immer nicht glauben, dass sie das wirklich tat. Wie zum Teufel hatte sie Sky Black, ihrer Schwägerin, nur versprechen können, diese Angelegenheit zu regeln.

Alexander Altera war der einzige Mann, den sie nie in ihrem Leben hatte wiedersehen wollen. Leider war er auch der älteste Freund ihres Bruders.

Ryan Black wünschte sich seit Jahren, dass Alex zurück nach Boston kam.

Bislang war Cat immer froh darüber gewesen, dass Alex sich so standhaft geweigert hatte. Genau genommen so lang, bis sie aus einem blödsinnigen Impuls heraus Sky versprochen hatte, dass sie Alex nach Boston bringen würde, damit Ryan zusammen mit seinem ältesten Freund die Geburt seines zweiten Babys feiern konnte.

Aus irgendeinem Grund war es ihrem Bruder verdammt wichtig und Cat würde alles dafür tun, ihren Bruder und seine Familie glücklich zu sehen.

Selbst wenn das hieß, ihre eigenen Gefühle zurückzudrängen und diesen Idioten Alex Altera nach Boston zu schleppen. Mit etwas Anstrengung würde es ihr durchaus möglich sein, so zu tun, als belaste sie die ganze Situation nicht. Ihre Freunde nannten sie nicht ohne Grund die Eisprinzessin. Sie hatte das völlige Abstellen von Gefühlen perfektioniert.

Sie hatte nicht mitbekommen, wie die Maschine auf deutschem Grund gelandet war, bemerkte nun aber den Trubel um sich herum, den die aufstehenden Passagiere verursachten.

Cat rollte die Vogue, ein Magazin über die neusten Trends, zusammen und steckte sie in die Miu Miu-Handtasche.

Dann löste sie den Pferdeschwanz, der ihre langen schwarzen Haare zusammenhielt, und schüttelte die glatte Mähne aus.

Ein attraktiver Mann mittleren Alters lächelte sie an. Cat starrte ihrerseits nur ungerührt zurück und hob dabei eine Augenbraue, als missfiele ihr, was sie sah.

Schon vor langer Zeit hatte sie gelernt, dass das die effektivste Möglichkeit war, sich Männer vom Hals zu halten.

Gib ihnen das Gefühl, nicht gut genug zu sein, und sie verschwinden blitzschnell.

Sie schwang sich die schwarze Miu Miu-Tasche auf die Schulter und folgte ihrem Sitznachbar dann aus dem Flugzeug.

Während der Sicherheitskontrollen und des Abholens ihres Koffers überlegte sie, wann sie zum letzten Mal in Deutschland gewesen war.

Es musste mindestens fünfzehn Jahre her sein, da ihr Vater zu der Zeit noch gelebt hatte. Sie war gerade einmal zehn Jahre alt gewesen und hatte ehrfürchtig zu ihrem sieben Jahre älteren, großen Bruder aufgesehen.

Nur ein Jahr später war ihr gemeinsamer Vater plötzlich an einem Herzinfarkt gestorben.

Cat schüttelte den Gedanken ab. Der Verlust ihrer damals einzigen Bezugsperson stimmte sie noch immer traurig und für Gefühle hatte sie im Moment absolut keine Zeit.

Sie war eine Frau auf Mission. Wahrscheinlich sogar der schwersten in ihrem Leben. Ab sofort musste sie die Zähne zusammenbeißen, ihre Gefühle ausschalten und ihre Familie glücklich machen.

Danach konnte sie sich in irgendeine stille Ecke zurückziehen und in Ruhe zusammenbrechen.

ALEX

Völlig entnervt suchte er nach seinem Handy, das seit einer gefühlten Stunde ununterbrochen klingelte. Es musste irgendwo in seinem Koffer sein, den er seit der Ankunft am Nachmittag noch nicht ausgeräumt hatte.

Als er es schließlich fand, starrte er ein wenig unschlüssig auf das Display. Er kannte die Nummer nicht und war sich nicht sicher, ob er zu einem Fremden nach diesem stressigen Tag noch höflich genug sein konnte.

Seufzend ließ er sich auf das ordentlich gemachte

Bett fallen und zog das grüne Symbol auf dem Smartphone-Display von links nach rechts.

"Altera", brummte er und rieb sich mit Daumen und Zeigefinger über die Nasenwurzel. Sein Kopf schmerzte und er brauchte dringend eine Pause, ehe sein Körper in den Streik trat.

"Alex?"

Die weiche, nur allzu bekannte Stimme ließ ihn sofort innehalten. Er erstarrte geradezu, hin- und hergerissen zwischen dem Wunsch, dass sie es wirklich war, und der Wut, die noch immer tief in ihm schwelte.

"Hallo? Alex?"

Sie war es wirklich. Und er hatte absolut keine Ahnung, wie er ihr begegnen sollte. Er hatte ja noch nicht einmal eine Ahnung davon, was genau er fühlte.

Es war eindeutig zu viel Durcheinander in seinem Inneren. Zu viele Gedanken, zu viel Trauer, zu viel Wut.

"Cat." Seine Stimme klang selbst in seinen Ohren vollkommen emotionslos.

Stille am anderen Ende der Leitung. Wenn er es nicht besser wüsste, würde er vermuten, dass Cat genauso durcheinander war wie er selbst.

Aber das war sie nicht, das war sie nie gewesen. Sie war schon mit 18 so verdammt abgeklärt gewesen, wie er es heute mit seinen 32 Jahren nicht war.

"Wir müssen uns treffen", sagte sie.

Die Worte waren wie eine Ohrfeige und kamen sieben verdammte Jahre zu spät.

"Ich habe keine Zeit", antwortete er deshalb.

Dass er im nächsten Monat Urlaub geplant hatte, musste sie nicht wissen. Niemand sollte es wissen, da er so einmal seine absolute Ruhe haben konnte, während er vorgab, auf Geschäftsreise zu sein.

"Ich denke, dass du dir eine halbe Stunde Zeit für

deinen besten Freund nehmen kannst." Eiskalt, schneidend. Sie sagte es, als sei er ein Arschloch, das seine Freunde absichtlich verletze.

"Tja, leider bleibt es nicht bei einer halben Stunde, wenn zwei Mal neun Stunden Flug zwischen uns liegen." Und selbst wenn er die Zeit erübrigen könnte, er würde Ryan nie wieder besuchen, wollte Ryans kleine Schwester nie wieder sehen.

Vielleicht war es kindisch, oder kleinlich, aber diese Frau hatte es geschafft, ihm das Herz zu brechen. Damit war sie für ihn ein für alle Mal gestorben.

Ihr Schnauben klang mehr als nur abfällig.

"Du bist ein viel beschäftigter Mann, schon klar, wie schon immer."

Was zum Teufel sollte das denn bitte heißen? Cat schaffte es in wenigen Minuten, ihn die komplette Palette aller möglichen Gefühle durchlaufen zu lassen. Dieser Umstand war alles andere als angenehm und ließ seine Wut nur noch weiter anwachsen.

Bevor er zu einer geknurrten Erwiderung ansetzen konnte, fuhr sie bereits fort: "Weil ich das aber schon vorher gewusst habe, bin ich nach Deutschland geflogen. Willst du dir auch die Fahrtzeit in ein Restaurant ersparen? Dann komme ich zu dir."

Eher friert die Hölle zu!

Nie im Leben würde er Cat in sein Haus lassen. Nicht in einer Millionen Jahren.

"Restaurant", knurrte er.

Was zum Teufel wollte sie von ihm? Meinte sie ernsthaft, ein Gespräch könnte alles wieder in Ordnung bringen? Das hätte es damals vielleicht, aber nach all der Zeit, in der er seine Wut auf sie stetig genährt hatte, war dieses Unterfangen chancenlos.

"Im Schiffchen." Wenn möglich, war ihre Stimme noch kälter geworden.

"Morgen. 19 Uhr", erwiderte er.

Er brauchte einen Tag, um seine Gefühle einigermaßen in den Griff zu bekommen. Würde sie ihm jetzt über den Weg laufen, würde er sie einfach nur anschreien und alles rauslassen, das sich die letzten sieben Jahre in ihm angestaut hatte.

"Bis morgen."

Das monotone Tuten in der Telefonleitung hallte wie Kanonenschüsse durch seinen Kopf.

Cat. Cathrin Black, der grausame Geist seiner Vergangenheit, die erste und letzte Frau, die jemals sein Herz berührt hatte.

Wie zum Teufel sollte er es schaffen, ihr gegenüber zu treten? Wie sollte er sachlich mit ihr über einen Besuch bei seinem besten Freund sprechen, wenn er ihr ihren Verrat noch immer nicht vergeben hatte?

Nach all den Jahren hatte er es ja noch nicht einmal geschafft, selbst damit Frieden zu schließen. Er ließ niemanden mehr so nah an sich heran, hatte aus dieser bitteren Lektion mehr als nur gelernt.

Nie wieder würde er sich in eine Situation bringen, in der er sein Herz auf einem Silbertablett präsentierte, nur damit die Eisprinzessin es in Stücke reißen konnte.

Nie wieder!

CAT

Keuchend starrte sie auf das Telefon. Sie hätte nicht gedacht, dass ein einfaches Telefonat so viel Kraft kosten konnte.

Seine Stimme riss Wunden auf, von denen sie schon lange gedacht hatte, dass sie verheilt waren. Ihr Herz klopfte so kräftig gegen ihren Brustkorb, als würde es jeden Moment hervorbrechen wollen. Ihre Atmung ging viel zu schnell und die Tränen, die aus ihren Augen liefen, hatte sie schon während des Gesprächs nicht mehr zurückhalten können.

Wie zum Teufel sollte sie den morgigen Abend überstehen?

Cat legte das Telefon zur Seite und rollte sich auf dem Bett zu einem kleinen Ball zusammen. Sie schlang die Arme um die Knie und versuchte, körperlich zusammenzuhalten, was innerlich schon vor vielen Jahren zerbrochen war.

Leise weinte sie, wie sie es immer getan hatte. Still, damit niemand etwas von ihrem Schmerz und ihrer Verzweiflung mitbekam.

Nicht dass es ihre Mutter jemals interessiert hätte, aber Ryan hatte sich immer Sorgen um sie gemacht, obwohl er selbst mehr als genug zu tun gehabt hatte.

Sie hatte ihn niemals belasten wollen, nicht nach allem, was er nach dem Tod ihres Vaters für sie getan hatte.

Sie wollte nicht sehen, wie verzweifelt er war, weil er ihr in ihrem Schmerz nicht helfen konnte.

Deshalb hatte sie so viel wie möglich für sich behalten. Nachdem sie gesehen hatte, wie sehr Ryan mit ihr litt, hatte sie versucht zu lächeln, hatte versucht, weiterzuleben und ihm die kleine Cat zu zeigen, die er liebte.

Genauso würde es auch dieses Mal funktionieren. Sie brauchte nur einen Moment für sich, dann würde sie das alles hinbekommen.

Sie würde sich zusammenreißen, die Schultern strecken und der Welt beweisen, dass sie alles schaffen konnte. Dass sie keine Hilfe brauchte und völlig in Ordnung war.

Allein. Wie immer.

ALEX

Mit dem weißen Handtuch, mit dem er sich nach seiner Dusche abgetrocknet hatte, wischte er den Beschlag vom Spiegel seines Badezimmers.

Der Mann, der ihm daraus entgegensah, war ihm fremd.

Selten hatte er abgekämpfter ausgesehen. Nicht einmal nach schweren Verhandlungen oder einer durchzechten Nacht.

Dabei hatte er nichts anderes getan, als die halbe Nacht und den ganzen Tag über Cats Anruf nachzudenken.

Er konnte noch immer nicht verstehen, dass ihr das alles überhaupt nichts auszumachen schien.

Wie zum Teufel konnte es sein, dass er sein Herz an eine Frau verloren hatte, für die er niemals mehr als ein bisschen Spaß gewesen war?

In langsamen, gleichmäßigen Zügen rasierte er sich das Gesicht.

Eher aus Gewohnheit als um sich für Cat herauszuputzen. In den letzten sieben Jahren hatte er sich deutlich verändert. Sein Gesicht war härter geworden, maskuliner, sein Körper breiter und trainierter.

Auch Cat würde sich verändert haben.

Er hatte es immer bewusst vermieden, Bilder von ihr zu sehen. Er hätte es schlicht nicht verkraftet.

Cat war mit 18 schon unglaublich schön gewesen. Die langen schwarzen Haare und die katzenhaften Augen hatten sie exotisch wirken lassen. Um die vollen Lippen war stets ein weiches Lächeln gelegen, das so gar nicht zu der abgebrühten Kälte gepasst hatte, mit der sie ihn hintergangen hatte.

Schon damals hatten ihren schlanken Körper weiche

Kurven umspielt.

Ob es heute noch genauso war, wusste er nicht. Er hoffte es nicht. Er hoffte, dass sie nicht mehr annähernd so perfekt war wie damals. Vielleicht würde es ihm dann leichter fallen, sie endlich zu vergessen.

Alex wusch sich das Gesicht und strich die wenige Zentimeter langen, schwarzen Haare zurück. Er beobachtete dabei den tätowierten Engel, der sich unter dem Spiel seiner Schultermuskeln bewegte. Die schöne Frau mit den schwarzen Flügeln erinnerte ihn täglich daran, dass nicht alles Gold ist, was glänzt. Dass keine noch so schöne Verpackung das Innere auf Dauer verbergen kann.

Nach all den Jahren war die Farbe noch kaum verblasst. Er hatte ihn sich noch in China stechen lassen, als er von Cats Verrat erfahren hatte.

Er warf das Handtuch in den Wäschekorb und ging ins Schlafzimmer, um sich anzuziehen. Er hatte es bewusst klinisch kalt gehalten. Weißer Boden, weiße Wände, weiße Möbel.

Als er damals zusammen mit Cat Ryans Haus eingerichtet hatte, hatte sie gesagt: "Ein Schlafzimmer muss Wärme ausstrahlen. Es muss gemütlich sein, ein Rückzugsort."

Gott verdammt, er konnte kein einziges Schlafzimmer planen, ohne an ihre kleinen weichen Hände zu denken, die über seinen Oberkörper gestreichelt hatten.

Und genau aus diesem Grund wollte er sein eigenes Schlafzimmer ganz anders haben, als Cat es sich vorgestellt hätte.

Das Ergebnis war, dass er beinahe täglich daran dachte, wie sehr ihr Verrat ihn verletzt hatte, und er nur deshalb ein Schlafzimmer hatte, das vom Boden bis zur Decke nach Trotz schrie.

Wenn er es genau nahm, hatte Cat jeden einzelnen Winkel seines Lebens vergiftet. Alles, außer Talin. Talin gehörte noch immer ihm allein. Es war seine kleine Insel der Glückseligkeit, auf der er völlig ohne Erinnerungen an Cat leben konnte.

Aus Gewohnheit zog er sich ein schwarzes Hemd und eine graue Anzughose an.

Für Cat würde er sich keine Gedanken um seine Kleidung machen. Für sie würde er gar nichts mehr tun, er ging auch nur zu diesem Essen, weil es um seinen besten Freund ging.

Ryan war mehr als nur sauer gewesen, als Alex für die Hochzeit abgesagt hatte. So sauer, dass Ryan ihm dann noch nicht einmal erzählt hatte, dass Sky kurz vor der Geburt ihres zweiten Kindes stand.

Alex hatte es lediglich mitbekommen, weil er mit Dave und Tom telefoniert hatte.

Kopfschüttelnd schlüpfte er in seine Schuhe und legte die Bicolor Rolex an sein Handgelenk. Nachdem er sich das Jackett angezogen hatte, ging er durch die Verbindungstür in die Garage und setzte sich in den silbernen Porsche.

Julien, Mats kleiner Bruder, war ganz vernarrt in das Auto gewesen. Alex auch, vor allem deshalb, weil er nie mit Cat über Sportwagen gesprochen hatte. Der Wagen war eine weitere der kleinen Inseln, die er sich in den vergangenen sieben Jahren zusammengesucht hatte.

Das Restaurant, zu dem er nun fuhr, war eines seiner Lieblingsrestaurants. Das *Im Schiffchen* musste er also zukünftig leider auch von der Liste streichen. Er hätte darauf bestehen sollen, zu McDonald's zu gehen.

Der Gedanke zauberte ein kleines Lächeln auf sein Gesicht. Cat wäre es sicher egal gewesen.

Er schluckte krampfhaft und versuchte, sich auf die

Straße zu konzentrieren. Es ging nicht darum, was Cat gefiel und was nicht. Es ging auch nicht darum, was ihm selbst gefiel.

Er musste lediglich dieses Essen irgendwie hinter sich bringen. Keine Sekunde gab er sich der Illusion hin, dass sie dieses Gespräch in einer halben Stunde abhandeln konnten.

Cat anscheinend auch nicht, sonst hätte sie ihn nicht in dieses Restaurant bestellt.

CAT

Mit zitternden Fingern kramte sie nach dem Geld in ihrer Clutch, um das Taxi zu bezahlen, das sie zu diesem Restaurant gefahren hatte.

Ihr war klar gewesen, dass Alex sie nicht bei sich haben wollte, daher hatte sie sich vorab an der Rezeption ihres Hotels nach einem guten Restaurant in der Nähe erkundigt.

Sie reichte dem Fahrer das Geld und stieg aus dem Wagen.

Tief durchatmend sah sie an der weißen Fassade hinauf und versuchte, sich innerlich zu sammeln.

Ich schaffe das. Ich bin stark und lasse mich nicht unterkriegen. Ich kann da reingehen, ihm meine Meinung sagen und, ohne ein Quäntchen Stolz zu verlieren, wieder hinausgehen, wiederholte sie ihre Gedanken wie ein Mantra.

Sie straffte die Schultern und machte den ersten Schritt auf das Gebäude zu, während sie sich innerlich weiter motivierte.

Ich werde nicht aufgeben, bis ich mein Versprechen gegenüber Sky eingelöst habe. Ich werde für meine Familie kämpfen und ich werde gewinnen. Und dann kannst du dich wieder ins Hotel verkriechen und dir die

Seele aus dem Leib heulen, ätzte ihre innere Stimme, die sie schon den ganzen Nachmittag über verhöhnt hatte, während Cat verzweifelt versucht hatte, die Spuren ihrer Heul-Arie zu beseitigen.

Sie war erbärmlich. Das alles lag schon viel zu weit zurück und sollte sie nicht mehr annähernd so sehr belasten. Auch nicht, wenn sie ihn jetzt wiedersehen musste.

"Willst du noch lange hier draußen rumstehen?" Die Stimme ließ sie zusammenfahren. Es kostete sie all ihre Willenskraft, ein unbeteiligtes Gesicht aufzusetzen, als sie sich zu Alex umwandte.

Auf seinen Anblick, der ihr absolut den Atem verschlug, war sie nicht gefasst.

Der Anzug saß so perfekt an seinem breiten Körper, dass er aussah, als sei er direkt aus einer Werbetafel gestiegen.

Die dunklen Augen und die hohen Wangenknochen waren ihr noch immer im Gedächtnis. Nur sein Blick war härter geworden und seine früher schön geschwungenen Lippen hatte er zu einen dünnen Strich zusammengepresst.

Das krampfhafte Schlucken konnte sie nicht verhindern, so sehr schmerzte sein Anblick sie.

"Hallo Alex." Ihre Stimme klang in ihren eigenen Ohren rau und voller Schmerz.

Er schien davon nichts mitzubekommen. Oder er wollte es nicht hören, wie damals, als er sie und ihr Leid ignoriert hatte.

Er nickte ihr nur knapp zu und wandte sich dann so abrupt ab, als hätte sie ihn geschlagen. Noch immer wollte er nichts von ihr hören, nicht mit ihren Problemen belastet werden.

Wut kochte in ihr hoch, während sie den breiten Rücken dabei beobachtete, wie er zum Eingang des

Restaurants schlenderte. Er bewegte sich noch immer mit derselben Selbstsicherheit und Arroganz wie damals. Jeder einzelne Schritt machte klar, dass er sich allen anderen überlegen fühlte.

Er hatte es damals nicht für nötig empfunden, sich um die verletzten Gefühle anderer zu scheren, und tat es auch bis zu diesem Tag nicht.

So gut es ging streifte sie sämtliche Empfindungen ab und hüllte sich in die Eisschicht, die niemand durchdringen konnte.

Sie würde ihm nicht die Genugtuung gönnen, sich über ihre Gefühle lustig machen zu können.

Alex war es nicht wert, auch nur die kleinste Regung von ihr zu sehen zu bekommen.

Sie klemmte sich die Clutch unter den Arm und ging ihm mit sicheren Schritten nach, bis sie ihn am Eingang eingeholt hatte.

Das Klacken ihrer hohen Absätze gab ihr ein gutes Gefühl. Es klang genauso aggressiv wie die Wut, die in ihr schwelte.

Sie würdigte ihn keines Blickes, als er ihr die Tür zum Restaurant aufhielt und bremste erst ab, als sie am Empfang ankam.

"Guten Abend, ich habe reserviert. Cathrin Black", sagte sie in der Hoffnung, dass der Kellner englisch verstand, damit sie nicht auf Alex' Hilfe beim Übersetzen angewiesen war.

Er tat es und führte sie dann zu einem kleinen Tisch an der Fensterfront des Raumes.

Das Plätzchen war ihr ein wenig zu intim, zu gemütlich, zu sehr darauf aus, eine romantische Atmosphäre zu schaffen, die Cat überhaupt nicht haben wollte. Da Alex ihr aber bereits auffordernd den Stuhl zurechtrückte, wollte sie nicht um einen anderen Tisch bitten.

Sie spürte seine Präsenz in ihrem Rücken, seinen Blick auf ihrer Haut. Die Empfindungen ihres Körpers glichen dabei so sehr jenen von vor sieben Jahren, dass sie für einen Moment die Augen schließen musste.

Er stand noch, als sie die Augen wieder öffnete, und musterte sie forschend. Sie wusste, dass sie den alten Schmerz in diesem Moment nicht verbergen konnte, deshalb wandte sie den Blick ab und beobachtete die vorbeifahrenden Autos auf dem Parkplatz vor dem Gebäude.

Erst als sie sich sicher war, dass nichts mehr in ihren Augen zu lesen war, wandte sie sich ihm wieder zu.

Sein Blick war nicht mehr ganz so kalt, eher neugierig, aber das machte es für Cat nur noch schlimmer. Sie wollte nicht über alte Zeiten reden, oder über ihre Gefühle, sie wollte das alles einfach hinter sich lassen.

"Du wolltest mich sprechen?", fragte er.

Cat konnte sich nicht davon abhalten, mit dem Stil ihres leeren Weinglases zu spielen. Seine Präsenz nahm ihr jegliche Selbstsicherheit, die sie sich in den vergangenen Jahren so hart erkämpft hatte.

Sie suchte nach Worten, aber alles, was sie sich zuvor mühsam zurechtgelegt hatte, war aus ihrem Kopf verschwunden.

Das unwillige Geräusch, das Alex auf ihr Zögern hin ausstieß, machte es nicht besser. Daher war sie mehr als dankbar, als der Kellner kam, um ihre Getränkewünsche aufzunehmen.

Alex bestellte einen Weißwein, Pichler Smaragd. Cat kannte den Wein, da sie ihn selbst auch in ihrem Hotel anbot.

Es war ein guter Wein und sie konnte sich ein anerkennendes Lächeln nicht verkneifen.

Seine Miene verfinsterte sich sofort. "Jetzt rück

schon raus mit der Sprache, Cat. Was willst du von mir?"

Sie richtete sich auf und funkelte genauso wütend zurück.

"Ich will nichts von dir. Ich bin hier, um Ryan einen Gefallen zu tun, mehr nicht."

Alex hob eine Augenbraue. "Ich denke, Ryan ist durchaus in der Lage dazu, seine Kämpfe selbst auszutragen."

Beinahe hätte sie frustriert aufgestöhnt.

Wie zum Teufel konnte dieser Mann so arrogant und herablassend mit ihr reden?

Nach allem, was er ihr angetan hatte, müsste er doch zumindest so viel Anstand besitzen und eine geheuchelte Entschuldigung vorbringen.

Cat richtete sich auf und sah ihn kalt an. "Du weißt genauso gut wie ich, dass nicht Ryan das Problem ist. Ich will nur nicht länger dabei zusehen, wie mein Bruder leidet, weil du ein Arschloch bist."

Seine Kiefer spannten sich an. Es war deutlich sichtbar, wie sehr er versuchte, sich zu beherrschen.

"Weil ich ein Arschloch bin, also … nun ja, es sei mir verziehen, dass ich es einfach nicht mehr ertrage, dich anzusehen", knurrte er.

Der Schmerz, der sich bei seinen Worten in ihrem Herzen ausbreitete, war kaum mit etwas zu vergleichen. Sie war sich bewusst gewesen, dass er sie nicht mehr sehen wollte, aber nicht, wie sehr er sie verabscheute. Sie hatte keine Ahnung, womit sie das verdient hatte, aber sie war nicht hier, um sich mit ihm zu streiten. Sie hatte ein Versprechen einzulösen, mehr nicht.

Seufzend rieb sie sich über die Stirn. "Hör zu, Alex. Es ist mir egal. Ich habe dich aus meinem Leben gestrichen …"

"Ja, ist mir aufgefallen", unterbrach er sie und Cat

konnte nicht anders, als ihn wütend anzufunkeln.

Nur leider ließ Alex sich davon überhaupt nicht aus der Ruhe bringen, er musterte sie nur durch die schmalen Schlitze, zu denen sich seine Augen verengt hatten.

Der Kellner kam und goss Alex einen Schluck des Weines ein.

Als Alex zustimmend nickte, befüllte er beide Gläser und überreichte ihnen die Speisekarten.

Aber Cat hatte keine Geduld, sich etwas auszusuchen und beobachtete lieber weiter den Mann ihr gegenüber. "Was ich sagen wollte, es geht hier um Ryan. Ich will dich nicht sehen und ich will mich auch nicht mit dir unterhalten. Wenn du kommst, um Ryan und Sky zu besuchen, werde ich mich nicht einmal blicken lassen."

Alex sah von seiner Speisekarte auf und fixierte sie mit seinem stählernen Blick.

"Ich will noch nicht einmal auf dem gleichen Kontinent sein wie du!"

ALEX

Er hatte es sich also nicht nur eingebildet. Cat war schon wieder zusammengezuckt. Warum zum Teufel machte es ihr etwas aus, ob er sie verabscheute oder nicht? Er hatte sie die vergangenen sieben Jahre verabscheut, was war also auf einmal anders?

Woher der Schmerz kam, der so tief in ihren Augen lag, konnte er ebenfalls nicht verstehen. Bereute sie etwa, wie sie damals mit ihm umgegangen war? Wie sehr sie ihn verarscht und verletzt hatte?

Gut so, er bereute nicht ein Wort, das er an diesem Abend zu ihr gesagt hatte.

Wieder kam der Kellner. Alex bestellte zweimal das

Vier-Gänge-Menü, damit sie nicht öfter als nötig in ihrem Gespräch gestört wurden.

Er wollte das hier hinter sich bringen, diesen dunkelsten Teil seiner Vergangenheit abschließen und dieses kalte Miststück für immer loswerden.

Vor sieben Jahren hätte er alles für sie aufgegeben. Ein Wort von ihr und er hätte seinen Job hingeschmissen und wäre nach Boston gezogen.

Im Nachhinein gesehen, konnte er mehr als glücklich sein, dass sie ihn bei der nächstbesten Gelegenheit betrogen hatte.

So hatte er zumindest nicht seine Karriere verloren, sondern nur sein Herz und das Vertrauen in die Frauen dieser Welt.

Sie atmete tief ein und schloss die Augen. "Sei bitte vernünftig, Alex, ich …"

Er schlug so fest mit der flachen Hand auf den Tisch, dass die Gläser zitterten.

"Wage es nicht, so von oben herab mit mir zu sprechen. *Du* hast kein Recht dazu!"

Sie sah ihn erschrocken an. Dann biss sie die Zähne fest aufeinander. "Es reicht. Ich habe nichts getan, um so eine Behandlung von dir zu verdienen. Ich …"

"Du hast nur die Beine für den Nächstbesten breitgemacht, ich weiß. Ich weiß alles!"

Die Tränen, die auf einmal in ihren Augen schwammen, brachten ihn aus dem Konzept.

"Du weißt nichts", zischte sie. Ihre Hände hatten sich so fest um die Serviette geballt, dass ihre Knöchel weiß hervortraten. "Du hast keine Ahnung, was ich durchgemacht habe."

Er schüttelte seine Verwirrung ab. "Und es ist mir verdammt nochmal egal. Du bist mir egal. Du bist ein Nichts. Eine kleine Schlampe, mehr nicht!"

Cat keuchte und ihre Hand zitterte stark, als sie die

Serviette auf den Tisch legte. Langsam schob sie ihren Stuhl zurück und stand auf.

"Was hast du vor?", fragte Alex.

Sie war kreidebleich, als sie nach ihrer Handtasche griff, und Alex verstand, dass sie vorhatte, einfach zu gehen. Ihn hier sitzen zu lassen und so zu tun, als wäre das alles niemals geschehen.

"Ich gehe. Dieses Gespräch ist sinnlos", sagte sie mit zittriger Stimme.

Alex stand auf und hielt sie am Oberarm zurück, als sie sich zum Gehen wenden wollte.

"Ich bin noch nicht fertig." Alex versuchte zu verstehen, was in ihr vorging.

Hatte sie wirklich erwartet, dass er einfach so tat, als wäre nie etwas geschehen?

"Aber ich, Alex. Ich bin endgültig fertig mit dir. Ich habe meinem Bruder zuliebe versucht, über alles hinwegzusehen, was du mir angetan hast. Ich habe es versucht, aber ich bin nicht dein Fußabtreter."

Die Träne, die dabei über ihre Wange lief, passte genauso wenig zu Cat, wie ihre Worte zum Thema passten. Was *er* ihr angetan hatte? *Sie* war es doch. Sie hatte ihn betrogen, kaum dass er im Flugzeug gesessen hatte.

Sie entzog sich seinem Griff. Noch bevor er ihr folgen konnte, kam der Kellner an ihren Tisch und servierte den ersten Gang.

Alex versuchte noch, so schnell wie möglich die Rechnung zu bekommen, um ihr zu folgen, aber es war zu spät. Durch das Fenster beobachtete er, wie sie in das erstbeste Taxi stieg.

Er sollte keine Verzweiflung bei dem Gedanken spüren, dass das ihr letztes Aufeinandertreffen gewesen sein sollte. Eigentlich sollte er sich darüber freuen, dass er sie genauso verletzt hatte wie sie ihn.

Aber er tat es nicht.

Er war verwirrt und gekränkt. Er war wütend auf Cat und auch auf sich selbst.

Er war verzweifelt genug, um sie sich zurückzuwünschen, nur um sie noch ein wenig ansehen zu können, obwohl jede Minute in ihrer Gegenwart ihm in der Seele wehtat.

Kurz gesagt: Er war völlig am Arsch!

CAT

Niemals hätte sie erwartet, dass es etwas geben könnte, das sie mehr verletzen würde als ihr Absturz vor sieben Jahren. Sie hatte immer gedacht, dass sie den tiefsten Punkt in ihrem Leben bereits hinter sich hatte.

Falsch.

Niemals hatte sie sich so schlecht gefühlt wie in dem Moment, als sie nichts als Hass und Abscheu in Alex' Blick gesehen hatte.

Seine Abneigung brannte wie Feuer in ihrem Herzen. Einem Ort, von dem sie gedacht hatte, dass er nur noch aus Kälte und Stein bestehen würde.

Wie schon am Abend zuvor legte sie sich einfach aufs Bett, rollte sich zusammen und weinte leise Tränen. Tränen um sich selbst, um das Leben, das sie verloren hatte, um den Mann, der sie so sehr verabscheute.

Morgen würde sie sich dafür hassen, aber an diesem Abend war es einfach notwendig.

Für meine große Schwester.

Weil du immer hinter mir stehst, mich unterstützt und mir hilfst, obwohl du selbst mehr als genug zu tun hast.

Ich liebe dich.

Rechtliches, oder was keiner lesen will und trotzdem drin stehen muss …

 Impressum: Herausgeberin Allie Kinsley, allie.kinsley@web.de. Ladungsfähige Adresse für Deutschland: Allie Kinsley, c/o Marant Business, Studio Delta, Haus B, Angerstr. 40-42, 04177 Leipzig.

26545508R00167

Printed in Poland
by Amazon Fulfillment
Poland Sp. z o.o., Wrocław